有度文化

# 天堂来客

肖克凡 —— 著

山西出版传媒集团　北岳文艺出版社

·太原·

图书在版编目(CIP)数据

天堂来客/肖克凡著.—太原：北岳文艺出版社，2021.1
ISBN 978-7-5378-6289-9

Ⅰ.①天… Ⅱ.①肖… Ⅲ.①中篇小说—小说集—中国—当代②短篇小说—小说集—中国—当代 Ⅳ.① I247.7

中国版本图书馆 CIP 数据核字（2020）第 177669 号

# 天堂来客

肖克凡 / 著

//

| | |
|---|---|
| **出品人**<br>赵瑞 | 出版发行：山西出版传媒集团·北岳文艺出版社<br>地址：山西省太原市并州南路 57 号 |
| **策划**<br>左树涛 | 邮编：030012<br>电话：0351-5628696（发行部） 0351-5628688（总编室）<br>传真：0351-5628680 |
| **责任编辑**<br>左树涛 | 经销商：新华书店<br>印刷装订：山西人民印刷有限责任公司 |
| **封面绘图**<br>陈兰茜 | 开本：787mm×1092mm 1/32<br>字数：233 千字<br>印张：9 |
| **书籍设计**<br>张永文 | 版次：2021 年 1 月第 1 版<br>印次：2021 年 1 月山西第 1 次印刷 |
| **印装监制**<br>郭勇 | 书号：ISBN 978-7-5378-6289-9<br>定价：59.80 元 |

本书版权为本社独家所有，未经本社同意不得转载、摘编或复制

# 代序：作家访谈

**访问者**：龙一（作家，电视剧《潜伏》《借枪》原著作者）
**受访人**：肖克凡

**龙一**：近些年来，你以长篇小说写作为主，这两年恢复了中短篇小说写作，此前是否遇到过写作瓶颈期？

**肖克凡**：我前些年在写长篇小说，出版《机器》《生铁开花》以及《天津大码头》，今年出版小长篇《旧租界》。这两年我恢复中短篇小说写作，此前没有明显感觉遇到写作瓶颈期，因为我早已不依靠所谓灵感写作了。我认为长篇小说写作是个工程，如宋诗所云"伞幄垂垂马踏沙，水长山路多花"，只要按图施工就是了。我写作《旧租界》时就是这种状态，好像民工盖大楼。

反观中短篇小说尤其短篇小说，其写作动因可能出于作者对现实生活的"应激反应"或者"心理反弹"。总之要求作者更为敏锐更为活泛，从而激发和唤醒作家固有的生活积累与情感积淀。

如果说长篇小说写作属于"按照图纸施工"，那么这种超稳定状态的写作，久而久之也会激发"心理反弹"，好像食素已久猛然撞见荤腥。我恢复中短篇小说写作，可能类似这种"应激反应"吧。于是这两年我发表了《昨天的虫子》《天堂来客》《团圆巷野史》《组合风景》《爱情手枪》《特殊任务》《紫竹提盒》，还有等待发表的《吉祥如意》《原来如此》和《灯火阑珊处》等等中短篇小说。

如此看来，长篇小说的"超稳定"写作状态与中短篇小说的"应激反应"，对我而言均为正常写作现象，可以说是"钝角"与"锐角"的互补效应。一个作家的写作生活就是这样，写着写着就会达成自身的平衡。

假如说我的写作出现瓶颈期，究其原因是我不愿意写作了，一旦恢复写作热情，所谓瓶颈期自然就会过去。有个青年编辑在退稿邮件里对我说："佩服您还在坚持写作。"看来他是善意的，知道我是个尚未退场的"五〇后"作家。环视当下文学期刊市场，已然是青春貌美的天下。仍然坚持中短篇小说写作的"五〇后"，日渐稀少。面对如此景象我有些惶恐，担心自己成为"高铁霸座"式的文坛丑角。

不是我不愿意退场，我的写作如同有人吸烟成瘾有人喝酒成癖，我只能够慢慢戒掉。这需要时间。

**龙一**：长篇小说《机器》应该是你最重要的作品之一，主要描写工人和劳动模范的生活。此前社会上有种观点认为工人阶级已经消失。你写作这部"工人阶级史诗"所为何求？

**肖克凡**：问得好。长篇小说首先属于文学范畴。俗话说"文学是人学"，工人首先是人，既然是人就可以成为文学人物。"百度"说工人是"依靠工资为生的工业劳动或手工劳动者"，而劳动模范无疑是这个劳动群体里的典型人物。我认为举凡典型人物往往伴随极端倾向的人生，那么他们应当具有文学意义。

文学反映社会现实生活。至于有种观点认为当下工人阶级已经消失，我认为此说不确。只要这个世界还存在劳动行为，那么就有工人存在。

即便跨进人工智能时代,也需要电子系统维护者。其实工人阶级也被称为劳动阶层,即蓝领。所以说工人阶级并未消失,他们在社会主义新时代仍然辛勤劳动着,而且必将继续辛勤劳动下去。只要"劳动与创造"这句话没有错,那么《机器》这部长篇小说就有其自身价值,至于你称《机器》为"工人阶级史诗"我实在不敢当。我只能说《机器》是一部工人家史,它展现了不同社会背景下工人的生存状态和存在价值,一言以蔽之:人的命运。

**龙一**:既然如此,改革开放市场经济背景下的工人阶级与你所经历的计划经济年代的工人阶级相比,究竟有哪些异同?你还会继续工业题材写作吗?怎样写?

**肖克凡**:继《机器》之后,我出版长篇小说《生铁开花》,至今尚未触及工业题材。因为我的写作并未局限于工业题材,广义说我是城市题材写作者。而且我始终认为"题材"概念适用于高校中文系教学和文学研究机构,题材的划分对作家来说没有太大意义。我们祖先创作《诗经》时没有题材概念,却成为后世研究者的饭碗。

你问到如今改革开放市场经济背景下的工人阶级与我所经历的计划经济年代的工人阶级相比有何异同,有个现象很有意思,不妨分享给读者。

我1970年进工厂,身边有些工人师傅家在农村,自己在城市单身生活。每年14天探亲假,麦收季节回家收麦子,秋收季节回家收玉米,个个都是庄稼好手。如今进城务工的农民兄弟,也是按季节回家收麦子收玉米吧。这就是历史惊人的相似。然而那时叫工人,如今却叫农民工。

我认为只要是劳动者,其本质就应当相同。只是处于不同的时代,被赋予不同的身份。无论是在国企还是在民企工作,你是城市户籍叫工薪阶层或蓝领,你是农村户籍叫农民工或进城务工者,这两者社会地位福利待遇很不相同。我认为，这正是我们文学面对的社会现实，这也是工业题材创作面临的新课题。

为了鼓励工业题材文学创作，有关方面发起"中国工业文学作品大赛"，如今已经是第二届了。我期待深刻反映新时代工业生活的文学佳作的出现，让我们能够从篇篇佳作里看到工业文化的光影。

**龙一**：我一直关注你小说中现代性与传统生活的结合。以《都是人间城郭》和《天津大雪》为例，这是两部如风俗画般的中篇小说，传统人物和世俗细节充盈得近乎爆炸，但读后却感觉其内核是冷酷得近乎残酷的现代主义。你是怎样做到的？

**肖克凡**：谢谢你记得这两部中篇小说。已经写到这把年纪了，回顾写作时光总要审视自己：你是个什么样的作家？就算是给灵魂照照镜子吧。思来想去，认为自己基本属于现实主义作家，我毕竟写了那么多被称为现实主义文学的小说嘛。然而，我内心可能并不那么安分，写小说时也不那么安分，经常逸出现实主义范畴，字里行间闪现着被你称为现代主义的光影。

我承认存在这种情况。至于出现这种情况的原因，我也说不大清楚。因为写作过程中存在自觉与不自觉的现象，我的写作可能有时处于不自觉情形中。于是，现实主义土壤里长出了现代主义的苗苗儿。

另外，这可能与我的生活经历有关，我从小是个不乏悲观色彩的人。比如家长吩咐我去买小白菜，我首先反问没有小白菜怎么办？家长斩钉截铁地说肯定有小白菜，我还要问万一没有小白菜买小油菜可不可以。

"万一"，这是个关键词。如今回忆起来，我为何那样忧患菜市场没有小白菜呢？长大成人渐渐明白，前景的不可知，环境的不确定性，这本身就含有现代主义的元素。尤其儿时的生活际遇，比如生活动荡与家庭变故，使我童年形成"命运难以把握"的情结。这种心理烙印正是我小说内核包含现代主义元素的来由吧。

曾经跟江西作家江子谈到《局外人》，他说那年出访阿尔及利亚，穿行于阿尔及尔的大街小巷，走过店铺与教堂，极其惊诧地发现街灯下发呆的男子，海边吸烟的姑娘，端着啤酒的老人……一个个对生活处于游离状态，无不活灵活现还原着"我的行为，我的情感，我的存在，与他人无关"的"局外人"形象。当时江子强烈地感觉到加缪的小说近乎写实了。

我当即受到启发说："现代主义可能是我们尚未置身其间的现实主义。"江子表示赞同我的表述。

我的小说《都是人间城郭》描写天津解放前夜的众生相——表现了"一切皆未确定"的时代巨变。《天津大雪》则展示了天津沦陷时期剧中人的"人生错位"造成"命运撕裂"，从而导致南辕北辙的人物命运与结局。这两部小说里确实闪烁着现代主义光影，甚至渗入了小说内核。然而，这两部小说均被评论家称为值得关注的现实主义作品。

这种二律悖反的现象令我重拾曾经对江子说的话："现代主义可能是我们尚未置身其间的现实主义。"

至于你认为我的小说里"传统人物和世俗细节充盈得近乎爆炸"，这是夸赞。不过我写小说确实盯紧人物，牢记"情节是人物性格的历史"这句名言，深知小说的故事情节都是人物产生的，尤其传统意义的人物更是如此。

小说人物的行为构成故事与情节，但是小说人物的魅力离不开细节描写。有句名言说"细节是雄辩的"，它令你无法反驳。我在写作过程中实践着这句话，果然感受到小说细节产生的魅力。

我的长篇小说《旧租界》里的叶太太就是传统人物，她的人生轨迹也是三进三出三起三落，最终命运画了个大大的圆圈，看似重返原点实则丧失了原点。通过叶太太这个人物，我以大量细节表现我们的文化传承的流失与守望，譬如叶太太怎样从工程师太太蜕变为蓝领工人的媳妇，过起柴米油盐的世俗生活，最终还是分道扬镳。我试图以象征手法表达人性力量的起伏与消长，譬如那只大白猫，譬如偷渡者李秀仪，譬如埋藏黄金的苏娘娘，譬如远郊的那座垃圾山。

总之，长篇小说《旧租界》延续了我的文学追问——我们生命的价值究竟在哪里？

**龙一**：你小说中有大量细节丰富的世俗人物，你未来的写作中是否有意开掘新世俗人物与旧世俗人物有何不同？

**肖克凡**：你谈到新世俗人物与旧世俗人物有何不同，以前没有人谈到这个话题。我觉得只要世俗生活的本质没有发生深度变化，那么新世俗人物与旧世俗人物相比，只是生存于不同的时代而已。我近期发表的中篇小说《橙子熟了》的主人公就属于新世俗人物吧。这个年届六旬的"老炮儿"成长于红色年代身染戾气，年届花甲与社会丑恶势力对垒，最终玉石俱焚。他的终结是毁灭还是涅槃呢？这是新世俗人物的形象诞生还是旧世俗人物的性格延伸？我很难说清楚。

不过，这个"老炮儿"的人物性格内涵毕竟承接着昔日天津海河码头习气，使人觉得它是从传统文化内核派生而出的。记得，你我当年做过一个访谈，题目就叫"一切都没有改变"。今后的高科技人工智能，可能会使得文化发生某种变异。近年来，出现的网络语言"吊丝""逼格"，"也是醉了""笑出猪叫"……这些话语已然生成新的世俗生活的表达，从而出现新世俗人物，这正是作家必须面对和思考的文化现象。

**龙一**：关于新世俗人物的塑造，现实主义和现代主义是否不敷使用？你是否考虑以其他思想方法或艺术手段开掘写作题材？

**肖克凡**：其实，我也曾经试图更新思想方法和变换艺术手段，从而加深题材开掘与丰富表达方式,但首先要弄清新世俗人物的存在意义。目前我尚未找到开启自我心智的门径,徘徊在现实主义与现代主义之间,仍然"一脚门里一脚门外",不得其法。

说起世俗生活与世俗人物,那么它必然对应着非世俗生活与非世俗人物,从词义解释非世俗生活即宗教生活,非世俗人物即宗教人物。显然这不是我们要讨论的话题。假若面临亟待确立信仰的时代,我们无疑置身于世俗社会生活,满眼皆是饮食男女,人人皆为世俗人物。至于新世俗人物的塑造,我认为要以宏观视野发掘社会题材,以微观目光聚焦人物心灵,前者是现实主义范畴的博览,后者是现代主义语境的内化。

从这个意义上讲,凡是缺乏心灵化的文学人物,凡是缺乏精神含量的故事情节,都会使小说停留在淹不死人的浅水湾。当今的新世俗人物肯定在深水区扑腾呢。

**龙一**:在你早期的重要作品《黑砂》系列中,你使用了大量粗鲁的工厂话语。在后来天津题材的作品中又使用了许多本土话语。我想知道在文学行业普遍使用公共话语的环境下,你为什么要坚持在作品中掺入本土话语?你是怎样将本土话语文学化的?

**肖克凡**:《黑砂》是我的中篇处女作,之后我写了《黑色部落》《遗族》《黑字》《黑味》《黑圈》之"黑色系列"小说,其中使用大量工厂话语。这些小说当时引发关注,可能是因为这些工厂话语充斥其间吧,比如我引用并非黄色的歇后语,还使用充满民间智慧的歌谣。这诸种形式都是工厂文化的产物,我就地取材了。

那时候文坛还是个文明场,突然出现我这等粗鲁人物,倒也觉得新鲜。记得滕云先生特意写了"黑砂的新视界"的评论文章,大意是说这篇小说跟以往工业题材小说不同,没有使用公共话语而是找到了独特的文化视角。

小时候阅读近现代文学大师的文章，深深感到他们用自己的嘴说话，而不是像广播电台念别人的稿子。这种印象显然影响了我，后来学写小说总是告诫自己，尽量少用别人经常使用的词语，要用自己的语言写自己的小说，即便镶了假牙也不要用自己的嘴复述别人的话。1994 年，我告别纸笔改用电脑写作，特意删除了软件"词语联想"功能，我不愿意在键盘上打出个"大"，随即屏幕上出现"大地大风大雪"的相关词汇，我不愿接受这种预设的程序服务，我要自己找词汇写作。

有时翻阅当下文学期刊，我发现有的小说文本以叙述为主，有的甚至通篇叙述到底，完全彻底放弃描写、对话、议论等等文学元素，有的甚至露出翻译体小说的底色。这些作者显然受过专业的文学教育与写作训练，娴熟地使用着公共话语使读者获得节奏流畅的阅读感受。然而我还是觉得这样的作品彰显文本共性的同时，是否可以增加文学个性的魅力？

当我渐离工业题材转入天津题材的小说写作时，仍然在作品里掺入本土话语，以期保持自己的写作特色。至于怎样将本土话语文学化，我的体会是作家首先要了解本土文化的品格特征，竭力寻找本土文化的艺术魅力，之后才是将其文学化。

例如市场上小贩叫卖盆花。我问他这花好不好养活。我将他的回答文学化后可以这样写进小说里："您呐放心！这种花最没脾气，你把它扔进旮旯不搭理它，它还厚着脸皮活着，只要您不用开水浇它，等您活到九十九它还没死呢。"

这就是天津地域文化的市井语言。它是落地有声的，也是落地生根的。它既属于引车贩浆的市井，也属于文学叙事的殿堂。

但是，置身全球化背景与互联网时代，我们的汉语写作面临新的形势。有言道，"越是民族的就越是世界的"，如果套用这句话是否可以说，"越是地域的就越是公共的"呢？看来这是个问题。

例如老舍先生以京味儿形成小说的审美特征，还有以山药蛋派传世的赵树理先生，他们的著作或流传于民间或陈列于现代文学馆，光芒万丈。然而，时至今日无论京味儿文学还是山药蛋派流派，只觉得继承者日渐稀少，颇有成为国宝大熊猫的趋势，尤其"七〇后""八〇后"以至"九〇后"青年作家群，尚未听闻有继承其衣钵者出现于中国文坛。

就汉语文学写作而言，我们的小说肯定拥有相对稳定的读者群，不大也不小。就其华人世界而言，这个读者群可能分散在五大洲四大洋。汉语小说的读者群，就好像大洋里一个个岛屿，不会轻易剧增也不会轻易骤减。

假设汉语小说作为全球华人世界的叙事作品，她的"此读者"可能在夏威夷，她的"彼读者"可能在西藏的阿里。如果我们用纯粹的地域语言来讲叙地域色彩浓烈的故事，那么不同地域的读者很可能会产生阅读障碍，有些极具地域色彩的小说语言，不同地域的读者可能难以读懂。从这个意义讲，讲粤语的广东读者对老舍的作品语言感到隔膜，对岭南作家黄谷柳的小说会备感亲切。以互联网为传播方式的阅读时代，汉语小说很难大量产生充满地域风格的作家了，因为山药蛋派的后代已然改讲普通话了。

全球化背景，互联网时代，确实对本土话语发出挑战。而极具地域审美特征的汉语小说，面对操持公共话语的庞大读者群，"越是民族的就越是世界的"这句经典话语同样受到严重挑战。我所模拟的"越是地域的就越是公众的"这句话同样受到质疑，因为读者群里已然流行公共话语了。

所以我认为，在公共话语广为流行的社会里，作家以本土话语写作，完全属于文学审美范畴，它依然闪耀着艺术理想的光芒。今后的本土语话还是属于文学意义的，它既不排斥汉语的曼哈顿读者，也不囿于汉语的黄土高原，努力表达的仍然是文学审美与人类精神。面对地球村，坚持本土话语写作，无疑任重而道远，永远处于艰辛探索道路上。

**龙一：** 一个作家独特写作风格的构建是件很复杂的事。除了独特的语言风格，你在其他方面做了哪些让你的作品与众不同的努力？

**肖克凡：** 这个问题很难回答，因为我平时缺乏这方面的思考。作家构建独特的写作风格，注重语言风格固然重要，然而语言毕竟是思想的外化，即"语言是思想的直接现实"，所以我还要从"作家是如何思维的"谈起。

如何让作品与众不同，无论在构思阶段还是写作阶段，具体说就是要经常冒出不同常规的"古怪想法"，从而逐渐形成这种有别于他人的"感性思维方式"。这是追求独特写作风格的基本功。

举个例子吧。加油站操作员向我推荐49元一小瓶的液体，说它提高燃油效率，可以多跑路。有的车主就花49元加了这种液体。

我突然冒出"古怪想法"问操作员："我把49元钱加成汽油，不是也可以实实在在多跑路吗？"

加油站操作员面对"实实在在"四个字，只有放弃回答。因为花49元钱加成汽油能够多跑路，这已然是无须验证的常识。而他的那小瓶液体是否可以多跑路，几乎难以验证。我之所以突然冒出这种有别于他人的发问，可能跟我经常写小说有关，因为我经常处于"假设状态"。

于是，具备有别于他人的"感性思维方式"，经常处于"假设状态"，不断以"古怪想法"向日常生活发出诘问，时刻保持自己对世界的特异感受……我如此这般地写作，已经成为新常态了。

努力使自己有别于他人，小说形式当然重要，有言道"形式就是内容"。小说结构也很重要，有言道"结构是内容与形式的统一"。我的体会最终还是要落脚在文学思维方式上，从而外化出"近乎刻薄的表达方式"。

我这里使用"刻薄"旨在说明文学语言的特殊属性。这里的"刻薄"包含尖锐的意思，但是不含贬义。"不怀好意的表扬"，"貌似中肯的批评"，将作家的特异感受以"刻薄得近乎变形"的方式表达出来，比如"小户型的天堂""低辈分的自负""几近潦倒的富足"这类句子，它既是夸张也是写实，既是主观的表述也是客观模糊的存在。

写作不要赶文风的浪头，不要追文学的时尚，只要坚持自己的思想感受与思维方式，虚心学习而不刻意模仿，及时充电而不僵化自我。

如果说写小说不应当忽略大众化，那么写作过程中的"大众"就是你自己。如果说写小说还应当追求个性化，那么写作过程中的个性更是你自己。在大众化与化大众之间，可能产生个人风格。

**龙一：** 你以写小说为主，也曾涉及影视编剧，比如张艺谋的电影《山楂树之恋》就是你编剧的，写剧本跟写小说相互矛盾吗？

**肖克凡：** 我写过电影剧本也写过电视剧剧本。我理解写小说与写剧本是两种功用不同的劳动，也是两种不同的角色。

一个作家写出的小说，可以视为成品了，根据编辑意见修改与润色，也很正常。影视剧本则不同，你被聘为编剧，写出剧本首先得到的反馈必然是修改。天下似乎没有不经修改就投拍的剧本。因为导演要提意见，投资方也要提意见。改来改去，有的剧本的投拍稿与剧本初稿相比，相似度不足30%甚至面目全非，变成另外一个故事了。于是很多编剧说："修改剧本成了导演的职业病，他们拿到剧本条件反射就是赶快修改。"我认为这是抱怨。

道理很简单。小说是作家独立完成的。电影或电视剧的剧本，只是影视制作的第一道工序。影视制作行当众多：编导演，摄录美，服化道，诸多工种形成工序，最终成品属于导演。从这个意义上讲编剧是在打工，写剧本属于职务行为。有些在文学领域取得很高成就的作家，往往难以适应这种角色，于是与投资方和导演产生矛盾。我对编剧的角色认知比较清醒，因此在写《山楂树之恋》剧本过程中与张艺谋导演合作融洽。事后有出版社要出版《山楂树之恋》的电影剧本，我告诉编辑先去找这部电影的投资方协商，这样便避免矛盾产生。

**龙一：**假如，我是说假如十年内只允许你写作一种题材，你会选择哪种题材？

**肖克凡：**新潮时代的老派人物，信仰真理的世俗生活。

**龙一：**还是假如，假如你可以无所顾忌、随心所欲地写作，你会讲些什么故事？

**肖克凡：**神变成人的故事，自由王国的故事，遥远天堂的故事，英雄出世的故事，还有我爱的人和爱我的人的故事……

**龙一：**最后一个假如，假如不允许你写作，你还能干些什么？不许什么都不做。

**肖克凡：**我会坐在苹果树下冥想，然后起身行走，边走边唱成为一个说唱艺人。请注意，不是成为行吟诗人而是成为说唱艺人。当终于看到晚霞燃烧天边，我将泪流满面。

谢谢龙一的访问。

目 录

念　　　　 / 001
组合风景　 / 027
天堂来客　 / 045
特殊任务　 / 065
紫竹提盒　 / 091
非常行动　 / 121
橙子熟了　 /171
道场　　　 / 241

念

一

掏出钥匙插进锁孔的瞬间,他迟疑了。此时正值傍晚下班时分,四楼楼道的灯泡又坏了,光线昏暗。自从上次饮酒回家误将钥匙插进邻居锁孔,便患上自我怀疑症。可恨二楼老余头儿四处散布言论,说402的李永生拿钥匙去插302的锁孔,因为里面租住着漂亮少妇。

他几次向妻子解释原因,那晚饮酒头昏脑涨,两腿发沉,恰巧楼道灯泡憋了,懵懵懂懂少上一层楼,迷迷糊糊将302误作402,险些酿成笑话。

"已经酿成笑话了,二楼老余头儿义愤填膺,说你居心不良……"妻子名叫朱娅慧,也属于漂亮少妇。她并未过多责备丈夫的失误,却对402钥匙能够插进楼下302锁孔,颇感困惑。俗话说,一把钥匙开一把锁,应当插不进去的。

他也感到怪异:"这就是同质化现象吧?比如全市麦肯姆快餐店,店面装潢相同,里面的东西品种价格相同,吃进嘴里味道相同,就连店员也都跟卡通人似的,几乎看不出区别。"

娅慧笑了,她认为丈夫特别能够联想,从302锁孔想到快餐连锁店,还搬出同质化理论,书生气十足。

记得那晚将钥匙插进302锁孔时,室内确实传出惊诧声,之后便平静了。他几次动过登门道歉的念头,唯恐再给二楼老余头儿增添把柄,说402男人对302漂亮少妇纠缠不休,便罢了道歉念头。

生活就是这样戏弄人,从此他患了自我怀疑症,只要拿出钥匙开门便对锁孔产生恐惧:我是不是又错了?

四楼的灯泡经常不亮,好像跟锁孔恐惧症患者作对。此时浑身被昏暗的光线包裹着,他掏出钥匙插进锁孔的瞬间,触电似的缩回手。

他瞬间失去自信,恍惚间不敢认定这是自家402室。是啊,我绝不能再出错了。他毅然转身沿着楼梯返回楼底,重新沿着楼梯默默数着楼层爬楼:"一楼,二楼……"活像个不识数的学龄前儿童。

他不认为这样做弱智。他要珍惜自己地税局公务员的名声,必须确认楼层,进而确认自己,确保自己钥匙插进自家锁孔,是402而不是302。

二楼楼道的灯泡没坏,光线明亮。202室老余头儿是个"张贴狂",至今仍生活在大标语时代。因为楼道墙壁容不下大标语,才将大标语改为小标语,可谓精兵简政。

新近老余头儿贴出的小标语字体粗壮豪迈,几张蓝色蜡光纸连叠写成的楷书大字:"清查黄赌毒,除恶勿尽!"

他停住脚步,苦笑了。"除恶勿尽"?这显然是个错字。不知何人以红笔圈住"勿"字,甩笔画道弧线,引出正字"务",列在旁边。

毕竟是"校对老李"的儿子,他懂得这是规范的文字校对符号,手法极其专业。这幢楼总共十二套房子,不知何时搬来了职业编辑。

这时老余头儿走出家门,伸手揭下被人纠错的小标语。他想趁机澄清上次钥匙错插锁孔的真相,尤其要说明自己并不知道302租住着漂亮少妇。

他还没来得及开口解释,瘦小枯干的老余头儿揭下小标语,快速卷在手里说:"外出上班不关窗户,刮风摔破玻璃怎么办?"

老余头儿说话没有主语,然后径直回家砰地关了202室门。他扭脸打量着楼道,空空荡荡没有别人。老余头儿这是在跟我说话吗?以前这老家伙从来不理睬我的。

继续默默数着楼层,他确认来到自家门前。402就是402。他时而迷离时而清澈的目光,透露着内心情绪的变化。中等身材无须猫腰,他抿紧嘴角将钥匙插进锁孔——没错。

走进自家门厅,熟练地换穿草编拖鞋,穿过玄关走进客厅,侧脸看到母亲遗像。母亲去世时尚值中年,令人痛惜不已。

母亲持久慈爱的目光,注视着性格内向的儿子。其实,他知道应该将父亲遗像与母亲遗像并列供奉,以此天堂团聚。妻子娅慧也曾几次建议。不知为什么,他总是嗯嗯不决,拖延至今,似乎宁可让母亲这样孤独下去。

一旦想起去世的父亲,他的心里便疙疙瘩瘩,好像绳索打了死结,解不开。

起初,父亲只是这家老牌出版社的校对员。记得小学时去出版社给父亲送伞,大楼门卫问他找谁,他大声说出"李寿山"。走进楼道便听到小声议论,说这是校对老李的儿子。他从语气里听出"校对老李"并非褒义,校对员好像属于这幢出版大楼里的二等公民。

后来,父亲担任校对科副科长,照旧被编辑们称为校对老李。儿子仍然能够从那些编辑的表情里品味出淡淡的贬义,弥散在空气里。

多年后,兢兢业业的校对老李被提拔为出版社副总编辑。这个中专生出身的校对匠,担任堂堂出版社副总编辑,实属史无前例。出版社里许多名牌大学毕业的编辑,有研究音韵学的,有研究训诂学的,还有研究目录学的,总之那些大编辑仍然叫他校对老李的儿子。看来父亲的校对员出身,仿佛成了广遭诟病的原罪,间接连累着儿子。

然而,学历不高的李寿山副总编辑淡然处之,常年面对海量书稿精益求精,每每亲临印刷厂对红,有时从即将付印的书稿里发现难以察觉的"漏网小鱼",一声不吭现场修正,给那些大编辑留足了面子。就这样临近退休,李寿山得到"神校对"的绰号,儿子仍然认为这是对父亲职业生涯的明褒暗贬。

李寿山副总编辑退休回家,这位神校对决定动笔书写回忆录,不由得记起多年前有个作者自费出版《成长心理学》的往事。当时该书作者要评高校教师职称,急切盼望出书充实业绩。校对老李夜以继日校稿把关,做到全书三十万字零错零误。这令该书作者极其感激,专程从外地给出版社送来表扬信。父亲及时写信回复该书作者,表示这只是校对工作的本分而已,不足称道。

无论阴晴圆缺,人们私下还是叫他校对老李的儿子,好像父亲的副总编辑属于假冒伪劣。儿子心头长久被乌云笼罩,暗暗抱怨不已:"您要是不当副总编辑多好哇,我就是名副其实的校对老李的儿子,也不会遭遇这种不明不白的对待。"

遇到情绪低落时,他便莫名感叹,好像本市医院拥挤、道路堵车、就业困难甚至网速过慢,全都跟自己是校对员老李的儿子的宿命有关。他有些变态地夸张着童年情结,明显缺乏人生获得感。

后来他娶了娅慧,妻子认为丈夫心理情结积淀过深,深得几乎成了池塘淤泥。"你最终还是副总编辑李寿山的儿子,干吗非要自己梳成小辫子抓住不放呢?"

他也认为自己不能永远沉浸在校对老李的儿子的童年情结里,况且父亲确实成为副总编辑,有新闻出版局任命的红头文件。

然而,父亲退休后起了变化,居然大步从"夕阳红"跨入"黄昏恋",试图告别单身生活,走进晚年婚姻殿堂。

早逝的母亲留给儿子的思念无比深刻，就连"李永生"这个名字也是母亲给取的。他无法接受从天而降的继母——不论多么高贵典雅的女士。

几经查询他找到继母的女儿的电话号码，试图与其结成同盟携手反对老年男女再婚。然而继母的女儿并不反对这门婚事，电话里反而批评他封建思想严重。这令他非常懊恼，随即删除继母女儿的手机号码，以示不屑。

父亲终于再婚了，决定蜜月里携继母南下旅行。继母的女儿特意打来电话，详细报出车次与时刻，诚挚约请他到高铁站为二老送行："你我提前半小时候车室东门会合，我怀里抱着大束鲜花，我戴眼镜留短发穿红色上衣，你现场完全可以辨识的。"

他毫不犹豫地拒绝说："我不需要辨识你，因为我不会去高铁站送行的。"

"你反对老年人再婚是不对的，希望你知错必改。这好比我在图书出版公司做校对工作，发现错字就要改正，绝对不存在有错不纠的现象……"

他举着手机暗暗吸了口凉气。"我的苍天啊，敢情继母的女儿也是个校对员，这是父亲的宿命还是继母的宿命？"

他不但没去高铁车站送行，而且决然不跟父亲和继母来往，好像从此不再是校对老李的儿子了。这真是意外的自我救赎。

他在自家客厅里悬挂母亲的遗像，旁边摆放母亲生前喜欢的水培绿萝和盆栽文竹。

父亲好景不长，再婚只有半年时光便患了重病。李寿山弥留之际李永生出差在外，儿媳朱娅慧代表丈夫赶到公爹病床前。老人家念叨"南山，南山……"好像忘记说出"寿比"便离世而去了。继母是个身材娇小、南方口音的女士，强忍悲痛料理亡夫后事。

儿子出差归来接到继母的女儿打来电话,她对继父李寿山的去世表示哀悼,对继父的儿子李永生表示慰问。这令他很是难堪,一时不知如何应答,只得连声搪塞说:"既然我父亲过世了,你母亲也就不存在了……"

"你怎能这样讲呢!"电话里继母的女儿极其惊诧,"我母亲身体健康,耳不聋眼不花,每天走八千步呢。"

他意识到自己用词不当,立即更正说:"既然我父亲过世了,我也就没有继母了,咱们彼此也就没有任何关系了。"

继母的女儿好像从图书出版公司校对员变成高校哲学老师,电话里极具思辨能力地说:"你父亲过世了,我母亲仍然是他的妻子,尽管你不愿承认她的存在。"

是啊,父亲去世了,继母仍然健在,她是父亲合法续弦的妻子。他败兵似的挂断电话。回到家里把事情讲给妻子听。

娅慧思维跳跃,随即瞪大明亮的眼睛说:"是啊!你父亲给你娶了继母,等于他老人家先后有了两位夫人。如今你继母仍然健在,你确实不应把你父亲的遗像跟你母亲的遗像并列悬挂的。"

"你说什么……"他沿着娅慧的思路,顿时感觉父亲被继母夺去了,自己的亲生母亲反而独自寡居在另外的世界里,毫无存在感可言。

"这世界真的没了逻辑。"他充满沮丧地说。这种沮丧的情绪与童年校对老李的儿子的称谓带给他的心结,渐渐交织成为他的日常情绪。

他暗暗认为继母是"妨人精",妨得父亲七十岁离世,据说继母只有六十岁,这等于她窃得父亲寿数,炼就自己的长寿之身。

妻子娅慧认为丈夫过于偏激,既然父亲乐于再婚,便怪不得继母上位,更不存在所谓"妨人精窃得父亲寿数"的歪理邪说。

"老公啊,你可以发誓今生今世不见继母,但是不要妖魔化人家,你继母毕竟是你父亲的未亡人。"小巧玲珑的娅慧主持公道。

他不接受妻子的说法，暗自认为这个世界只有自己还在坚持逻辑，比如不去302叩门道歉，避免造成更大误解；比如不跟二楼老余头儿理论，避免越描越黑……

这时候，他猛然想起老余头儿说的话，起身跑进厨房发现窗户敞开着，然后转到自己卧室，果然窗户也是敞开的。

前几天就是上班离家忘记关窗，雨水扑进卧室泡了地板，遭到妻子严厉批评。今天重复犯了错误，他暗暗庆幸老天爷没有刮风也没有下雨。

咦——二楼老余头儿怎么会知道我家窗户没关？难道他老人家天生有着老特务的习性？无时无刻不在观察着邻居家的情况。

他家的这套小三室109平方米，属于妻子娅慧供职公司的半福利分配住房，个人支付75%的购房款，剩余部分公司担负。尽管公司只出25%的房款，那也不是一笔小钱。

起初，他不相信民营公司有如此福利。等到妻子拿到钥匙带他来看房，他顿时瞪圆了原本狭长的眼睛，就连鼻梁也高耸起来。

这对多年居住平房的他来说，无疑属于莫大的惊喜。妻子娅慧兴奋地推开窗子指着外面的蓝天说，这是天堂呢。他连声嗯嗯着，说这是小户型的天堂。

娅慧不无感慨地告诉丈夫，这套小户型天堂多人争夺，最终公司霍总拍板分配给她。他只得言不由衷地对妻子说，你们公司霍总真是领导有方。

霍总名叫霍则军。此前听到过这方面风言风语，说娅慧身材娇小容貌秀丽，美女加分自然顺利得到这套小三室。他不以为意，认为妻子为公司废寝忘食地工作，堪称钻石级人力资源部长，娅慧得到如此福利待遇，当属公司对先进工作者的奖赏。

脱下皮鞋换上草编拖鞋，他感觉双脚顿时清爽起来。这时天色黑下来。家里不知从哪儿传出响动，一股子生疏的气味悄然散开，昏暗里颇为诡异地访问着他的鼻孔。他立即打开房灯，登时把自己变成侦察兵。

他从客厅里开始寻找味源。那种怪异的气味仍然存在，只是东躲西藏着，好像故意躲避这个家庭男主人。他四处打量着，一时失去方向感。

这时响起哗哗的冲水声，这声响来自五楼邻居的卫生间。如今商品住宅的墙壁和楼板隔音效果不好，楼上卫生间冲水能够形成小瀑布音效，楼下则感同身受，颇有天下大同的趋势。当然，他知道这股生疏的气味跟五楼卫生间冲水无关，便继续搜寻着，好像不是在自家而是在南美热带雨林里。

生疏的气味明显浓烈起来，似乎悄然有外来生物入侵。他耸了耸鼻子，下意识握紧双拳，走进妻子卧室。

他跟娅慧分屋睡觉好多年了，这并非夫妻不睦。内中原因他绝对不会告诉外人：纤腰如握的妻子睡觉时居然鼾声如雷。

这就只得分屋睡了。因此他获得宝贵的人生经验：男人若想完全彻底地了解女人，最佳途径就是跟她睡觉。然而已过不惑之年，他却只跟娅慧睡过觉，因此妻子便成为个案里的孤证：娅慧是个白天工作选择静音状态的女人，显得极其恬静安适；夜晚睡觉便调成振动模式，释放出极大动能，让夜色随之颤抖。

娅慧的白天与夜晚形成如此巨大的反差，这使得丈夫暗暗养成这句口头禅："这世界真的没了逻辑。"

追寻着怪异的味道，他环视着妻子的卧室，一刹那感觉几分陌生。每逢夫妻做爱都是他将娅慧拥进自己房间，从来不在她的房间风雨同舟，于是妻子卧室便有了几分闺房的韵味，透出非典型的清纯气息。

一只小浣熊仰卧妻子床头，毛茸茸俨然主人公气派。他伸手拍拍小浣熊，这家伙居然叫唤起来，显然肚里装有气囊。他回忆着小浣熊的来历，好像是妻子的公司同事送给她的生日礼物。

响声似乎从妻子梳妆台下面传出。他屈膝下蹲，探进头。这时梳妆台下突然伸出苍黄色葫芦形的头颅，又猛地缩了回去。

蛇——！他起身退了半步，浑身肌肉绷紧了。他生肖属蛇，却格外害怕蛇。他快速奔向厨房找出喷雾杀虫剂，好像紧握手榴弹。蹑手蹑脚重返妻子卧室，准备喷射杀虫剂呛昏那条来历不明的蛇。

一只椭圆形物体从妻子梳妆台下爬出，伸出胶皮管似的脖子。他瞪大眼睛看到那只苍黄色葫芦头镶嵌着两只绿豆般的眼睛。

这不是蛇。他的人脑快速计算着，这家伙应当属于龟类，乌龟。

他生肖属蛇对龟类也不亲善，随手抄起不锈钢晾衣竿，想起曹操的《龟虽寿》。这世界真是没了逻辑，这家伙怎么跑到我家来的？而且堂而皇之进驻妻子卧室。娅慧属鸡不属龟，这不是妻子的生肖同类。

这只形若汤盆倒扣的家伙隆背短尾，四肢伏地，头颅高昂，毫无怯色地打量着这家的男主人。这只大龟喙部有块白色，扮相好像京戏里的小丑。

他伸出晾衣竿轻轻触碰着大龟的前肢，它一派不为所动的气概。

他再次苦笑，认为这只大龟投错家门。妻子娅慧对各类宠物毫无兴趣，只对美容充满情趣，每晚面膜护肤，每早补水化妆。当然对衣着更是上心，她的大衣柜里装着三十多件旗袍，每天下班在家轮着试穿，一小时换一件，每晚可以更换四件。循环往复，以至无穷。

妻子的旗袍不允许任何人触动，于是大衣柜成了无菌室。既然卧室是妻子的领地，他决定不破坏事发现场，等待女主人回家解决。

妻子卧室床角下摆着两只塑料餐盒，一只盛着切片黄瓜，一只注满清水。看来这家伙享受特供待遇，至少相当于副部级。于是心里明白几分，认为这位不速之客跟妻子有关。他转身退回客厅，坐进沙发里思索着。

天啊，这家伙竟然从妻子卧室爬出来，大模大样望着他，显出颇为自得的样子。他还是苦笑，认为这只大龟性格很像娅慧，执拗而自信。

此时想起古代精通鸟语的公冶长,他尝试与这只大龟对话。

"小东西你好!请问你从哪里来,还要到哪里去?"他丢开不锈钢晾衣竿轻轻问道,语气仿佛德高望重的长辈关爱幼儿园孩童。

这时候,猛然想起"千年王八万年龟"这句民间俗语,他觉得自己有托大之嫌,我是"七〇后",它至少是"四〇后"吧?按辈分接近父亲的年纪了。

于是心生莫名敬畏,随即轻声问道:"看样子您是陆地旱龟,不大习惯生活在水里吧?"

这个不速之客仍不吭声,继续保持沉默。他觉得"四〇后"的性格很像自己,属于寡言少语型。正是由于寡言少语不擅溜须拍马,他没有及时得到正常提拔。因为那些局长喜欢甜言蜜语的下属,尤其是口吐莲花的女下属。

就这样,他有些喜欢这个沉默的家伙了。缓缓伸出手臂,他尝试着触摸龟甲。它立即收缩防守,收藏起头颅和脖颈以及四肢,顿时变成椭圆形物体,定定地摆在地板上。这时轮到他伸长脖颈了,瞪大眼睛打量着椭圆形物体,意外发现龟背侧面镌刻着几个英文字母:love,刻痕很深。

"咦——?"他笑了,这次不是苦笑。因为他读出这是英文"爱"。

"喂,这'爱'就是你的名字吧,这名字谁给你取的?"尽管知道对方是个动物,他还是急迫地问道。

这家伙好像来自保密局,永远保持静默状态。他再次笑着问道:"喂,看你这缩头缩脑的样子,难道是跑到我家潜伏来啦?"

它仍然不动弹,浑身散发着特殊的味道。他想起当年父亲投身"黄昏恋",外出约会女朋友竟然给衣服喷洒香水,一路快步去了街角公园。那时他嗅到父亲喷洒的香气有股怪怪的味道,后来得知香水的牌子叫"念"。

父亲用了"念"牌香水,然后就给他娶了继母。这就是念的力量。

此时他耸耸鼻子觉得这只陆地旱龟浑身散发的味道,有些接近当年父亲用的香水"念"的气味。

这家伙分明有些来历,给家里带来昔日父亲的味道。于是父亲在天之灵跟这只"香水龟"产生了联系。

这时楼道里传来高跟鞋敲击水泥地面的声响,之后是钥匙插进锁孔的声音。这是402的钥匙插进402的锁孔。他知道妻子娅慧下班回家来了。

案情即将明朗。

## 二

顶着正午的大太阳,她伸腿跨出灰色轿车,右手拎起紫竹提篮,左手捏着素花手帕,略显吃力地走向自家楼门。竹篮没有那么沉重,只是被她娇小纤细的身材夸张了,才造成竹篮沉重的假象。

然而在有些人眼里,假象往往比真相更为动人。轻轻落下车窗玻璃望着身穿淡蓝色职业套装的朱娅慧的背影,霍则军并不知道这个白天安适娴静的女下属,夜晚竟然能够发出超乎想象的鼾声。这便是昼与夜的反差。

娅慧走进楼门沿着楼梯来到二楼,可巧遇到老余头儿。他老人家朝墙壁上贴好小标语转身说道:"节约用水,人人有责!你家卫生间水箱漏水呢……"

她将略显沉重的紫竹提篮换到左手,优美地喘息着:"您家住在202室,中间隔着302呢……"

"水箱漏水人家当然听得清楚,那水就白白浪费着呢。"老余头儿颇为生气的样子,匆匆下楼走进正午的阳光里。

她知道老余头儿贴出的小标语却经常出现错字,于是这些错字经常被人改正,只是不知出自哪位邻居的手笔。然而老余头儿屡错屡犯,便被屡错屡改。

娅慧曾做过公司文案,深知当今是错字满天飞的时代。可是老余头这把年纪,不应当成为"错字大王"的。没文化,真可怕。她歇了口气,拎起紫竹提篮继续攀登楼梯,心里寻思着,老余头儿住二楼怎么会听到四楼我家水箱漏水呢?她鼻尖沁出晶莹的汗珠儿,人就更显得透亮了。

从坤包里掏出钥匙开门进家,立即奔向卫生间。水箱确实漏水了,那哗哗声响好像家里添了条小溪。

她一时有些慌张,慌张得腰肢愈发纤细。她不好意思向楼下轿车里的霍总求援,随即想起联系物业管理站。电话里物业维修工指导她掀开水箱盖子,将手伸进水里按住水箱泄水阀。

维修工近乎神明,她按住泄水阀果然没了小溪流水声,心思重新回到那只紫竹提篮里。

轻轻掀开覆盖着陆地旱龟的白毛巾,"来福"露了出来。霍总家里饲养的这只宠物名叫"来福",但是没人能够说清它的年龄。

来福是陆地旱龟,并不需要水养,主食是蔬菜和水果。风度翩翩的霍则军特意叮嘱她,说蔬菜必须是有机的,稍有农药残留也会毒死来福。水果尽量选择南方品种,譬如杧果、凤梨或阳桃、木瓜,毕竟来福的家乡是广西,不大习惯北方的红枣、鸭梨或苹果、黄杏。

既然来福是霍总的宠物,就要它跟我同居吧。她大胆地抱起这只旱龟走进自己卧室,轻轻放在床前。名叫来福的椭圆形宠物伸出脖子,仰头望天。

"从今天起你住在我家,我就是你的临时女主人……"这样说着她看到龟背侧面镌刻着几个英文字母:love,而且刻痕很深。

她知道这是"爱",莫非这是霍则军亲手镌刻?他真是个有趣味的男人。当然,公司里传说他娶了没有趣味的夫人,而且特别没趣味。

反客为主的来福不慌不忙爬到梳妆台下面,缓缓收缩成个椭圆形物体,看着像只倒扣的汤盆。

她从紫竹提篮里取出来福的餐盒与水盒,静静地放置在床角。之后看了看手表,朝着来福扬手说了声拜拜,便跑去卫生间洗手擦汗,然后补了补妆。霍总说下午公司有个客户见面会,约好时间不能耽误的。

完成了宠物来福的安置任务,身材小巧的娅慧拎着空空如也的紫竹提篮,走出家门下楼去了。

娅慧婚后多年不孕,身材保持得很好,被公司女同事称为"清爽丽人"。她则自嘲为"清闲例人",由于担忧"例"被联想"例假",她只得接受"清爽丽人"的美誉。然而自从得到公司福利分房小三室,这个"清爽丽人"便遭到广泛妒忌,她的这套小三室被同事们不断私下议论。

她气愤地找到霍总,要求公司领导出面为自己澄清名誉,小三室没有猫腻。然而性格稳重的霍则军认为,有些不负责任的群众言论,反而越描越黑,还是坚信清者自清为好。从此,"清爽丽人"极力疏远这位霍总,自己身材依然秀丽。

一派轻盈地走出楼门,娅慧看见老余头儿顶着大太阳,正在仔细地打量着灰色轿车,浑身正能量的样子。她习惯性地朝他老人家说了声谢谢,匆匆钻进霍则军驾驶的轿车。

她坐在副驾驶位置,这是平时养成的习惯。霍总发动汽车说了声谢谢,这不是习惯性致谢,这是因为她接纳了宠物来福。

平时都是工作联系,很久没有私人接触了。今天上午突然接到霍总电话,约她公司楼下的晴空咖啡厅会面。放下手头文案,她乘电梯下楼匆匆赴约。

满面愁容的霍总叫了两杯咖啡,开口对她父母当年罹难于唐山大地震表示痛惜。她惊诧地瞪大眼睛。今天并非"7·28"祭日,不知霍则军搭错了哪根脑筋。

随着霍总讲述,咖啡渐渐凉了。娅慧明白了霍总的心思,端起变凉的咖啡说:"全公司只有我父母双亡,那么这件事情我责无旁贷……"她同意将那只名叫"来福"的陆地旱龟接到自己家里寄养。

"我父母只住几天就会返回农村老家去的……"处事精细的霍则军补充说,"据我了解你先生的父母也不在世了,这样更不存在人龟夺寿的问题。"

尽管不能完全理解霍总所说的"人龟夺寿"的理论,但她礼貌地点头说是。霍则军有些难堪地说:"我父母是农村人,人老了思想意识还是比较顽固的。"

"无论怎么说,您都是父母的好儿子。"她知道霍总承受着夫人的巨大压力,便称赞霍总是大孝子,趁机向霍总将小三室分配给她,表示了感谢。

"所以今天是你对我的回报嘛。"小麦肤色的霍则军扫去满脸愁云,索性扬手点了两份点心,说提前解决午餐,然后开车回家转移宠物来福。

她知道这是霍则军为避免夜长梦多,速战速决以防止夫人出面干预。全公司无人不知,霍总在家里"副家长",正职是夫人艾泽芬。因此事业有成的霍则军总是略显几分忧郁之色。

吃过点心去霍家取来福。霍宅是三百多平方米的大复式。宏大的场景、豪华的装潢、精美的家具,震撼了女职员朱娅慧。尤其名叫来福的陆地旱龟独居婴儿房,上午阳光照耀着这只宠物,它的日常生活条件显然超过诸多公司白领。

"我太太认为来福是她二儿子,所以让它居住婴儿房了。"霍则军解释着。其实不用解释谁都知道霍家大公子在美国加州读书,这只陆地旱龟自然成了霍家的二儿子。

"如今国家放开二孩政策,可是我家泽芬过了生育年龄,来福就成了她的二儿子。"霍则军不懈地朝娅慧解释说,"如今时兴另类宠物,还有饲养蜥蜴和变色龙的,据说也能跟主人产生感情。"

"不论饲养什么动物,家庭主人都是宠物的爸爸妈妈呢。"她轻声软语附和着说,"其实动物不光是人类的朋友,更是人类的伴侣。"

霍则军侧脸看着她,似乎听到了至理名言。然后他小心翼翼抱起自家二公子装进紫竹提篮,轻轻覆盖湿润的白毛巾,略显抱歉地说:"来福,那就请你到外面去暂住几天吧。"

这时来福从紫竹提篮里伸出头来。她猛然嗅到它散发着特殊的味道,这味道既难以概括又无法抽象,似乎让所有人失去主张。霍则军稍显歉意地说:"你可能不大习惯这种味道,其实它叫香水龟,我家泽芬买它时很贵的,差点儿刷爆信用卡……"

香水龟?她一时不知如何回应,只是觉得这味道确实属于某种香水系列。不知霍太太信用卡额度几万,竟然几乎刷爆。看来收养这"龟儿子"比亲自生二孩耗资巨大。

转移安置了宠物来福,就是帮助霍总解决了家庭难题,她不禁快乐起来,感觉生活充实了。

她去公司水吧沏茶,听到女同事们议论:"女人身为妻子嘛,还是要给丈夫生个孩子的。"

她立即联想到自己。其实是丈夫患有精不液化的顽疾。她维护男士尊严将责任揽到自身,公开说患有女性寒凉症难以治愈,无法怀孕对不起丈夫。

帮助霍总解决家庭难题的内心喜悦,被女同事们的议论冲淡了。她想起丈夫李永生的口头禅:这世界真的没了逻辑。

傍晚下班走出公司大厦,她先是乘坐地铁,然后冒出地面换骑小黄车,悠然骑到住宅小区自家楼门前。哦,我中午回过家,此时增添了家庭成员来福。她恍恍惚惚觉得今天特别长,好像变成26个小时。

黄昏时分走进楼门,手机响了一声。打开微信看到"从我做起"两千元转账,她知道"从我做起"是霍则军的微信名,眯紧眼睛看着微信附言:"娅慧好!奉上来福这几天的生活费,你照料它辛苦,深谢。"

来福几天的生活费就高达两千元人民币,她不知如何花销,莫非饲养宠物的费用超过供给大学生?她思量着,沿着楼梯高跟鞋嗒嗒敲击地面,清脆悦耳。这种平民住宅区楼道光线不强,但她还是能够看清墙壁上贴出的最新小标语:"瑞正生活作风,维固家庭团结!"

这又是老余头儿的错字,把"端"写成"瑞",犯了偏旁部首的错误。然而,仔细打量着"维固"二字,她犹豫起来,不知老词典里有没有这个词汇。

一时拿不定主意,她不敢贸然修改老人家的作品,继续沿着楼梯走到402自家门前,取出钥匙开锁。

拉门走进家里,看到客厅灯火通明,她立即大声说:"没想到你比我早下班,不然会打电话告诉你家里来了借宿的宠物……"

不知为什么,她把寄养说成借宿,然后迎上去拥抱了丈夫李永生。每天下班进家夫妻拥抱,这是多年的定规。

李永生将妻子紧紧搂在怀里,问这是谁家的宠物。她说出霍则军的名字,然后补充了霍太太的名字艾泽芬。丈夫听罢松开双臂,结束了例行拥抱。她立即跑进自己卧室,轻声叫着:"来福,来福。"

丈夫听到这只陆地旱龟名叫来福,就怪异地笑了。这真是个俗气的名字,显示出了宠物主人的文化品位。

妻子没有找到来福,神色紧张地跑出自己卧室,仿佛亲人走失。他说它爬到我的卧室里去啦。她立即笑弯黛眉,说来福跟你有缘呢。

听到"有缘"李永生反而有些懊恼,说:"既然借宿咱家,那就不要叫来福了,我们叫它'念'吧。"

"念……?"她说着想起楼道里小标语的错字说,"来福这名字又不是什么错别字,我们不要随便改动吧。"

他的懊恼情绪明显加重了,借机迁怒于他人,说:"我看老余头儿存心跟我过不去,他隔三岔五在楼道里弄出错字,好像知道我是校对老李的儿子!"

她意识不到丈夫的懊恼情绪源自霍家宠物,说:"你还放不下童年的思想包袱啊?我认为'校对老李'非常了不起,如今找不到你父亲那样殚精竭虑的人物了。"

这时候,被异地安置的宠物来福从李永生的卧室里爬出来,伸出脖子瞪着绿豆似的眼睛,打量着这对似熟非熟的饮食男女。

她伸手指着来福对丈夫说:"霍总的农村老家习俗陈旧,千年王八万年龟,只要父母健在,子女就不能饲养龟类宠物,说它跟老人家夺寿嘛……"

"是啊,所以霍则军要让他父母寿命超过乌龟,就把宠物弄到咱家借宿来了。"他抢先打断妻子说,"霍则军知道你父母远在天堂,当然不会怕人龟夺寿了。"

娅慧点头认同说:"龟跟人夺寿,人跟人也夺寿呢。霍总说于凤至生养仨儿子全都夭折,所以张学良活到一百多岁,那老家伙夺了三个儿子的寿命。"

来福似乎听了临时女主人宣讲西安事变的名人故事,悄然爬到临时男主人脚下。他立即跳开两步说:"我可不想被霍家宠物夺了寿!人家张学良毕竟是少帅,硬是把赵四小姐都熬死啦。"

她笑了,猫腰抱起来福去厨房给宠物筹备水果蔬菜晚餐。他吃惊地发现,多年不孕的妻子竟然焕发母性,目光里充满慈爱。

妻子在厨房朝客厅里的丈夫解释说:"霍总说超过六十五岁被称为老年人,只有老年人才存在人龟夺寿的危险。现在人家来福还威胁不到你呢!"

他感觉妻子说话比平时高调了,有温柔呼喊革命口号的趋势。这是霍家宠物来家借宿发生的微妙变化吗?他感觉自己被边缘化了,抄起热水瓶给自己泡了盒方便面,坐在客厅里吃了起来。

父亲去世多年,我还是忘不掉自己是"校对老李的儿子"?他在麻辣方便面的启发下捋清了思路:怪就怪邻居老余头儿不断贴出错字,总是引发我的童年记忆。这个不速之客来福的出现,也唤起我的自卑心理,人家霍则军年纪不大高薪名表洋房豪车,我年逾不惑是个小公务员,无疑属于人生失败者……

吃过麻辣方便面,他不由得想起特蕾莎修女的名言:"一个人的真正贫穷,不是食不果腹与衣不遮体,而是没有爱和不被需要。"

当年我与父亲就没有爱,如今我在单位也不被领导需要。如此说来我就是特蕾莎修女说的那种真正贫穷的人吧。

妻子伺候了来福吃晚餐,走出厨房看到丈夫与麻辣方便面,惊讶地意识到丈夫闹情绪了。她的补救措施是开锅煮速冻水饺。

他勉强吃了几个饺子,感觉宠物来福带来的"念"牌香水味道越来越大,就放下筷子说:"我还是认为既然宠物借宿咱家,就要叫咱家的名字,这也叫捍卫领土主权吧。"

"好吧,你叫它念,我叫它来福,'一国两制'吧。"妻子提出如此宏大的建议,好像她能解决台湾问题。之后,娅慧开始换穿旗袍,两小时内展示了四件,身材愈发显得娇小,让满柜子旗袍嫉妒她的身材。

他照例晚间下楼散步,二楼楼道灯光明亮,好像特意为他照明似的。最新出笼的小标语"瑞正生活作风,维固家庭团结!"特别显眼,占据墙面。

"瑞"字已经被红笔改为"端"字,列在旁边。"维固"两字颇为生疏,没被改动。他愈发觉得这世界没了逻辑,把老余头儿培养成了"错字大王"。

记步器提示走了八千步,他浑身出汗返回家去。积极洗漱完毕,电视里"晚间新闻"也结束了。这时候妻子怀抱来福说了声"晚安",起身走向她自己的卧室。

他盯着妻子怀抱的"念",回了声"晚安"。夫妻互道晚安也是家庭惯例,只是今晚增加了"一国两制"的临时家庭成员。

妻子突然扭头问道:"你坚持叫它'念',这是念念不忘的意思吧?"

他反而被妻子提醒了:"是啊,我念念不忘什么呢,难道是那种味道?这世界真的没了逻辑。"

夜半忽然醒来,这套被称为小三室的房间里静寂无声,静默得令人窒息。他猛然意识到夜半没有鼾声,随即翻身坐起。

妻子睡眠打鼾保持多年,颇有五十年不变的趋势。此时突然鼾声消失,引起他的警觉。他不敢怠慢起身跑进妻子卧室,伸手揿亮顶灯。

她被惊醒了,满脸惊悸地问他:"是地震了吗?"他连连摇头说:"你不会是呼吸不畅吧?"

他看到"念"缩在妻子床边,好像睡得比全人类都要安稳。

他怏怏不乐地说道:"家里来了这个宠物,娅慧你倒没了鼾声,这世界真的没了逻辑。"

"我也不知道自己为什么没了鼾声……"妻子有些无辜地望着丈夫,"难道来福浑身散发的气味具有静音功能?"

他暗暗认为这确实是股神秘的气味,不知从哪里穿越而来。这令他想起父亲生前使用过的香水,脑海里倏地翻起浪花。

他伸手关闭妻子卧室的顶灯,以便孤零零地站在黑暗里。他尝试着说:"你父母都过世了,可是我的继母健在啊,霍则军的父母害怕人龟夺寿,我的继母就不害怕吗?"

黑暗里,妻子的身影凝结成雕像。"哦,这个问题被我忽略了。可是,可是你继母不跟咱们同住,她距离遥远不会被来福夺寿吧?"

"既然人龟夺寿属于神秘力量,即使我继母不在现场,也不能保证她寿命不受侵害啊!"

这彻底动摇了寄养来福的理论基础。黑暗里妻子低头思索着,却找不出反驳丈夫的只言片语。

"那就请你考虑一下吧,这世界不会没有逻辑的……"他说罢转身走出妻子卧室,把"念"散发的味道甩在身后。

一大早儿,他没有提及夜半的话题,一声不吭吃了早点。妻子忘记早点专心查阅《现代汉语词典》,是商务印书馆的修订本,然后上网查找着什么。

他认为妻子忙于查找养龟方面的资料,就打开小三室的单元门通风。那股神秘而特殊的味道,被过堂风裹挟着,呈现出一定的规模。

妻子关闭电脑望着丈夫说:"我还是没有查到'维固'这个词语……"

"校对老李的儿子"惊异地打量着妻子,说:"小标语的错字都是你给改过来的?"

她认真回忆着说:"绝大多数都不是我给改的。不过,我总觉得老余头儿故意写错字,好像怀有什么目的……"

老余头儿故意写错字?这世界真的没了逻辑。丈夫李永生不以为然。

终于重新提起半夜的话题,他说:"虽然从未见过继母,我还是不愿人龟夺寿的危险发生,请你把这只宠物给霍则军退回去吧。"

这毕竟是别的男人的宠物,她感受到丈夫的醋意,说:"今天周六,明天周日,我不能公休日打扰领导啊。"

之后她继续说:"我还是下楼把'维固'错字改过来吧……"

她不知道,此时"维固"已经被改为"维护"了,而且使用了大号红色碳素笔。

## 三

星期天总有人叩门,先是燃气公司安全检查员,然后是自来水公司收费员。傍晚时分娅慧应声跑去开门,身姿宛如风摆柳枝。

门外身穿褐色长袍的女士当头就说:"这是朱娅慧家吧?我叫艾泽芬,我跑来看看我二儿子来福!"

她想起艾泽芬是霍太太的名字,连忙请客人进门,还说不用换拖鞋了。

褐色长袍掩饰着艾泽芬中年发胖的身材,她猛然想起什么大声说:"刚刚三楼有人让我告诉你,说你家电表红灯闪烁提醒,只剩下五度电啦,你赶快拿卡去购电吧!一旦停电你家冰箱存放的食物都会变质的,以前我家住平民区的时候就这样……"

李永生既没见过霍则军也没见过霍太太,闻声站起。艾泽芬大步走进客厅,微笑着朝他点头致意,然后毫不见外地打量着这套小三室。首先关心宠物来福夜晚睡在哪里。

"什么!你让我家来福夜晚睡在你房间?这绝对不可以的,人在夜间睡眠呼出大量二氧化碳,这会减少空气里的氧气含量,你让我家来福怎么活?我从来不敢跟它同屋而眠的……"艾泽芬对朱娅慧表示不满。

他将对霍则军的醋意转移到霍太太身上,抢先说道:"你家来福在我家生活挺好的,娅慧给它挠背、剪指甲、洗澡,宠物尊贵也要入乡随俗嘛。"

艾泽芬急于见到二儿子,连连问来福在哪里。"每次我外出回家,来福都会从婴儿房里爬出来迎接我呢……"

娅慧有些难堪地说:"不好意思,我家没有婴儿,也就没有婴儿房。"

艾泽芬思子心切,颇为失礼地返回玄关,从头开始寻找起来。

是啊，自从燃气公司安全检查员进门，我就没再看到来福的身影。"娅慧顿时紧张起来，仔细查找过自己卧室，之后快速跑进丈夫卧室。

这套小三室房间里，遍寻不到来福的影子。艾泽芬急得身体在褐色长袍里颤抖着，好像道姑发功了。

"霍则军从来不认为大儿子是他亲生的，我只好拿来福当二儿子。可是它又在你家失踪了，这不会是霍则军的阴谋策划吧？"艾泽芬失态了，竟然慌不择词道出家庭隐私。

李永生与妻子面面相觑，一时不知如何应对。这时候娅慧的思路猛然想到——怪不得霍总经常闷闷不乐呢，原来是有难言之隐……

"霍则军始终认为当年产房护士错抱婴儿，我说做个亲子鉴定就清楚了，他又坚决不做，好像特别愿意享受这种错误的折磨！你们说他是不是个神经病人？"艾泽芬说出这个无伤风化的内幕，好像暂时忘记了她的二儿子。

李永生好像被霍则军的事迹感动了，脱口说道："您的丈夫真是坚忍啊！莫说忍受这种亲子错误折磨，当年我父亲遇见个错字都忍受不了的。"

神志不清的"来福妈妈"终于恢复过来，说："你们到底把来福弄到哪里去啦！如今拐卖儿童的坏人太多了……"

娅慧慌忙解释说来福是动物不会被拐卖的，它也不会爬楼梯跑到外面去。艾泽芬听罢急声说："来福会爬楼梯的，我家三百多平方大复式，它经常爬上爬下的！你家里找不见来福，它肯定是跑出去了。"

娅慧受到来福妈妈的爱心感召，立即建议走出家门，挨家挨户寻找宠物下落。于是兵分两路，李永生上楼从六楼开始查找，朱娅慧下楼从三楼开始寻找。艾泽芬视野宏大，起身跑去当地派出所报警了。

娅慧寻到三楼打量着302的门，那位租住这套房间的漂亮少妇应当在家吧？她轻轻叩响室门，房间里有人应声，听着不像少妇。

一位鬓发斑白的女士微笑开门,当头说了声"你好"。娅慧嗅到某种特殊香水的味道,清淡含蓄。她觉得这种特殊的香水属于小众,只适合极少数人。

"你是来寻找宠物的吧?"鬓发斑白的女士轻声说道,"我开门下楼丢垃圾,就看到你家的来福,它嗖地爬了进来,可能是喜欢我家的香水味道吧。"

"您怎么知道它名叫来福啊?"娅慧觉得对方似曾相识,一时想不起在哪里见过。

"楼的墙壁不隔音,我无意间听见你们夫妻说话叫它来福。不好意思我不是故意偷听的。"鬓发斑白的女士谈吐文雅,坦诚地微笑着。

"您还关心我家卫生间水箱漏水,还关心我家卧室敞窗?哦,您还关注我家电度表亮起红灯……"娅慧将近来信息汇总起来,思路渐渐清晰。

"我不便出面,只好请二楼余老先生转告你们……"

这时候,宠物来福从女主人卧室里爬出来,伸脖扬头望着电视墙,缓缓爬向电视柜。娅慧叫了声:"来福,好孩子!"快步跑上前去。

来福径直爬到电视柜前面。娅慧看到电视柜里有个古典风格的磨砂玻璃小瓶,似乎对来福产生了吸引。

"这是念牌香水,如今很少有人记得这种味道了……"

念?念牌香水……娅慧惊了,转身仰脸望着这位慈祥的女士。

"这302是女儿特意给我租下的房子,她知道我对她的继父有过承诺,要住得很近的……"

"噢!"娅慧猛然想起什么,上前拉住对方的手,"那天病床前只记得他老人家嘴里念叨'南山,南山',没有特别记住您……"

"我的名字叫南姗,他临终时还不忘叮嘱我……"鬓发斑白的女士回忆说,"叮嘱我不要离你们太远,所以我让女儿租了这套房子,有时从楼道里看到你们夫妻的背影，心里挺踏实的。"

娅慧听了眼睛有些湿润，给这位默不作声住在自家楼下的女士鞠躬说："民间习俗说人龟争寿，尤其老年人特别忌讳龟类，我没留神让来福跑到您家里来了，实在不好意思。"

"人跟人争寿，这没有任何科学依据。"鬓发斑白的女士抱起来福说，"人跟动物争寿，这更没有丝毫科学道理了。"

娅慧极受感动，说："听您老人家这样说，我就放心啦！"

"二十多年前我写过《成长心理学》，书里谈到人的寿命观，我认为即使活到古稀年纪，内心仍然是要成长的。"说着双手捧着来福，笑着递给娅慧。

娅慧接过来福，说："您女儿还在图书出版公司做校对员？"

"是啊。她说如今错别字太多，以讹传讹弄得人们不明所以，所以她特别在意这份工作，只要见到楼道里有错字就顺手改过来。"

娅慧再次给老人家鞠了躬，抱着来福告辞走了。来福在她怀里散发着别样的香气。她上楼走进家门，仿佛穿越了几十年，站在玄关里喘息着。

从派出所报案归来的艾泽芬站在客厅里，滔滔不绝地向李永生说："值班警察说你们楼里住着个老余头儿，从前是出版社的编辑。他退休了在楼道里贴小标语，整天故意写错字，要是没人修改他的错字，心里就特别失望，说有错不纠，生活堪忧。要是有人修改他的错字，心里就特别高兴，说见错就改，社会光彩……"

她静静地望着这个心直口快的女人。这时艾泽芬皮包里的手机响了，她接听电话大声说："老霍啊，你二儿子还没有找到呢。不过朱娅慧的先生跟我说，咱家来福不会跑掉的，宠物也有良心，它对爹妈不会那样绝情的，虽说不是亲爹亲妈……"

妻子朱娅慧看到丈夫李永生从艾泽芬手里讨过手机，竟然跟霍则军聊了起来。

"我说霍总啊,我是个没有儿子的男人,可是我给我父亲做过儿子啊,所以我想跟你说几句话。你平时对待宠物都这样好,我认为你对待亲人肯定更好。如果当年产房没有错抱婴儿,大儿子自然是你亲生儿子;假若当年护士抱错了,你养育多年送他国外深造学业有成,这又跟亲儿子有什么两样呢?当然,这次你家来福寄养我家这几天,它对我触动也挺大的……"

李永生说着说着,抬头发现站在玄关的妻子,便不言声了。艾泽芬顺着李永生的目光,猛然看到朱娅慧怀里抱着来福,她发疯似的扑将过来,一把抢过二儿子紧紧抱在怀里,再度激动得浑身颤抖,连声说着"龟儿子,龟儿子"。仿佛失散多年的母子团聚,艾泽芬完全失态,抱起龟儿子扭身就走,连声招呼也不打,快步冲下楼去了。

丈夫冲着妻子笑了,说:"看来即便没有儿子,如今宠物也可以做儿子的。"

她不动声色地说:"今天太晚了明天吧,明天你西服领带着正装,我领你去见一个人……"

"谁呀!是不是总给小标语改错字的那个人?"他说。

"有人见错就纠,有人知错就改,这样就会好起来的。"妻子上下打量着丈夫说,"校对老李的儿子,你还记得那种香水的味道吧?就是从前你跟我说过的'念'……"

李永生说:"噢,就是那种跟来福的味道差不多的'念'?"

"明天你去买束百合花吧,记住要九十九朵,祝福健康长寿的。"妻子说着,走进自己卧室打开大衣柜,极其认真地寻思着:"明天我穿哪件旗袍最适合呢?"

于是,明天似乎成了盛大的节日。

## 组合风景

一

每天起床后都是这样,轻轻撩起窗帘瞭望楼下,已然成了我的功课。我居住的18号楼与13号楼间隔着篮球场大小的草坪。我佩戴三百度近视眼镜足以看清草坪旁边的健身器械:一个穿红色瑜伽服的女子起跳抓住单杠,四肢柔软得好像面条,一瞬间便攀缠在单杠上,身体反悬倒挂,久久不动,远远望去好似红色物件晾着。我不忍心说此时她像条等待风干的赤蛇。

这是我清早的风景,也曾担忧单杠沾有露水,令她湿滑脱手。远远凝望这挂红色,愉悦身心的效果明显,如今我生机勃勃没有多少暮气,尽管我属于未老先衰的男人。

那团红色就这样静止着。人生就是这种反悬倒挂的状态吗?好像她固执地等待跌落时刻的到来。这是个难解之谜,包括凌晨的露水。

她身穿红色紧身衣,因此不怕身体走光。她的持久倒悬使我的时间也静止了。然而临近八点钟必须走出家门,我停止思考去上班了。

匆匆走出楼门经过草坪旁边的健身器械,单杠变得空空荡荡,没了人影。每天均是如此。这使我觉得只能站在自家窗前瞭望,一旦走近她便倩影消失。

这也是个难解之谜,包括健身器械和草坪。

我付费订制的手机铃声响了,扰得我分神。这不合时宜的电话是朋友阿汶打来的,这位摄影师声音颤抖,说他躺在高速公路水渠边,等待救援呢。

我半路给公司请了假,扫码小黄车赶往武警医院。一路上很想给远在邻市支教的妻子打个电话,说阿汶出了车祸。为什么告诉远在乡村教书的妻子呢?我也说不清楚。

躺在武警医院急救室里的阿汶,奄奄一息。他原本长发披肩,不知何时剪成短发,直到看清嘴角那颗黑痣我才确认。

阿汶好像很满足,努力微笑着说独自开车赶往清水湾,那是个美丽的地方。可是刚上高速公路手机就响了。

我大声问他是谁打的电话,他咬咬牙摇摇头,苦笑了。然后说了句"艾派"便不再出声。我知道他说的是笔记本电脑,就请他放心。之后经过抢救,我的朋友缄默不语了,被白布蒙身推进冷冻室。

我知道他生性害怕寒冷,内蒙古根河雪景都不敢去拍摄。如今他去了比内蒙古根河更冷的地方,我为摄影师未竟的事业感到悲伤。

年轻交警来了,他要求值班医生给车祸抢救记录签字,然后扭脸冲我说:"你看他多得意啊,敢在高速公路开车打手机,一下吻了大货车的铁屁股。他放着那么多肉屁股不吻,偏偏爱找这种刺激……"

这个年轻交警说话的表情生动,模样有些像郭德纲的徒弟。

"你是怎么知道他高速公路开车打手机的?"我好奇地追问。

没想到对方被我问住了,生生把白脸憋成红脸说:"推断,依照科学逻辑推断!他要是不接电话怎么会追尾呢?苹果7太贵了,我坚决使用华为或小米!"

我随即掏出手机给阿汶的妻子打电话报丧,此时她已是阿汶的遗孀了。

## 二

阿汶的儿子叫亚金。举凡亚金便不是足赤。阿汶这家伙为什么给儿子取这样的名字呢？原本24K的，却叫亚金。看来阿汶是理想主义者，他确信事物的不完美性。

江牛这样想着仿佛受了误导，走进阿汶家小区两次找错楼门，每次都认为是对的其实都是错的。恍恍惚惚成了毫无主张的迷路人，只得打电话给亚金请他下楼引路。

一个身穿保安制服的黄脸男子微笑着说："呵呵，大白天的你怎么不认识路呢？"

在熟悉的地方迷路，江牛感觉两腿发沉。记得阿汶在世时说过，男人两腿发沉说明本钱不足，因此有"养精蓄锐"的成语。他解释"精"指男人的精气，"锐"指男人的器利。好像在修正汉语词典。

摄影师阿汶除了摆弄镜头，便是给中国成语添加另类注释。生前被他糟蹋过的汉语词汇，肯定不少。比如"奸腔不姨"，比如"提肛挈聆"。他很像非要把满盆清水弄脏的顽童。其实江牛知道，阿汶的戏谑是因为向往更为清澈的水。

"您有耳鸣吗？反正我有耳鸣，耳朵里经常敲锣打鼓，好像庆祝什么重大节日，其实什么节日都不是，从周一到周五，周六周日倒没有什么响动。"身材瘦小的亚金无辜地说着，望着满床父亲的遗物。

江牛觉得亚金不是寻常孩子，他的耳鸣周六周日竟然公休，极其夸张地遵循着《劳动法》。亚金与他父亲相比性格拘谨，言谈举止像个没有按时完成作业的差等生。

环视阿汶的家，江牛顿感陌生。严格说这不是阿汶的家了，他独自搬到另外的世界去了,那路程非常遥远,此时可能仍在迁徙途中。

"我父亲确实死了吗?"身高一米六的亚金是个少年怀疑主义者。

江牛告诉亚金自己亲眼看见阿汶在武警医院急救室去世:"你为什么不参加父亲的遗体告别仪式呢?"

亚金摇摇头:"一旦参加了,我便相信他死了。"

没有参加遗体告别仪式,父亲就没死。这是亚金的逻辑,这逻辑显得很特别。

俩人着手整理死者遗物,首先是那台"艾派"。阿汶的遗孀认为笔记本电脑里存有亡夫"小金库"的账号和密码,不能让这笔钱沉没在黑洞里。

点击鼠标打开页面,江牛看到阿汶的"年度纪事"文件夹,小声跟亚金商议暂时不要涉及文字内容,先从图像入手。

房间里隐约透出檀香的味道,勾人想起印度。早年阿汶曾经跑去拍摄泰姬陵,那时还用柯达胶卷呢。他拍了很多印度女人的吉祥痣,一张张都是特写,好像世界溅满红色斑点。这些印度女人身后的背景几乎空白着,使人觉得阿汶喜欢印度女人但不喜欢泰姬陵。这就使他的拍摄有了难度。

亚金点开名为"细水长流"的文件夹,一张张女性玉照呈现出来,一个个光彩照人。大量女性以少妇为主,少女为辅,不见老妪,一个个穿戴整齐,不露春光。

"你父亲是摄影师嘛,这都是他的采风作品。"江牛没让亚金关闭美女页面。亚金扭头看着江牛,嚅嚅说好像是三八妇女节了。江牛想起今天是四月一日。

一个身穿紫色风衣的女士出现了,佩带白色丝巾。这张照片背景是水帘洞,天色晴朗。亚金随手点开旁边照片,这位女士换了衣裳——身穿米黄色休闲装,天色依然晴朗。

江牛瞪大眼睛,定定地注视着电脑屏幕。

"关了它!关了它!"江牛从亚金手里抢过鼠标,违反操作程序直接关闭这台该死的笔记本电脑,狠狠耸了耸鼻子,起身走了。

阿汶的遗孀追出门来,身材小巧玲珑满脸惊异的表情:"今后无论你怎样看待我,我都可以理解的。"

江牛心思已然乱作烂泥塘,污水流淌。他没有心思过滤阿汶遗孀的这句话,毫无目的跑出小区大门。黄脸保安呵呵笑着,望着江牛远去的背影。

超级怪事!我妻子左晓溪在邻市乡村支教,她何时身穿紫色风衣和米黄色休闲装呢?这两张照片怎样跑到阿汶的"艾派"里呢,况且这两件衣服我从来没见她穿过,好像道具似的……

江牛认出那两张照片的背景,分明是黄果树瀑布。

这真是不可思议。左晓溪何时去了贵州,甚至跟阿汶到过黄果树……江牛走进小瀑布酒吧下意识叫了苏格兰威士忌,在酒精的辅佐下思索起来。

手机响铃了,这是他私人订制的洪水决堤的声响。他不愿接听,摁掉了。他喝第二杯时,微信铃声响了。江牛拿起手机点开微信图标,是"上善若水"的语音。

"江牛啊,威士忌是粮食蒸馏酒,你千万不要喝多,洋酒醉人更厉害呢,三天醒不过来。"上善若水是阿汶遗孀的微信名。

阿汶遗孀知道我在小瀑布酒吧喝酒,而且还是威士忌。江牛眯起眼睛四处搜寻,一瞬间从顾客变成保安。

这时不是酒吧消费的高峰时段,店堂里空荡冷清,有些像无人光顾的博物馆。只有店主饲养的黑色鹩哥关在鸟笼里,一语不发。

上善若水好似精灵,隐身空气里。江牛继续找酒保要酒,一杯杯喝着。这时候,他眼前不断晃动着紫色风衣和米黄色休闲装,这座酒吧顿时变成了服装店。

想起阿汶笔记本电脑里数不胜数的美女玉照,江牛觉得这家伙死得其所。他蹬腿闭眼走了,却留下难以破解的秘密,就连我也沦为"猜谜先生"。我妻子左晓溪是谜面,阿汶是谜底。如今谜面还活着,可是谜底死了,这会成为无解的死谜吗?

江牛步伐零乱走回家去,完全忘记了白天的经历。

转天醒来有亚金发来的微信:"江叔,倘若我父亲真的死了,我想认您做我的亚父。"

中国历史上只有范曾是项羽的亚父。亚金这孩子竟然从故纸堆里找出这个词语。"好孩子,即便你父亲真的死了,我又能教给你什么呢?我只会讲些无法验证的传说,比如从前有座花果山,山上有座水帘洞,洞里藏着两个人,然而没有孙悟空……"

亚金回复说:"您放心,我已经把左阿姨的两张照片删除了,特意使用了粉碎机软件。任何人不会看到紫色风衣和米黄色休闲装了,包括我妈妈。"

江牛瘫坐在自家沙发里,一言不发。亚金删除那两张照片,无疑湮灭了未经推敲的真相。这对怀疑主义者来说,等于丧失了自虐的依据。

突然觉得生活特别没有意思——他在缺乏恒久理想的背景下,如今连短期目标也失去了。此时反而觉得亡友阿汶好安逸,身居起价每平方厘米三百元的方格公寓里,毫无纠结的理由了。

## 三

我决定改乘长途汽车旅行,这样可以在长途颠簸中忘记烦恼。走进长途汽车站给妻子打了个电话,我坦言想去贵州旅游,因为那儿有黄果树。

"黄果树？我们这里的校长抽黄果树牌香烟呢……"

我给妻子背诵了著名散文《花海与瀑布》里的片段，以此检测她的心理承受能力。

"瀑布终于垂直降下了。她是义无反顾的勇士，宁愿粉身碎骨也要从高空跳下；她是不改忠心的情圣，宁可放弃高位也要与爱人同归；她是激情的奔流，她是狂野的跳跃，一路飞奔疾走，接连跳跃抵达山脚，终于落足宁静的深潭，并不甘心地停止喧嚣……"

电话里的左晓溪语气惊诧，迫切地询问我去贵州是不是休年假。她的发问猛地推我返回现实世界。是啊，不向公司请假便外出游荡，这是自毁饭碗的行为。

"晓溪，你知道阿汶车祸去世了吧？"

妻子问哪个阿汶，因为省城学校有个体育老师叫阿汶。我说曾达汶。妻子的语气愈发惊诧，请我代她向阿汶遗孀致哀。这时候电话里传来上课铃声，左晓溪匆匆挂断电话。

夜间有梦，梦见阿汶满面微笑对我说："你外出旅游还能够想起向公司请假，说明你并没有对生活产生怀疑。"

我想问他紫色风衣和米黄色休闲装，不知是谁拔掉了梦境连线，我不合时机地醒来了。

转天上班，我到文案室打印申请带薪休假的报告。部门经理当即答复说："你就别做白日梦啦，这月忙。你准备接待东北来的重要大客户吧。"

怪不得半夜梦见阿汶突然断片，敢情是部门经理拔了梦境连线。我重新沦陷在紫色风衣和米黄色休闲服的氛围里，从心伤到肝。下班回家痛饮自慰酒，独吃两盘下酒菜：猜忌凉拌颓唐，妒火红烧恼怒。

我寻求第三盘下酒菜，听到手机响了，并不是洪水决堤的声响。为感受那种排山倒海的气势，我付费订制了铃声。此时变成不用付费的格式化响铃,这肯定是运营商作祟。

手机显示陌生来电号码。近来我讨厌熟人,熟人意味着背叛。我乐意接听陌生电话,即使是骗子也有新奇感。

这是个操着普通话的女人,音色优美听不出地方口音。她说间接得知我是阿汶的朋友,所以拜托我陪同她去阿汶墓地祭奠,因为她是路盲。

"如果您同意的话,我马上动身赶到你那里。"

我觉得事情有些唐突:"请问您是阿汶什么人?"

"情人,生死不渝的情人。"电话里传来悦耳的声音,好像女主角在念诵台词,坚定而从容。我被她的坦荡打动了。

"我叫俞秋漪,是雒城人。当然,你没有必要把我的姓名和身份透露给阿汶遗孀,我与阿汶毕竟是婚外恋情,我要保护爱人的身后名声。"

爱人。这是当下含金量极高的词语。我再次被她打动,一时忘记自己属于疑似婚外恋情受害者。"俞秋漪女士,眼下阿汶还没有墓地,他的骨灰暂存殡仪馆,至于何时入土为安,只能由他的遗孀决定。"

电话里传来嘤嘤哭声。我揣测这是俞秋漪为亡故的情人没有墓地而感伤。我无法打断她发自肺腑的哭泣,只得静静听着。

她渐渐冷静下来,说:"您不会认为我是在做戏吧?"

"我与您素不相识,您没必要在电话里给我表演嘛。"

她声音颤抖:"谢谢您信任我!请问在你们城市购置两块墓地要多少钱?"

我报出我们这座二线城市墓地的均价。她立即向我讨要银行账号,说立即筹集十五万元打款过来。"虽然我先生是富豪,但是我不会用他的钱给阿汶购置墓地的。"

我说如果这样做你俩的婚外恋情肯定暴露了,这对阿汶的遗孀打击太大。俞秋漪意识到自己鲁莽了,电话里连声致歉。

"一旦阿汶下葬,劳您马上告诉我。我会第一时间也在那里购置墓地的。请您记下我的 qq 号。"

我难以抑制好奇心："我记下您的 qq 号。不过恕我冒昧，请问您为何也要购置墓地呢？"

"我死后也想葬在那里，远远望着阿汶……"

我久久被这位不曾谋面的女士感动着，她令我相信人间存在超越生死的爱情。尽管这发生在婚外，却通往心灵之门……

"您真的不认为我是在做戏吧？谢谢您……"

我暗暗羡慕阿汶了，他生前拥有如此痴心的女人，死而无憾了。

## 四

江牛供职的公司乔迁新址，从那座写字楼搬到这座写字楼。新的工作环境带来陌生感，他恍惚觉得自己灵魂滞留原址，只是把身体 PS 到这里了。他跑到商厦给身体添了件新西装，藏青色。左邻位同事陶晓宝好奇地问道："老江，你怎么又去参加追悼会啊？"

他这才意识到今天打了条深蓝色领带，慌忙跑到更衣间找同事借了红色领带。他返回办公位置，这时右邻位同事马小迅问道："大牛，下班后出席婚礼吧？你的藏青色西装太暗了，不喜庆呢！"

江牛感觉自己置身生死之间，方生方死，方死方生。

这时部门经理来了，递给江牛一条金黄色领带："东北的大客户提前到了，你马上参加接待工作，万万不可掉以轻心。"

好像遭受突然袭击，江牛跟随公司高管队伍下楼迎接。果然是个大客户，气宇轩昂地跨出轿车，介于高官与富商之间的样子。

江牛被指派陪同这位大客户娱乐。紧张的商务谈判使客人面露倦色，每天晚间娱乐活动足不出户，坐在宾馆房间聊天。东北人聊天时频频饮酒，直抒胸臆很是率性。

江牛受到他的感染,便将俞秋漪的故事讲给大客户,以助谈兴。这个故事让对方听得泪流满面,砰地打开第三瓶香槟,说:"你的故事让我相信了人间真有爱情,可惜它不属于我啊!"

说罢,他号啕大哭:"这种感人至深的爱情,为什么属于别人?这他妈的绝对不公平……"

一夜间大客户与江牛成了推心置腹的好友,无拘无束,无话不谈。他甚至告诉江牛至今难以戒掉手淫。尽管江牛喝得有些头重脚轻,还是牢牢记住了他的尊姓大名:梁铁峰。

转天梁铁峰来到公司继续洽谈合同,执意要江牛在场。这令公司老总颇感意外,上下打量着部下仿佛审视外星人。梁铁峰起身指着江牛说:"一滴水足以见太阳,他是我的贵人啊!所以这单生意谈成了。"

江牛不知道自己贵在哪里,不会是眼角的泪痣吧。

送梁铁峰到机场,这位大客户紧紧拥抱他说:"我永远不会忘记你讲给我的故事。因为只有不相信爱情的人,才会对生活果断出手的。"

不相信爱情?这时候江牛已经不那么激动了,毕竟紫色风衣和米黄色休闲装还在困扰着他。

他总算请下来年假独自去贵州旅行了。一路的风景首选黄果树瀑布,他要寻找紫色风衣与米黄色休闲装的拍摄背景……

五

这不是旅游旺季,而是狼少羊多的季节,安顺附近的小餐馆里能够吃到斑鸠。我认为这种湖南省三级保护动物不该飞来贵州,因为在黔省它不属于保护动物,这就如同紫色风衣和米黄色休闲装不该来这里一样。

然而左晓溪还是悄然来了,这便成了人类和鸟类的共同憾事。

走出小餐馆,看到远处有个身穿蓝白颜色校服的背影,走走停停,不时打量着路边风景。我快步从这个学生身边走过,听到有人叫"江叔叔"。

转身看到身穿蓝白颜色校服的是亚金,他赤手空拳嘴里衔着根树枝,好像要展翅飞去搭建鸟窝。这孩子不会是从湖南飞来的吧。

不待我张口发问,话语好像小瀑布从亚金嘴里喷涌而出。我惊异地望着从前寡言少语的高中生,怀疑这是替身。

"我爸爸的电脑里满是黄果树风景照片,好像这儿是他的家乡。可是我看了他的记事本,敢情他根本没有来过这里!所以这次我替他来了。我当然不会告诉我妈妈,她表面对爸爸的事情不感兴趣,还说爸爸只是个形式大于内容的摄影师而已……"

我突然感到恐怖袭来,随即拦阻他说话:"亚金!你跑来这里要做什么啊?"

亚金突然笑了,说不做什么。"妈妈说爸爸形式大于内容,我就替爸爸充填些内容好啦!好比包子馅儿太小,我就给加点馅儿呗。"

亚金说罢猛地反问:"江叔叔,您来这里做什么呢?"

"我嘛……"仿佛受到神示,我瞬间涌出答案:"我想给包子减馅儿,好让它成为真心馒头。"

"嗯,这样您就不会迷路了。"亚金欣慰地点头称是。

这时我觉得自己变成小孩子,反而亚金成了大人。此时这个"大人"朝"小孩子"挥了挥手,说了声"您多保重吧",便离开大道,沿着小路蹦蹦跳跳走了。

"如果阿汶真没来过这里,他就是个理想主义者了。"

我也随手掐了根嫩树枝,大大咧咧衔着,满嘴青涩回到小宾馆,立即给妻子打电话。今天星期天学校没课,此时左晓溪应当在宿舍备课呢。

妻子接了电话,匆匆说给孩子们上课呢。这令我感到意外。因为星期天是不上课的。左晓溪也不作解释,压低音量说了声"我爱你"就挂断电话了。

好像很久没有听到这句话了,眼泪夺眶而出。我快速走出小宾馆上街寻找亚金,恨不得立即把我认为的真相告诉他。因为,真相是稍纵即逝的。

晚间在小吃街看到蓝白颜色校服的背影时,我已然冷静下来,重新成为大人。亚金自然又是小孩子了。

第二天清早,我悄然找到妻子身穿紫色风衣的地点,发现这个位置不在黄果树瀑布核心景区,因此要调焦拍摄。既然阿汶没有到过这里,那么左晓溪的紫色风衣照片从何而来呢?

我又在不远处确认了米黄色休闲服的"案发地"。倘若左晓溪确实不曾来过这里,她的照片从何而来呢?黄果树大瀑布的故事储存在阿汶私人电脑里,照片却被他儿子删除了。

似乎成了个混沌的人,重新体验到某种责任感,我起身赶往那条小吃街寻找亚金。我要告诉这个孩子有些事情终将真相大白,不必风尘仆仆寻觅结果。一旦操之过急,疑惑本身反而变成答案了。

小吃街上亚金吃着米粉。我替他付了钱,催促他赶快买票回家。"你删除了紫色风衣和米黄色休闲装的照片,可是谁也无法改变身后的风景啊。"

亚金端着大碗说:"是啊,只有身后风景是真实的,谁站在它前面都是人物。这就是我爸爸做过的工作。"

童子口中出箴言。亚金好似未成年版的哲学家:"这次来到黄果树我彻底明白了,我爸爸就是把他爱的人和他爱的风景弄到一起,所以艾派里才有了那么多照片,好像瀑布群。"

"我妈妈说爸爸只是个形式大于内容的摄影师,这不对!我爸爸是个内容大于形式的美学家。我爸爸是个纯情的人,所以请您不要介意……"

早熟的亚金挎起双肩背包，赶班车去了。

我回到小宾馆，部门经理打来电话说东北大客户没有按时履约，公司高层决定派我充当"亲善大使"前往沟通，争取保住这单大生意。要求我马不停蹄立即返回。

"呵呵，真是山不转水转，没曾想我成了公司的关键先生……"愈发觉得生活充满变数，所以要以不变应万变，就跟亿万年不变的黄果树大瀑布似的。一个个游客变换了，身后风景永恒着。

我并没有急于返程，跑到"紫色风衣"和"米黄色休闲装"的案发地，烦劳路经此处的旅行团领队为我拍了两张照片，一瞬间就把自己定格在这里，深感不虚此行。

## 六

江牛再次见到东北大客户梁铁峰，时值漫天大雪。大客户的脸色比雪地还要苍白，完全没了首次会面时的酒红色，人显得颓废，似乎对生活失去信心。江牛小心翼翼地询问详情，建议去北京协和医院就诊。

"我身体没病去协和医院干啥？"梁铁峰颇为反感地注视着江牛，态度不太友好。

江牛环视着他的"奥飞斯"，金碧辉煌的确是大老板的气派，比如那只鎏金的地球仪，说明主人曾经以天下为己任。

"全都怪你给我讲的那个故事，全都怪你给我讲的那个故事，全都怪你给我讲的那个故事啊……"

他连说三遍，终于带住话头，脸色复杂。江牛认为这是喜忧参半的表情。

"你给我讲那个故事的时候，我就寻思女主角是我妻子。派人打印她的电话清单,果然查出她婚外恋的线索,然后顺藤摸瓜!嘿嘿,私人侦探的工作效率非常高……"

江牛以小伙伴的身份惊呆了。天啊,梁铁峰从感叹生死不渝的爱情的观光客,已经变成妻子红杏出墙的受害者。

既然是来争取生意大单的,江牛弓身表示歉意:"我不该给您讲那个故事,实在抱歉……"

梁铁峰转忧为喜,连连啪啪拍手,说:"我要谢谢你!你要是不给我讲那故事,真不知道前妻还要潜伏多少年呢。喝酒,咱们喝庆功酒!"

江牛听到"前妻"这个字眼儿,知道梁铁峰离婚了。是啊,像他这种富豪肯定容不得妻子出轨的。

"其实,我还真有些舍不得跟她离呢……"梁铁峰流露出骑虎难下的窘色,"事已至此,漂亮管什么用!也只好休了她。人们看戏还有散场的时候呢,何况男女婚姻。"

江牛趁机询问那单生意何时履行。梁铁峰端起酒杯干了,说准备关闭公司金盆洗手了。

"您洗过手金盆里还有水呢怎么办?"江牛惦记着大单生意。

梁铁峰眉头紧皱注视着江牛说:"当街泼了呗!"

想起阿汶生前为"养精蓄锐"的注解。是啊,梁铁峰情感生活遭受重创,精气大损。公司的大单生意肯定泡成方便面了。

起身跟他握手告别,江牛送上祝福的言辞:"东山再起,重振雄风!"梁铁峰听罢脸色恢复酒红,念念叨叨着。

漫天大雪,不依不饶下着。江牛猛然想起梁铁峰的公司总部就设在雏城,只是本人常住哈尔滨。由此看来夫妻不可两地分居,如果那样院内黄桃容易变成出墙红杏。

坐在高铁站候车室里,江牛打开笔记本电脑消磨时光,用的不是苹果。俞秋漪在qq里露头了，发了个哭泣的表情符号。

"不知道丈夫从哪儿探得我有婚外恋情，指责我出资十五万给情人购置墓地。我一句解释他都不听，抓住十五万的把柄不放，法院起诉离婚。"

俞秋漪显得很急迫，有火线告急的意味。

"法院判决女方不忠诚婚姻，男方属于受害方，所以没有判给我多少财产。即便我真想履行承诺给阿汶买墓地，也没有多少钱了。这里没人同情我，却有不少人嘲笑我演砸了……"

江牛没有想到俞秋漪落到这步田地。"您丈夫怎么会知道你的婚外情呢？"

"请放心，我是不会怀疑您的。您毕竟不认识我丈夫，当然他已是我前夫了……"

江牛猛然想起梁铁峰。"您前夫叫什么名字？"

俞秋漪在qq里说："您就不要提我前夫了，我想起他的名字就反胃。他始终不听我的半句解释，好像高压电网碰不得！"

莫非梁铁峰是俞秋漪的丈夫？我把那段生死不渝的墓地故事讲给梁铁峰，他听到的恰恰是妻子的婚外恋情……

好像罪犯逃离作案现场，江牛啪地合上笔记本电脑，起身跑进候车室厕所，好像钻进防空洞。

之后，他把俞秋漪的qq拉黑时，发现她已将他拉黑了。

## 七

走进小瀑布酒吧，我伸手抄起别人扔在吧台的《新闻故事选刊》，随手翻开是"人生如戏"这篇新闻故事。

这个新闻故事流传很广，已经引发演艺界关注，有些女演员甚至担忧悲剧重演,不敢再接感情戏。

话说雏城话剧团女演员章洁红怀才不遇,多年不得演戏的机会,去年意外被外籍导演选中,去省城出演话剧《大瀑布》的女主角。章洁红久疏于舞台演出,依然坚信"演员要死在角色上"这句名言。她接过剧本熟读数遍,沿着人物命运线索悄然体验生活,渐渐兴奋起来。她体验生活入戏太深,一步步走进人物内心深处,驻足难返。

这引起了我的阅读兴趣,开始喝酒以助阅读兴致。

章洁红命运多舛。这出话剧审察未能过关,外籍导演愤然离去,国内导演接手剧本,认真清除婚外恋情节,大量删减剧中女主角章洁红的戏分,再次送审获得通过,还获得"五个一工程"提名奖。

然而"借壳上市"的章洁红却难以自拔,她把角色彻底生活化,频频深度体验,戏里戏外都是"俞秋漪",疑似成为他人情妇,于是导致家庭破裂。

有记者采访离婚后的章洁红,以为她会大谈生活的荒谬。没想到这位生活中的"俞秋漪"颇为感慨地说:"是啊,虽然没戏可演了,我章洁红从此获得新生。"

读过《新闻故事选刊》,我不知不觉喝多了,昏头昏脑离开酒吧。冷风迎面吹来,清醒几分。

"俞、秋、漪,经常跟我 qq 连线的女士就是她吗?她怎么变成剧本里的人呢?那字里行间也住不下啊……"

亚金迎面走来,伸手拦住满脸酒红色的我,说:"我爸爸总算冲破思想束缚,开车去那个他喜欢的地方给那个他喜欢的女人拍照,可惜高速公路出了车祸,没有完成他的首次原创。"

"交警说你爸爸接了个电话,一分神就追了尾。"我补充说,"究竟是那谁给他打的电话呢?这真是宿命啊!"

"我妈要求我爸全天 24 小时不关机。"亚金说。

我回家倒头便睡。半夜醒来，寻思着白天的事情，找出手机拨打东北大客户梁铁峰的电话，我要问他认不认识俞秋漪。

电话通了，这家伙当头就说："你小子还好意思来电话？我的私人侦探告诉我，我前妻手机清单尾页里有你的手机号码！敢情你也吃了这颗红杏？"

第二天清早醒来，我再次拨打梁铁峰的手机，可是电话里有个塑料声音的女人说，对不起，您拨叫的号码是空号。

匆匆下楼去上班。路过草坪旁边的健身器械，看到红衣瑜伽女子倒悬攀缠在单杠上，四肢柔软得好似面条。

我不由得瞪大眼睛望着她。

红衣瑜伽女子溜下单杠，气定神闲。"我每天这样倒挂起来，反而感觉很舒服。"

阿汶的遗孀这样解释着。我点点头，说："你要提醒亚金不要删除艾派里的照片了，那都是阿汶精心合成的人物风景，不可重复的。"

"好啊，你开车时不要接电话，不论是谁打给你的。阿汶在高速公路上追了尾，这是宿命啊！他就该活在自己的艾派里，不要出来。"

我说："是啊，阿汶开车时不应该接你电话的。"

我的手机响了，恢复了洪水决堤的铃声。我接听过电话，转身告诉她："左晓溪结束支教了，星期二就回来。到时候我跟她合影，肯定不用PS的。"

说罢，我不禁眼含热泪，头也不回去公司上班了。

没错，我清楚地记得公司搬迁了新址，从这座写字楼搬进那座写字楼了。

天堂来客

没人说得清大白猫属于这座大杂院里谁家的宠物，城市那时并未流行宠物之说，连自家孩子都是野生散养的，没得可宠。

这座大杂院坐落在天津东南城角的天堂巷，毗邻旧日租界闸口，也算是有历史的地方。

这只大白猫不属于哪家哪户，前天吃张家食，昨天钻李家屋。今天赵家吵架，它自然成了出气筒，被老赵媳妇撵得满院乱窜，好像她的私房钱是大白猫给偷去喝酒了。

那时连人都不许流浪，被称为盲流，当然没有流浪猫之说了。就这样，大白猫成为这座大杂院的"公众动物"。

天堂巷里的大白猫没有归属感，依然心仪此地，极少外出。它的耿耿忠心，并未引起大杂院居民的看重，反而认为它赖着不走。

当然，这座大杂院里还有株香椿树，也不知当年何人栽种。如今高过房脊，碗口粗，它孤儿似的站着，好似怀念着主公。

铁打的大杂院，流水的人家。随着住户们迁进搬出，大杂院面目模糊了。好像每家每户都是断代史，五代十国南北朝，两汉唐宋元，谁跟谁也连接不起来。这里既没有历史亲历者也没有后辈见证人，仿佛一堆时光碎片，令人难以归拢。

跟大白猫的身份极其相近,也没人说得清老许属于大杂院里谁家的朋友。然而这不妨碍此人光顾,而且成了常客。

既然常来常往又不是谁家的访客,老许显得有些笼统,令人联想到那只没有归属的大白猫。

最为出彩的季节是夏天,尤其是夏天的傍晚时分。老许推着那辆荷兰产鹿头牌自行车来了,未见其人先闻其声,"开——山!"一声长长的吆喝,只待"山"字落地,他迈步走进院子。这情景很像京戏名角出场,这座大杂院自然成了大舞台。

操着地道天津口音的老许,乐观开朗,表情生动。他的大背头,梳得光光亮亮。花格子衬衣,要么黑红格子,要么蓝黄格子,要么紫白格子,多种多样的格子。

常年西裤。黑色的、蓝色的、灰色的、驼色的、米色的,多种多样的颜色。当然,就在西裤与衬衣衔接处,永远系着那条棕色皮带,从来不见更换。他经常指着这条皮带说:"挠赛的!挠赛的!"

这应当是句外来语,要么英语,要么日语,要么蒙古语,反正不是汉语。这究竟是什么意思呢?这家伙不给解释,久而久之,人们也不追问了,普遍认为他在称赞自己的皮带。

他的皮鞋也不更换,常年古铜色三截头,擦得极亮。这使人觉得他的钱全都花在衬衣和西裤上,皮带和皮鞋的银根吃紧,受委屈了。

老许五官端正,方脸膛,鼻直口阔,目光有神,只是身材不高。举凡高个子男人,往往容易驼背。老许身材偏矮却有些驼背,明显违背规律。当他微微驼背稍稍端肩地走进大杂院时,这身形反而显出适度的谦逊,不但不讨人厌烦,还意外地满足了不少人的自尊——你看,这家伙衣着光鲜推着进口自行车,却丝毫没有炫耀的迹象。因此,老许起初并未受到大杂院的明显抵触。

住在大杂院里的男人,五行八作,神仙老虎狗,往往互相瞧不起——你看我眼眶子泛青,我看你满眼眵目糊。大杂院十二户人家,远远超过魏蜀吴的三国演义。

一个归属不明的男人经常光顾这样的大杂院,毕竟让人起疑。天津有俗语:无利不早起。尽管老许经常傍晚时分光顾这里,仍然逃不出"无利不早起"这句俗语的猜疑。

老许的手表是山度士牌的,名气不比大英格,毕竟大三针瑞士产。别人左手戴表,老许戴右手。

夏天里,一声吆喝落地,黑红格衬衣米色西裤的老许走进院子,啪地立稳自行车,然后掏出手绢抽打抽打裤角。与乱七八糟的大杂院相比,这人很爱干净的。

大杂院的孩子们便围观这辆擦得明光锃亮的自行车,那只黄铜的"鹿头"标牌,远远盖过飞鸽和永久。

老许不是哪家哪户的客人,也就没有哪家哪户出面接待。他便将大杂院当作小广场,做出访问大众的姿态,从衣兜里掏出烟卷。

他的烟卷是精装大前门,包装有锡纸内衬,比简装的贵三分钱。这座大杂院里没人吸得起大前门何况是精装的,这体现了老许的分量。

只要有男人走出家门,老许往往递烟给对方:"淡巴勾!淡巴勾!"嘴里说的又是外来语,要么英语,要么日语,要么蒙古语,反正不是汉语。

"你是中国人怎么说外国话呢?"住在南屋的老关满嘴河南口音,他不懂得天津男人讲几句舶来语属于码头幽默,因此拒绝接受老许的"淡巴勾",坚持吸自家旱烟。老关贫农出身是天津麻纺厂的保全工,他不光爱喝酒还有很高的思想觉悟。

"你总往我们大杂院里跑,请问到底来谁家啊?"老关道出广大群众的疑问。

"我不来谁家,我来看看你们大伙。"老许使用捻轮式打火机,烧汽油。啪地点燃大前门然后甩手关闭打火机，动作很帅让人想起电影演员蓝玛。

"你来看看我们大伙？这可成建制啦！你是要搞军训吧。"世界上没有无缘无故的爱，也没有无缘无故的恨。麻纺厂保全工老关坚决认为，像老许这样的男人，要么图财，要么贪色。这座又穷又破的大杂院必定有吸引老许的地方。

老关坐在家里揣度说："老许啊，你是半夜喝面汤——不知道是烫的还是浪的？"天津人的歇后语，内容很损的。

这就是夏天傍晚的老许。他轻轻松松吸着大前门，跟邻居们漫不经心地聊天。他说正阳春卖鸭肝两毛钱一大碗，生的；他说祥德斋卖点心渣子，免收粮票；他说西马路卖光荣牌酱油瓶子，不用街道开证明……这种消息当然引起了女人们的兴趣。

他还说评书演员张连仲转回东兴市场了，要听就去听夜场；他还说散装白酒不凭票供应了，必须起大早排队……这类消息当然受到男人们的关注。

有时他也讲讲国际大事，比如美国总统肯尼迪遇刺身亡至今是个谜，比如中国原子弹爆炸吓坏苏修美帝外加印尼排华势力……

就这样，大杂院仿佛水塘，老许好似浮萍，四处飘荡，说说话，聊聊天，风吹而动，风止而安。一旦天色晚了，也有邻居真心挽留吃晚饭，不论烙馅饼还是汆汆汤，他一律哈腰谢绝，推着"鹿头"走出大杂院，沿着宽宽的天堂巷骑走了。

老关坚信"无利不早起"的津门俗语，抓住机会还要追问："老许，如今你说来大杂院是看看我们大伙，那么起初你来这里是找谁家啊？起初就是当初。"

老许想了想说："那时候我还年轻呢……"

"现在你也不老，没四十吧？也就三十七八。"

"起初,我是来找养鸽子的大忠,认识了住东屋练摔跤的小勇。大忠小勇先后搬走了,我已然认识了住北房的三皮,就是会做木匠活儿的二皮的弟弟。后来三皮也搬走了……"

老关性子很急,说:"你这故事正月十五之前能讲完吗?我怕我活不到那天。"

老许表情郑重地说:"老关你不要悲观,社会主义是桥梁,共产主义是天堂,你只要活着就能赶上。"

从大忠到小勇到三皮,尽管这过程比较曲折,老许毕竟道出了自己的来历。老关仍然不释疑心,说:"如今大杂院里哪家是你朋友?就像当初大忠小勇三皮那样的。"

"你们都是啊,你们都是啊。"老许笑了。

老关也笑了,说:"我在老家打猎,没见过你这样的花脸熊。我来天津摸鱼,没见过你这样的三条腿蛤蟆。你让我大开眼界啊。"

老许知道对方损他,依然不急不恼,眯起眼睛回忆往事,说:"唉,大忠太可惜了,他不该走那条路的。小勇练得太苦,你进不去专业队就算了,三百六十行,行行出状元。三皮要是不参军的话,兴许也做了木工……"

初步掌握了老许的来历,老关决定暗访大忠和小勇以及三皮的线索,从而精细掌握老许此人的来龙去脉。然而,有时访人就像寻找沉入湖底的石子,你变成潜水员也不管用。

老许依然经常光顾这座大杂院。只要他进院站定,那只大白猫便围着他的裤角蹭来蹭去。老许任它蹭来蹭去从不驱赶。老关认为老许是来看望人的,不是猫。

那么这人是谁呢?老关难以发现蛛丝马迹,便绞尽脑汁思考着。图财?老许走进院子就发烟卷,光出不进,不像图财。贪色,大杂院里只有祁玉是个老姑娘,身材高挑皮肤白皙,可也没见老许跟她过多搭讪。

老关思考得头都疼了，就差吃止疼片了。

功夫不负有心人，几经走访老关初步掌握老许的基本情况。

人们叫他老许，其实他不老，三十六岁的单身汉，名叫许正才。他是南开区房屋修缮公司的四级瓦工，工资五十七元八角五分。这月薪足够养活一个五口之家。老许单身汉没负担，生活比较富裕。

老关的行为被祁玉看在眼里，略含贬义地笑了，说："老许又不是台湾派来的特务，你整天盯着他干嘛。"

"他是不是看上你啦？没事儿就往这儿跑。"老关立即追问。

祁玉红了脸，说："你既能胡思乱想，也能胡说八道。"

老关绝不放弃，坚持将老许的点点滴滴记录在小本子里。因此他写字水平显著提高，显得有文化了。天津麻纺厂清整车间领导及时发现人才，将他选拔为甲班小组长，提干了。这意外收获令老关惊喜不已，一时难以认定老许究竟是自己的命中贵人还是命中冤家。

事实也是如此。只要老许到来便会改善大杂院的紧张气氛，因此黄昏时分成为良辰吉时。

夏末傍晚，小雨初歇。喝了四两老白干的老关无名火起没处发泄，抄起扫帚追打儿子小刚。天津歇后语这叫阴天打孩子——闲着也是闲着。

这时一声"马——来"，谁都知道老许来了。老许有时吆喝"开——山！"，有时吆喝"马——来！"这都是京戏里孙悟空出场的拖腔。他说杨小楼的最好，李万春也不错，都是从黑胶唱片里听来的。

老关听到老许的吆喝"马——来"，随即扔下打人的扫帚，倒背双手回屋了。他似乎不愿在老许面前失态，这是麻纺厂清整车间甲班小组长的尊严。

老许的到来，无形中缴了老关的械，也无意间救了小刚的屁股。老关视老许为对手，小刚念老许为恩人，大杂院邻居们则把老许当作风景看待。这在闷热的夏天里,乐乐呵呵的老许好似薄荷糖,给大杂院带来几丝清凉。

初秋的早晨,老关夫妇上班去了,这种家庭叫双职工。老关的儿子小刚高烧不退,背着书包歪坐屋外,没了声息。那只大白猫不停地叫唤,却不是闹春。邻居祁玉是国棉二厂工人,这个大龄女青年下夜班回家走进大杂院发现了小刚,抱起他跑到第六医院。第六医院让送到甘肃路传染病医院,确诊为脑膜炎。

小刚保住了命,可惜烧坏了脑子,见人眨着大眼睛不说话,成了呆傻的孩子。小刚妈哭得昏天黑地,反复抽自己嘴巴,骂自己只顾大家不管小家。老关首先想到祖国江山革命大业,说小刚接不了工人阶级的班,今后反而给国家增添负担。

下晚儿时分,多日不见的老许终于露面了,他的"鹿头"后架捆着硬壳大纸箱,立稳自行车不慌不忙解开硬壳大纸箱,伸手从里面抱出那台高龄老式日本收音机,颇为满意地说:"总算修理好啦,现在能收到三个台了。"

祁玉闻声迎出门来,连声说谢谢伸手接过这台收音机,小声告诉他小刚的脑膜炎后遗症。老许听罢急声急语地说:"只能看中医!只能看中医!"

祁玉小声说:"可惜晚了……"

"人间万物没早没晚,咱们争取奇迹发生吧……"老许鼓足信心说。

老关不买老许的账,从屋里走出说:"西医保命就不错了,中医屁用不管!"

"先这样吧,我每月拿出五块钱,给小刚吃好喝好地改善伙食。"

每月五块钱?这接近一个人全月的伙食费,大杂院邻居们惊了。

"这孩子已然傻了,吃好吃歹他不觉知啊。"祁玉大声说。棉纺厂噪音很大，这挡车女工养成大嗓门了。

老许低调地说："那就给小刚买玩具，月月换新的，不重样儿。"

祁玉继续发表见解："这孩子傻了，玩好玩歹也没有差别的。"

"你这是存心跟我抬杠吧？那我就把钱给他爸他妈解心宽！"老许忍无可忍了。

老许的慷慨显然伤害了老关的自尊心，麻纺厂清整车间甲班小组长从屋里走出说："你以为你是党和政府？救济困难群众也轮不到你头上啊。"

老关媳妇拉住丈夫说："人家没有损你，你别拿好心当驴肝肺。"

"你闭嘴！"老关推开媳妇说，"除非毛主席他老人家下令救济我家，别人的我一律不接受！"

祁玉仗义执言道："老关你这话说得太大了，毛主席他老人家多忙啊，我看你是屎壳郎打哈欠——怎么张得开臭口呢？"

"是啊，你就别给全国大好形势添乱了……"老关媳妇拉着丈夫进了家。

老许跟了过去，站在老关家门前说："老关你要乐观，俗话说坏事变好事嘛，以前治好我大脑炎的中医，打成右派下放山西了，我打听打听吧……"

这时从屋里传出老关的声音："我不会要你那五块钱的，每月！"

"五块钱你不要，我就给四块九吧。"老许以天津男人的幽默方式，努力改善着敌对气氛。

屋里没再传出什么响动。老关不是天津人，不知他能否理解老许这种逆向思维的幽默方式。

老许站在老关家门外，使劲儿清了清喉咙，开始讲述他的故事。

"这事儿有十年了，那时脑膜炎叫大脑炎，我被这病毒给逮着了，浑身红疹，脖梗僵硬，高烧不止。我朋友大忠送我去第二医院，西医大夫说即便保了命,人也成了傻子。我让大忠送我去金刚桥医院看中医。好哇,老郎中开出大药方,一剂药煮一脸盆!"

大杂院的人们饶有兴趣地听着,认为不用去"三不管"花钱听张连仲的评书了。就连老关也走出家门,假装低头抽旱烟,其实竖起耳朵听着。

老许啪地点燃烟卷继续说:"我一连喝了三十天汤药,一天一脸盆。那煎药剩余的药渣子呢?我是坚决不扔!白砂糖拌药渣子,咔嚓咔嚓吃到肚子里。一连吃了三十天白砂糖拌药渣子,我获得百分之百的药性。你们看!我大脑炎没落后遗症,不呆不傻不痴不茶,现在是房屋修缮四级瓦工,中医中药救了我。"

"你那叫恨病吃药。别说白糖拌药渣子,现在把小刚泡在汤药里也没用了。"祁玉发表评论。

老关哼了一声,转身回屋对媳妇说:"老许说咔嚓咔嚓把药渣子都吃了,我还以为是羊吃草呢。"

"你说得对呀,老许就是属羊的,现今三十六了,本命年。"老关媳妇迎合着说。

"老许他属什么,你咋这么清楚?"老关从河南人变成山西人了。

老关媳妇连忙解释:"前些天有人要给他介绍对象,所以……"

"不会是把祁玉介绍给他吧?"老关突然嘿嘿笑了,"我听说祁玉当初跟一个叫大忠的小伙子搞对象,俩人都谈成了,那个大忠突然给送进青泊洼农场劳教了……"

"那大忠是谁呀?"不知老关媳妇是关心祁玉还是关心老许。

"你也要半夜喝面汤啊?"老关没好气儿地说,"我哪知道大忠是什么人!反正后来听说转到宁夏农场去了,连祁玉也没有他的音讯。"

天气转冷了,大杂院的人们缩回屋里,只有大白猫是室外动物,继续挨家流浪,磨损着残存无几的自尊。

越来越冷的星期天。下晚儿老许穿了件墨绿色皮猴,不慌不忙走进大杂院。那时老许穿的是著名的美国皮猴。1945年秋天,美国海军陆战队在天津塘沽登陆,这些盟军被老百姓称为美国兵鬼儿,他们喝酒嫖娼大肆消费,没钱了就脱掉军用皮猴抵账。于是留给天津不少美军用品。二十年过去了,当年的美国兵鬼儿可能死光了,美国皮猴依然健在,风风光光穿在老许身上。

"你的'鹿头'呢?你的'鹿头'呢?"大杂院的孩子们眼尖,首先发现老许没了自行车。

"'鹿头'犯了错误,我给关禁闭了。"老许乐观开朗,跟孩子们相处融洽。他笑着露出门牙走到老关家门前,响声咳嗽着,表示自己到了。

老关媳妇迎出家门。老许当即问道:"老关呢?我有事儿找他。"

老关媳妇连忙说:"今天厂里加班,老关没歇。你有事儿啊?"然后打量着老许的美国皮猴。

老许被对方打量得发窘,说:"总算打听到右派老中医的下落了……"说着从美国皮猴的衣兜里掏出一沓钞票,说:"这是盘缠钱,你们带小刚去山西阳城治疗大脑炎后遗症吧。"

"啊……"老关媳妇惊得瞪大眼睛,呆呆地望着老许。

小刚走出屋来,面无表情。老许上前摸了摸小刚的头顶,随手将这叠钞票塞进他的衣兜,说了声"救孩子要紧"转身走了。

老关媳妇一屁股坐在地上,哇地放声哭起来。"老许,你是我家今生今世的大恩人啊……"

没人知道老许去天津南市华楼附近的委托店,当场典了鹿头牌自行车,抵回二百八十元人民币。

二百八十块人民币对天津百姓人家来说,无疑是笔巨款。一传十,十传百,从天堂巷传到南斜街,从南斜街传到南马路,纷纷传说"雷锋回来了"。

老关在工厂加班抢修机器,转天中午才回家。小刚妈妈主动让他喝酒,竟然还炒了鸡蛋下酒。

老关疑惑地喝了二两直沽高粱,不相信懒妇变成贤妻。

"你不是做了心虚的事儿吧?我八年没吃炒鸡蛋了……"

"我跟你说你可不要激动。"老关媳妇比较甜蜜地说,"老许给了二百八十块钱……"

老关听了呼地站起,噗地吐出嘴里的炒鸡蛋,伸出筷子直指老婆审道:"怪不得这几天我右眼总跳呢,老许给了这么多钱!你跟他到底什么关系?"

"你放屁!人家老许怎么会看上我……"她眯起小眼睛咧开大嘴巴,再次哭号起来。

晚间时分,老关弄清了事情真相,反而疯狂起来。他冲出家门抬脚猛踹当院那株香椿树,大喊大叫。

"我是工人阶级不用你怜悯!我一连三年先进生产者,我家生活有困难依靠组织,党委江书记,工会曾主席,还有车间郭主任,麻纺厂领导永远是我靠山,你老许算哪棵葱哪头蒜?我不要你的臭钱……"

老关的肺活量极大,时断时续骂到半夜,勒令媳妇天亮还钱。

南大道大酒缸胡同。这是刘云若小说《小扬州志》描写过的地方。老许正在民房工地修缮房屋,满头大汗给墙壁抹白灰。

大冷的天气里,老关媳妇惊异地看到,老许依然蓝黄格子衬衣灰色西裤古铜色皮鞋,浑身上下,不溅灰点,脚穿那双古铜色皮鞋,铿光瓦亮,明明是个泥瓦匠,却干干净净,一尘不染,好像站在真空里干活儿。

这真个技术能手啊。老关媳妇颇为感慨,说:"我原本以为你下了班把自己捯饬得油光水滑,敢情你上班也是这身打扮?"

老许平淡地说:"是啊,我干活儿从来不穿工作服,上班下班一个样子。"

"我头一遭见到你这样的工人……"老关媳妇大开眼界。

工友们看见女子来访,小声起哄说老许终于搞了对象,弄得老许满脸通红,连连作揖请求他们闭嘴。

老关媳妇把手绢包裹着的钞票塞给老许,一五一十道出实情:"这钱老关坚决不要,他说不能丢工人阶级的脸。"

"老关是工人阶级,我也是工人阶级啊!"老许不解地说,"工人帮助工人,这怎么会丢脸呢。"

老关媳妇感慨道:"你这个工人跟他那个工人,大不一样。"

"我又不是阶级敌人。"老许执意不收对方退还的钞票。

"你就别说了,谁让我家小刚有个混蛋透顶的爹呢。"老关媳妇掉眼泪了,"你要是不收回这笔钱,老关就认为咱俩有不正当男女关系!他说有谁会白送二百八十块钱?合着半年的工资呢。"

"什么——?"老许惊诧得瞪大眼睛,"老关这是什么思想呀!他还算是工人阶级……"

老关媳妇再次把包裹着钞票的手绢塞给他,突然压低嗓音说:"我管秀英没见过你这样的大好人!如果真有来世,下辈子我坚决做你媳妇,好好伺候你!"

老许听罢愣住了,呆呆望着她越走越远的身影。

工友们好奇心盛,围拢过来发表评论,有的说这女人腰粗,有的说这女人屁股大。老许摇了摇头说:"你们这是折自己的寿呢。"

工友们被镇住了,呼地散开干活儿去了。老许找到没人的墙角,一声不吭蹲下了。他渐渐缓过神来,抄起抹子继续干活儿。工友们吃惊地发现,历来干干净净的老许,肩头竟然落满白灰点子。看来他走了心思。

老许下班去了鼓楼西小酒馆，独自喝着直沽高粱。"如果真有来世，你管秀英下辈子还是做老关的媳妇吧，你俩挺合适的……"他自言自语说，"我没结过婚，不懂夫妻的事情，但是我从大忠身上看到了真感情……"

大杂院的傍晚。纺织女工祁玉下班回家，她快步进家想听天津人民广播电台长篇小说连播《火种》，里头有个人物很像大忠。邻居们拦住她介绍老许捐款助人的事迹，还说他的鹿头自行车不见了。

祁玉认真听着，连连点头。"好啊好啊，大忠当年没有看错人……"

"大忠是谁呀？"人们好奇地追问。祁玉想了想答道："一个在这里住过的人……"

邻居们私下议论，说老许跟祁玉挺般配的，可是俩人从来不靠近，就这么隔着。

很快就要过年了，人们忙里忙外，擦玻璃、扫房、做新衣裳、添置新碗筷、筹办籼米白面……无形中分散了注意力。到了腊月二十八，终于有人想起老许很久没露面了。

老关媳妇小声说："有三个多月了……"

然而大白猫还在，只是明显瘦了。人们说猫的习性是活着在你面前，死期将至便消失了，它必须死在没人的地方。是猫就闹春。可是大杂院的人们从来没听到这只大白猫发情的号叫。它好像为了生存磨灭了动物本性，坚忍地成为这座大杂院的顺民。

这天可巧公休在家，老关找邻居借来笔墨，挺身站在香椿树下说："你别看咱没文化，革命春联自己写！"说完钻到屋里了。邻居们说他在屋里憋宝呢。

一袋旱烟的工夫，老关双手拎着两条红纸对联走出家门。上联"工人阶级干劲大"，下联"祖国建设跨骏马"，横批"破旧立新"。

大杂院里响起言不由衷的掌声。老关大声说道:"我知道我的字儿不行!可是我们厂江书记说,不怕不行,就怕不敢。你胆怯,就现眼。你胆壮,就露脸。"

说罢这套话,老关扭身进屋去了,不消片刻又拎出一副对联。上联"自力更生艰苦奋斗",下联"下定决心不怕牺牲",横批"革命到底"。

邻居老赵走过来说:"我出词儿,你写!上联是'大杂院处处破四旧',下联是'小家庭人人立四新',横批'移风易俗'。"

这时候,老关媳妇右手挎着包袱右手牵着小刚,不慌不忙走出家门,她满脸堆笑地向邻居们致意:"我带小刚回娘家过春节,就提前给大家拜年啦!"

老关沉浸在创作革命春联的热情里,全然不顾及母子的去向。

祁玉追到大杂院门外,关心地询问娘儿俩为吗不在家里过年。

"从前我是井底的蛤蟆,没见过天。打从结婚我就拿老关当男子汉看待。"她大发感慨说,"经过这次对比让我开了眼界,敢情老关小心眼儿是个假爷儿们!我这辈子呀……"

"是啊,你不知道大忠吧?他从前住在这里……"祁玉深有同感地说,"天底下男人很多,可是真爷儿们少啊!"

"所以你至今单身不结婚?妹子我告诉你,你这样做就对啦!男怕入错行,女怕嫁错郎。"老关媳妇说罢领着儿子小刚走了。

祁玉望着母子的背影说:"你还有娘家可回,我呢?"

老关噔噔跑到大杂院门口,抬手挥动毛刷给门框两侧涂满糨糊,兴冲冲贴对联。

上联"四海翻腾云水怒",下联"五洲震荡风雷激",横批"兴无灭资"。

祁玉小声说:"老关,你把过年包饺子的白面全打了糨糊啊。"

"我们厂春节加班,江书记送饺子到班组!宁让汗水漂起船,也要任务提前完!"

春节期间,老关果然连续加班没回家,汗水肯定漂起了船。过了年又过了元宵节,还是不见老关媳妇带着小刚回来。老关公休日在家喝闷酒了。

大杂院的邻居们暗暗猜测,认为老关媳妇要跟老关离婚而不是老关要跟老关媳妇离婚,这次是女方站在高处了。消息很快得到证实:老关媳妇要求大家不要叫她老关媳妇了,叫她管秀英。

莫非管秀英外边有人啦?有的女人就是骑着老马找新马,到时候抬屁股换坐骑。但是人们普遍认为管秀英不是这种人。

老关抽烟喝酒眉头紧锁,苦苦思索妻离子散的原因……夜深人静。他自言自语踱出家门,好像梦游者。

"老许,你二百八十块钱换得好名誉,我不接受反倒落得坏名声。你噼里啪啦就把我比下去了,你让我媳妇开了天目,我在她眼里成了臭肉,我臭了你也不露面了,你这是存心毁我呀……"

老关围着香椿树转圈儿,说:"我是大国营企业的技工,你是小集体企业的瓦匠,我怎么会让你给比下去呢?你不就是比我乐观开朗嘛,可是乐观开朗也不当饭吃啊!我要是查出是你勾走了管秀英,我让你百世不得翻身!"

一个身影来到香椿树下,轻轻叫着老关。"你不要毫无根据就猜疑别人。当初大忠栽下这棵香椿树苗时说过,既然彼此相信就不要相互猜忌。大忠领养小白猫时还说过,既然自己做得不好就不要抱怨别人……"

平时大声说话的纺织女工突然变得低声细语,这令老关极其意外,"你说大忠是什么人?他还跟你说过什么?"

"他去青泊洼农场前说过,只要这座大杂院还在,我们就都是过客。"祁玉轻轻说罢，轻轻走开了。

噢，只要说起大忠祁玉便回到过去的年代，那时节她还没有变得大声说话，自然轻声轻语了。

然而，老关并不服输。第二天邻居们发现，他放弃旱烟改吸烟卷，天津产大婴孩牌的，一盒两毛二分钱，简装的。

天气渐渐热了。大街上也火热起来。有的地方贴了大字报，有的地方刷了大标语。革命形势风起云涌。学校成立红卫兵组织，必须是革命家庭出身的学生参加。工厂企业成立赤卫队，必须是红五类入选。天津麻纺厂工人赤卫队，有老关。他佩戴赤卫队红袖章走进大杂院，满脸严肃地说："这是两个阶级的大决战，我们誓死捍卫无产阶级革命司令部。"

大杂院邻居跑去给管秀英报信，说你赶快变回老关媳妇吧，人家已经是赤卫队啦！

这个曾经自称管秀英的女人，突然紧紧搂住痴呆的儿子说："小刚小刚，你说咱们回去吗？"

小刚眨着无谓的大眼睛，一声不吭。

终于，老关彻底迎来逆转。南开区房屋修缮公司公布赤卫队名单，竟然没有老许。这简直就是晴天霹雳在头顶炸响。

乐观开朗的老许彻夜难眠，他脱掉花格衬衣换成圆领汗衫，忧心忡忡找到公司领导说，我父亲是小王庄育婴堂长大的孤儿，没有共产党就没有我们曲家，我从瓢到皮都是红的，工人赤卫队怎么会没有我呢？

老许曾因白砂糖拌药渣神奇治愈自己的大脑炎，成为左邻右舍啧啧称奇的人物，此时他却无法医治自己的心病。

"许正才同志，你父亲确实是小王庄育婴堂长大的孤儿，可是倘若组织上深查细究，你爹究竟是谁家的弃婴呢？假如你爹是资本家大少爷跟女用人所生，然后悄悄丢弃给育婴堂，那样性质就变了。"

老许不能接受这种假设:"你说的是话剧《雷雨》吧?我爹肯定不是周朴园,我妈肯定也不是侍萍啊!"

"当然当然,组织上还是认为你属于红五类的,只是你平时穿着打扮不太像工人阶级,有点像是上海小开、天津少爷、北京八旗子弟,所以第一批赤卫队没你……"

"你是说还有第二批?"老许极其沮丧地说,"那样我许正才不就成了残次品嘛……"

老许请了病假,一连三天把自己闷在家里,无声无息抽得满地都是烟头儿。半夜里,他不断地自言自语:"我不是正品,我成了残次品。我不是正品,我成了残次品……"

一贯乐观开朗的老许,就这样成了"祥林嫂"。

据说是黄昏时分,老许用那条从不更换的棕色皮带把自己吊死在引河桥小树林里。引河桥是天津通往首都北京的必经之路。

人们在小树林里发现了上吊的老许,红蓝格子衬衣,驼色西裤,棕色三截头皮鞋。这家伙至死没改装束。

一个人用皮带吊死自己,这颇有几分操作难度。老许临死还干了件细活儿,这如同老关媳妇所说,他真是个技术尖子啊。

祁玉赶往停尸房,确认这条棕色皮带正是当年大忠留给老许的纪念物,然后转到宁夏农场去了。

祁玉终于放声大哭:"许正才!你有话装在心里,就是不说出来啊!"

工人赤卫队领导在他衬衣兜里找到遗书,共有两条留言。

一、当年大忠代我受过,让我保住工人的身份。我俩迟早会在天堂相会的,我要加倍偿还他。

二、大白猫是大忠遗留的动物,香椿是大忠遗留的树木,祁玉是大忠谈过的女朋友,我当然要经常回到那座大杂院……

自杀前两天，老许曾到大杂院找过老关，仍然吸着精装大前门。他可能要当面向老关解释自己没有入选工人赤卫队的原因吧。不巧老关不在家，错过俩人最后见面的机会。

老许还带来了老关媳妇退还捐款时包裹钞票的手绢，当场请邻居老赵替他交还给她。

大杂院居民得知老许死讯，人人害怕说错话，一片哑音。佩戴工人赤卫队袖章的老关站在香椿树下说："哎呀，当时我要是做做老许的思想工作，让他正确对待这场史无前例的伟大运动，他就不会走向绝路了，可惜可惜，一个多好的四级泥瓦匠啊。"

老关不遗余力地将老许的身份最终定格为小集体企业的瓦工，以此表明自己跟老许的截然不同。之后，老关大义凛然前往丈母娘家，展示胜利者的胸襟说："惩前毖后，治病救人，你们娘儿俩跟我回家吧！"

"那条应当系在腰间的皮带，老许怎么系在脖颈上啦。"这个名叫管秀英的已婚女人发了句感慨，领着儿子小刚跟随丈夫回家了。走进大杂院有人告诉她，很久没见大白猫的身影了。

老关媳妇毫不犹豫地说："它肯定死在外边了呗。"

那只无所归属的大白猫，终于成了这座大杂院的过客，就像老许一样。

老关媳妇似乎想起了什么，连忙问道："你们说猫有来世吗？"她的表情好像求知欲挺强的。

祁玉低声说："猫比人强，它有九条命呢。"

邻居老赵把老许归还的手绢交给老关媳妇，说这是老许特意叮嘱的。老关媳妇接过这只洗得干干净净的手绢，一时不知说什么好。

祁玉望着这只印有牡丹图案的手绢说："老许就是这么认真啊。"

老关手里拎着酒瓶子大步走过来对自家媳妇说："咱家中午吃面！打三鲜卤，豆芽菜面码……"

大杂院里人们说东道西，谈论着与天气有关的话题。不知他们是否记住了曾经乐观开朗的老许留下的"挠赛的"和"淡巴勾"这两句外来语。反正这座大杂院再也没有老许这样的访客了。

纺织女工祁玉仍然单身住在天津东南城角天堂巷的这座大杂院里，直至一九七六年七月二十八日，唐山大地震严重波及天津这座城市，天堂巷房倒屋塌，她也成了这里的过客。

# 特殊任务

一连几个星期六晚间，第十九中学篮球场不亮灯光。我失去观摩高水平篮球比赛的机会，急得抓耳挠腮活像花果山的小猴子。

以前每逢星期六晚间准有比赛，要么塘沽盐场对中天电机，要么纺织机械对新河船厂。如果是女篮比赛，要么邮电工会对大沽化工，要么天津碱厂对合成纤维。反正都是天津职工篮球联赛的强队，比赛紧张激烈特别好看。这样星期六成了我的节日。

我读五年级是西藏路小学篮球队的"板凳队员"，属于替补。我的预期位置是中锋，就偷偷加练"勾手"。白练，参加小学生篮球联赛仍然不得上场，坐在场边成为超级观众，暗暗抱怨戴眼镜的教练吴四眼。

其实妈妈会打篮球，还做过学校女篮教练。可是她不肯教我，反而强调"学好数理化，走遍全天下"的名言。我问妈妈学好数理化走没走遍全天下，她表情黯然。

这个星期六晚饭继续是棒子面粥，外加咸萝卜。外祖母熬的粥很稠，完全能够插筷子，自然省略主食。我放下碗筷还没擦嘴，她老人家催促我写作业，说好好念书有前途。我情绪不好，说妈妈念过辅仁大学，照旧下放郊区农场种地。外祖母叹了口气说，你妈妈是特殊情况不作数的。

说话间，妈妈骑车回家来了。她身材高挑面容秀丽，可是身穿农场劳动的棉裤棉袄，显得肥大笨拙。原本好看的妈妈变成这样，真是可惜。我向妈妈报告十九中篮球场黑了灯。妈妈思索着说以后不会有比赛了。

外祖母方方正正的国字脸，身材不高，身板厚实，一派不畏困难的样子。她及时插言道，国家粮食定量供应，打篮球饿得快，不再比赛是对的。说罢拉开抽屉取出牛皮纸信封，跟妈妈说你大姐来信了。

妈妈的大姐是我的大姨，大姨家住唐山附近胥各庄，也叫河头镇。河头是地处煤河端头的意思。从前李鸿章开挖煤河方便开滦运煤。这是外祖母告诉我的。

看过大姨来信，妈妈说大姐又病了。外祖母摇摇头说，燕蓉这是又要咱们给她寄钱。

听外祖母这样说，我想起大姨名叫柯燕蓉，也想起以前家里给大姨寄过钱。

妈妈无奈地说家里没有存项。外祖母继续叹气，说燕蓉不知道你下放农场降了薪水，还拿你当她小银行呢。

说着，外祖母起身穿好斜襟薄棉袄，迈着小脚走出家门。妈妈缓缓走进她的房间，我跟着进去了。

她环视四周好像打量着空气，然后拉开大衣柜门，里面没挂几件衣裳。妈妈自言自语，显然情绪不高。

外祖母满脸沮丧地回来，她外出借钱碰了钉子，戳伤脸面。

妈妈安慰外祖母，人家借给钱是人情，不借给钱是本分。外祖母不反对妈妈的观点，说筹不到钱只好明天全家跑趟河头了。

妈妈同意明天全家跑趟河头，还说礼拜天不用跟农场请假。

妈妈跟外祖母说话，仍然把星期日叫礼拜天。看来习惯难以改变。比如外祖母说起李鸿章叫李大人。我们学校老师说李鸿章签订《马关条约》是卖国贼。两种说法南辕北辙，不挨着。

妈妈从钱夹里抽出四块钱派我买火车票,看来全家果真要去大姨家。我觉得外祖母跟妈妈真是好母女,遇事一拍即合。我也想跟妈妈成为好母子,凡事心往一处想,劲往一处使。

天大黑了。我走出自家小院。胡同里站着几个男生,手牵大黄狗的是张振东。他亮开公鸭嗓说大黄饿了所以又来找你。

平时我总被张振东几个差生欺负,却不敢向老师禀报。他们吃惯甜头,多次逼我提供狗粮。这次我又被他们堵住,只好返身跑回家去。

我溜进后院厨房里,打小竹篮里寻摸到半个窝头。想起晚饭只喝了两碗棒子面粥,估计它是我明天早饭。

拿着半个窝头走出小院,我把狗粮递给张振东。他袖手不接,让我把窝头塞进嘴里嚼过,一口一口吐出来,托在掌心喂给大黄狗。

我才不经手呢,这样就等于是你自愿喂了大黄。张振东坏笑着说。

我惊讶这家伙如此狡猾,难怪他成了坏孩子首领,心思不比成年人差。外祖母说过,坏人从小就比好人精明。

我喂过大黄狗,它抬头朝我摇着尾巴。张振东闪开身子让出道路,我出了胡同朝着和平路跑去,心里挺难过的。

张振东为吗把欺负别人当作乐趣呢?看来他不想成为共产主义事业接班人了。我被他们欺负了,但是我能成为共产主义事业接班人。因为好人从小就比坏人实诚。

和平路与哈密道交口有铁路售票处,二十四小时不关门,这就是大城市的便利。我从东北方向的窗口买了三张火车票,还剩四毛钱。担心这钱被张振东搜去,我蹲下身子藏在鞋坑里,心怀忐忑走进胡同。

人和大黄狗都不见了。我认为大黄狗受到张振东的不良影响,肯定也会成为狗里的差生。

走路走得饿了,这是不能告诉外祖母的,我知道她既心疼我也心疼粮食。走进家门把余钱和火车票交给妈妈。她好像有话要说,却没有张口。

我猜测着说，您降工资别难过，我保证勤俭节约不乱花钱。

你身体发育赶上节粮度荒，不要再想打篮球了。妈妈催促我上床睡觉，说明天起早赶火车。

半夜里被饿醒了，我只好忍着。妈妈房间还亮着灯光。外祖母和妈妈忙碌着，小声说话。

大姨又来信要钱，外祖母外出借钱碰钉子，可是全家跑趟河头镇又能怎样呢？我寻思着又睡着了。

大清早起床。外祖母发现半个窝头没了，小声咒骂老鼠。我不敢说出实情，愈发憎恶张振东，却不怨恨大黄狗，它是动物不懂事。

全家早饭又是棒子面粥，比月份牌还准。其实我家有习惯，每逢外出要吃顿白面伙食。今天早饭只在棒子面粥里掺了菜叶，黄粥绿叶好像美术课的感觉。

外祖母好像看透了我的心思，说咱家的白面都要支援你大姨的。然后特意批准我多喝两碗粥。我毫不犹豫多喝了两碗，感觉肚皮鼓成了半个篮球。天津人把不吃干粮光喝稀粥叫水饱。我松松裤带伸伸腰，做着深呼吸。

外祖母转向妈妈说，燕莺你也是体力劳动者多喝两碗粥吧。

妈妈没有回碗，表示吃饱了。我起身给妈妈添粥，重复着外祖母说的话，您也是体力劳动者了。

妈妈从脑力劳动者变成体力劳动者，每月粮食定量从二十九斤长到三十六斤，好在她单身在农场，没人争嘴吃。外祖母仍然替妈妈惋惜，认为宁当教书匠也不去种皇粮。

外祖母属于家庭妇女每月粮食定量二十八斤，我是小学生二十四斤。她老人家总把不满情绪发泄到我身上，动不动就说老太婆只比小毛孩子多五斤粮食，政策不合理。小毛孩子只比老人家少五斤定量，我却感觉很有成绩。

全家吃过早饭。外祖母说要是常年都能喝上棒子面粥,全家就烧高香了。我问高香有多高,她老人家说高过四尺。我就觉得喝上棒子面粥确实不容易。

妈妈打开大衣柜取出那件黑呢大衣。去年大姨来信要钱,妈妈把好多衣服送到委托店换钱,全寄给她大姐了。

清晨时光里,妈妈经过简易打扮,穿起黑呢大衣凑到镜前打量着自己。外祖母找出蓝色发卡递给妈妈,热烈地说燕莺你这件大衣又派上用场了。

我望着身穿黑呢大衣系着紫色围巾的妈妈,觉得她端庄秀丽文雅大气,恢复了高中女教师的形象。

外祖母拿出灰色棉坎肩给我穿上,说天冷别受凉。她精心制作的棉坎肩特别厚实,穿着沉甸甸的压身。

外祖母让我拎着小包裹。妈妈问带五斤粮食算不算投机倒把。外祖母说不用嘀咕,电影里放羊娃还送过鸡毛信呢。

这时外祖母跟妈妈谈论粮食差价,我随即报出凭粮食册从国营粮店购买五斤棒子面的价钱:四毛九分五。

你速算能力很强嘛。教过高中代数的妈妈打人造革提包里拿出个小纸袋,这样子很像奖励优秀学生。我看到小纸袋里是块小熊形状的饼干。

谢谢妈妈!我接过饼干塞进衣兜珍藏了。这时我特别希望妈妈是魔术师,再给我变出大蛋糕来。

穿着肥大厚实的灰色棉坎肩,我咽下口水跑出家门。大清早胡同里辛科长挥动大扫帚,躬身低头清扫着。

我们依次从他身边走过,妈妈礼貌地道了声"您辛苦了"。辛科长呜了一声,继续扫地。

其实他不是科长了,连公职都没了。外祖母私下贬评这男人,说当科长月薪九十七，偏偏回家管不住自己的嘴，一撸到底了。

我以为辛科长嘴馋贪吃，问外祖母妈妈从学校下放农场还降了工资，算不算一撸到底。外祖母摇头说你妈妈是知识分子，谁也撸不掉她的知识。

自从妈妈下放农场降了工资，全家过日子处处吃紧。外祖母感慨地说以前做小生意贴补家用，现今割资本主义尾巴打成黑市了。

妈妈好像急着证明自己下放农场跟辛科长被开除公职两者性质完全不同，一路上给我讲解说，那年全市紧急召开科级以上干部大会，传达全国实行粮食定量供应的中央红头文件，市委书记要求全体干部严格保密不得外泄。

辛科长给外泄啦？我难以克服自我表现的毛病，张嘴抢问。

被我问得没了悬念，妈妈平平淡淡地说，辛科长散了会就告诉了小姨子，她立马跑到粮店抢购大米白面，一下子暴露了……

这叫嘴给身子惹祸，小姨子毁掉姐夫前程！外祖母插话做出结论。

他为什么要告诉小姨子呢？我跟随家长登上八路公共汽车，心里寻思着。

全家下了八路公共汽车，走进天津东站候车室。这时我已换算清楚：小姨子就是辛科长媳妇的妹妹。

候车室里旅客很多，不是黑颜色就是蓝颜色，只有我的棉坎肩是灰颜色。进站检票口迎面挂着横幅大标语："坚决打击投机倒把行为，全面严查长途贩运分子！"

外祖母进过扫盲班认识不少汉字，大声表态赞成这条大标语，说打击长途贩运分子没错，当心他们变成短途的。

妈妈小声提醒公共场合少说话。外祖母扬起国字脸大声说，咱们身直不怕影子斜，脚正不怕鞋歪。

不知什么原因，外祖母变得理直气壮，好像跟谁校劲似的，平时在家她可没有这么硬气。

我们排着长队挨到检查行李的卡口。妈妈主动递过印有"年度模范教师"字样的人造革手提包,从里面取出眼镜盒、自来水钢笔、羊皮钱夹和手绢,还有小块紫色药皂。

安全检查员说这药皂是外地出产的。妈妈解释在天津凭票能够买到上海产品。

安全检查员接过我的小包裹问这是谁家孩子?我撩起胸前红领巾说我是祖国的孩子。对方好像没有见过这种小动物,有些发蒙。

外祖母不慌不忙地答道,我们全家去唐山走亲戚,这年头不能吃人家喝人家,带着五斤棒子面是仨人的口粮。

安全检查员说可以随身携带全国粮票。外祖母哈哈大笑,说年轻人不当家不知柴米难,天津市民领取全国粮票要返还油票的,谁家也舍不得二两菜籽油。

我们顺利通过安全检查。妈妈特别佩服外祖母临场哈哈大笑,说您不愧是见过大世面的人。

外祖母受到表扬愈发豪迈,当场念出两句格言,人逢险处心要稳,放开脚步路自宽。说罢小步颠儿颠儿走上天桥。

妈妈告诉我,早先外祖母到日租界做保姆,每天要凭良民证进出日本宪兵卡口。我觉得外祖母接受检查很有经验,所以敢于哈哈大笑。

全家从二号月台登上火车。这节车厢空气不好,散发着白菜溃烂的味道。外祖母抢到空座催我坐下。我尊老不肯接受,她老人家说你带着粮食是重要人物。

我成了重要人物只好落座,怀里紧紧抱着小包裹。火车呜呜拉响汽笛,开往唐山方向。

车过塘沽,查票了。一男一女身穿铁路制服,一排排座位询问过来。妈妈抬头看到身穿铁路制服的女子,起身尝试着问道,你是女七中高三·

二班的鞠丽萍吧?

这个被妈妈称为鞠丽萍的女子,表情淡然,不置可否。

妈妈意识到自己冒失,随即道歉说认错了人。这个身穿铁路制服的女子仍不搭话,打开我的小包裹当众检查。

我记起外祖母在火车站说过的话,抢先向她复述着,我们全家去唐山走亲戚,这年头不能吃人家喝人家,带着五斤棒子面是仁人的口粮。

外祖母惊诧地望着我,像在打量着小怪物。妈妈则叹了口气,有些无奈的样子。

邻座妇女行李里被查出携带细盐和碱面,她解释自己是中学的化学老师,盐和碱给学生课堂做实验用。身穿铁路制服的男子不听解释,带她去见列车乘警了。

这时身穿铁路制服的女子突然张口说话,声音比空气还轻。

柯老师几年不见您壮实多了,祝全家一路平安吧。她不待妈妈搭言匆匆走了。妈妈连忙低头打量自己,尴尬地笑了。

外祖母表情坦然说,你这个学生眼光真毒,看外表你就是壮实多了。她老人家说罢扭脸夸赞我能够背诵她说过的话,确实是个小人精。

我被表扬为小人精高兴了,悄悄掏出衣兜里的小熊饼干,伸出舌尖儿轻轻舔着。妈妈及时阻止说这不雅观。她毕竟当过高中教师,注重公共场合仪表。我记得辛科长也注重仪表,一撸到底清扫胡同就没了形象。

我们在胥各庄站下车。一群身穿稻地中学运动服的女学生,手里拎着篮球排队上车。妈妈出神地望着她们。我猜测她是想起当年的自己。

外祖母连声催促出站。既然被称为小人精,我大步奔向出站口,充当全家的开路先锋。

出站也要检查行李。我再次把携带五斤棒子面的理由通篇背诵出来。对方听罢递过小包裹说,京油子卫嘴子,小毛孩子也能说会道。

我听出这是挖苦不是赞扬,一手推着妈妈后腰,一手把小包裹递给外祖母,抢先跑出火车站。

几个灰头土脸的汉子迎过来,悄悄打着手势。我以为他们是不会说话的聋哑人。外祖母显然懂得他们的手势,连连摆手说没有。一个尖嘴猴腮的汉子突然张口,说从天津过来哪个空手的。

妈妈羞得脸色涨红,起身走开。我和外祖母追赶过去。我唯恐跑丢饼干,停住脚步掏出"小熊"捧在手里看了看。

小熊饼干散发着诱人的香甜气息,我咕咚咽了下口水。这时觉得脑后呼地起风,一只大手腾地抢走小熊饼干,光剩下我空空的掌心。

这是我的饼干!我的饼干!我被吓得原地乱蹦。外祖母急得高喊,你追他!他饿得跑不快。

我有了胆量,大步追赶到他。这个披头散发的男人脸色苍白脚步不稳,好像随时都会倒下。他竭力把饼干捧到嘴前,噗噗吐出唾沫。我的"小熊"被唾沫洇湿,眨眼间变成脏东西。

他妈妈跑来紧紧揽住我说,好孩子,这人饿急了,你就给他吃吧。

这男人听到妈妈的话迅速吞下浸透口水的饼干,趔趔趄趄走了。

他不吃这块饼干就会饿倒的,你这是做了好事呢。妈妈既安慰又鼓励我。外祖母赞成妈妈的观点,说救人活命胜造七级浮屠。

我不知七级浮屠是什么,心里想念我的"小熊"。外祖母摸摸我头顶连连念叨着,抚抚毛,吓不着。抚抚毛,吓不着……

她老人家认为这样念叨我就摆脱惊吓了,之后问我大姨家的地址。我当即答出胥各庄三街工农北街八号。

你没被吓傻啦!外祖母再次称赞我是小人精。我说小人精不如小熊饼干实用,吃了它饿不倒。

一路行走,我们来到工农北街大姨家小院门前,这里看着很破旧。

一个黑衣黑裤的男人夹着饭盒走出小院,妈妈迎面叫了声大姐夫。我迅速换算辈分叫了声大姨夫。这男人弓身说下窑去下窑去，就匆匆走了。

外祖母解释下窑就是上班，坐罐车下井挖煤。我长了见识同时添了几分失望，感觉大姨夫没有充分展现煤矿工人的气概，拢肩缩脖像个黑市小商贩。

一个半大小子迎出小院，大我四五岁的样子。他眨着小眼睛朝外祖母叫了声姥姥，冲妈妈喊了声小姨，我就推断他是二表哥。

二表哥小名叫塞子。他领我们进了小院。迎面房子三开间格式，中间堂屋安灶做饭，两边屋子住人。

你妈妈又不在家？外祖母询问。塞子说前天去唐山煤炭医院了。

外祖母好像很熟悉地形，径直走进东边屋里。她召唤我进屋脱下灰色棉坎肩，让塞子找来大铜盆摆在炕头。

塞子突然说我妈要卖掉大铜盆换钱。外祖母说大铜盆是当年陪嫁，给多少钱都不能卖。

外祖母拿起剪子拆开我的棉坎肩大襟，拎到大铜盆里抖动着。一缕缕面粉从棉坎间缝隙里洒落出来。

天啊！难怪外祖母说我带着粮食是重要人物，敢情我棉坎肩里塞满面粉，那五斤棒子面小包裹只是个幌子。

这时妈妈走进东屋，脱下黑呢大衣解开外套纽扣，随即露出缠绕腰间的布袋，看着好像儿童救生圈。

我若不是为了援救燕蓉大姐……妈妈窘得扭过脸去。我顿时想起那女列车员说的话，她分明看出妈妈腰间藏着东西。

外祖母从妈妈腰间解下布袋，撕开袋口把面粉倒进大铜盆里。

燕莺啊你的苦楚我知道，你念过辅仁大学，当过高中老师，受到学生尊重是体面人，今天夹带私货真是污脏你了……

外祖母把大铜盆端到堂屋，忙不迭地对我说，你是小人精也就不瞒你了，这次咱家没钱给你大姨，只好把全年积攒的白面带来，换成钞票支援她。

我只得反过来安慰妈妈说，这白面不是偷的也不是抢的，它是全家从牙缝里节省出来的，咱们不亏心。

妈妈倚住门框失神地望着我，不知说什么好。身为家长让孩子看到她做出蒙混过关的事情，妈妈肯定内疚。

外祖母让塞子搂柴烧灶，一边和面制作烧饼剂子，一边谴责自己说，一斤白面我做成六个烧饼，这真是黑了心。

尽管这样自我谴责，外祖母依然不愿做成五个烧饼剂子，看来她老人家确实黑了心。

塞子埋头添柴把锅燎热，妈妈协助外祖母烙制烧饼。她腰间系着蓝布白花围裙，挺好看的。我认出这是从天津家里带来的。看来妈妈为了援救大姨做了充分准备。

渐渐烙熟了——白面烧饼散发的香甜扑面而来，非要充满天地似的。我使劲嗅着烧饼的味道，沉浸在大口咀嚼的幻想里。

外祖母让塞子外出寻找买主，说卖了烧饼赚了钱都给你妈妈。

塞子受到激励，怀里揣着六个烧饼，拉着我上了街。

胥各庄的主街不宽，显得冷清。塞子好像做过小买卖，一点儿不怵头。他向街边缝鞋匠打着手势。对方随即塞过一块钱，他飞快地递去个烧饼。我还没有看清缝鞋匠的嘴脸，他已经吃进肚里了。

我默默计算着：我们在天津凭购粮册从国营粮店买一斤面粉一毛八分五，在这里做成六个烧饼卖到六块钱，这样赚钱是违法的。

塞子揉了揉鼻子说，想赚钱就别怕违法，怕违法就别出门。

风儿吹起胸前的红领巾，我撒腿跑回大姨家，进门打了个冷战。

外祖母哈哈笑着递来个热烧饼，说把小人精吓坏了。我坚决不接受热烧饼，一头扎进东屋里。

我想哭。妈妈跟进来说,火车站检查不注意小孩子,所以让你携带面粉,妈妈对不起你……她说着伸手抚摸我的脸。我扭头躲开。

妈妈无可奈何地说,人活着难免做错事,这是为援救你大姨啊。

尽管没有见到大姨的身影,我还是不愿让妈妈伤心,使劲点点头。

塞子跑进院门迈进堂屋,手里举着六块钱。外祖母又惊又喜说这么快就卖光了,乐得哼起家乡皮影戏。她马上数出十个烧饼递给塞子,叮嘱说有人逮你千万别往家里跑。

我不敢也不愿再跟塞子出门。塞子自己兴高采烈地上街去了。

外祖母兴奋得忘了午饭,连连搓手说从天津带来十五斤白面,一揽子做出九十个烧饼,总共能卖成九十块钱。

这九十块钱能治好大姨的病吗?我急切地问道。

妈妈皱皱眉头说,不论治好治不好你大姨的病,反正咱们全家尽力而为了。

外祖母埋头揉面,继续制作烧饼剂子。妈妈近旁观看突然问道,您怎么能掺棒子面呢?人家是花高价买白面烧饼的。

唉!外祖母叹口气说,我掺棒子面是想烙成七个烧饼,多卖钱多给你大姐。

您这样昧良心,让我们怎么做人呢。妈妈哽咽了。

咣当一下门响了,及时冲断母女争论。我以为塞子回来了。妈妈望着院里说是瓶子。

一个小伙子大步穿过院子走进堂屋。外祖母扎煞着沾满面粉的双手,绽开满皱纹说瓶子回家来啦。

哦,敢情这是大表哥瓶子。他浓眉大眼相貌英俊,头发乌黑,天然卷,目光炯炯有神,身穿黑色棉裤棉袄,手里提着帆布兜子。

我以前没有见过瓶子,主动叫了声大表哥。大表哥冲我笑了笑。

瓶子很有礼貌,先问候姥姥好,之后问候小姨好,再次冲我笑了笑。

这时外祖母想起午饭，马上给热锅添水，哗地泛起白色蒸气。她告诉大表哥说，远道回家进门应该吃顿白面伙食，可是白面要做成烧饼换钱，只能让你喝粥了。

外祖母说着拿起小包裹。我从天津带来的五斤棒子面，这时派上用场了。

大表哥说了声"棒子面粥好喝啊"，就去了西屋。妈妈小声告诉我，瓶子特别能吃苦，初中没毕业跑到东北钢厂上班，省吃俭用每月给大姨寄钱。

听妈妈讲述瓶子的事迹，我很佩服大表哥，兴冲冲跑去看他。

西屋墙壁糊满报纸，衬得大表哥浑身是字儿。他见我跑进来便叫了声"小表弟"，伸手放下门帘表情郑重地告诉我，东北钢厂下马，平炉车间停产，工厂遣散"大跃进"时招收的工人，他卖了铺盖卷儿买了火车票回家来了。

大表哥说的事情我能听懂，他被工厂给裁了。想起妈妈表扬大表哥省吃俭用每月给家里寄钱，我很想安慰他。

小表弟你不知道，我家平时就是我妈花销太大，气得我爸下班不回家在外边喝酒。大表哥说着脱掉棉袄解开棉裤，翘起身子把屁股挂在炕沿上，让我抓住他的棉裤脚使劲往下拉。

我很惊奇。大表哥中学没毕业就独立生活，脱棉裤却要别人帮助。我蹲下抓住他的棉裤脚，用力朝下拉着。

我觉得大表哥双腿太粗，被棉裤紧紧包裹，轻易拉不动。大表哥双手撑住炕沿扬起双腿，好像举起两根铁筒，轻声叫着"预备——拽！"我使劲拉动两条裤筒，一屁股坐在地上。

这条坚硬的棉裤总算脱了下来。我爬起来看到棉裤筒里挂满白花花的东西。这是从大表哥双腿上刮掉的吧？我惊恐极了。

大表哥双腿沾满油渍，赤脚拎起棉裤倒悬着抖动，一块块白色油脂纷纷落地，不断堆积起来。他把裤筒抖搂净了，随手将棉裤倒置旁边，这条沾着油脂的棉裤站立不倒，活像是铁皮做成的。

我转身跑到堂屋拿抹布，说给大表哥擦腿。外祖母跟进西屋看到这堆油脂，愣住了。

大表哥接过抹布擦拭双腿，满脸微笑告诉外祖母，他裤筒里塞满猪板油，一路火车都没给查出来。

外祖母侧身抬腿爬到炕柜近前，拉开柜门找出黑布夹裤扔给大表哥说，你这孩子胆子忒大，这要是给逮住非蹲局子不可。

大表哥穿好黑布夹裤说，我现在就把猪板油给廖文良送去，这是做猪胰子的好原料。

我知道农村人把肥皂叫胰子。猪胰子就是猪油做的肥皂吧。

走出西屋来到堂屋，外祖母告诉妈妈廖文良会做胰子。妈妈听到廖文良的名字腾地红了脸，轻声说他原本就是大学化工系毕业。

大表哥有些抱怨地说，我们胥各庄不比天津卫，即使凭票也不容易买到肥皂，老百姓有脸洗不干净，所以黑市猪胰子卖得特别好。

老百姓有脸洗不干净？我想起塞子脏乎乎的脸蛋，看来还是大城市好。

妈妈听到廖文良做猪胰子，一时起了说话的兴致，就跟教师讲课似的说，古巴伦典籍里记载了制造肥皂的方法，庞贝古城废墟也挖掘出肥皂作坊遗迹，就连《圣经》都提到过肥皂呢。

妈妈娓娓道来。外祖母及时打断说，是啊是啊廖文良外国留学当然会做胰子。

这时候，二表哥塞子呼呼喘气跑进堂屋，大声说差点儿没给警察逮住，绕了三条街跑回家来。

大表哥望着弟弟，说了声你要当心，然后把猪板油都装进麻袋里，提拎起来往外走。塞子追着哥哥说镇里有警察。

大表哥很有信心地笑了，告诉塞子警察的眼盯着烧饼，提溜麻袋出去反而没事。

妈妈追到小院里叮嘱瓶子千万不要被人逮住，犯了事写进档案这辈子没了前途。大表哥连连应声请小姨放心。

外祖母毫不迟疑动手拆洗瓶子的棉裤，疼惜地说瓶子冒险带猪板油回来，还不是为了给家里挣钱。她说着扭脸吩咐塞子，你待到晚晌警察下班再出去卖烧饼吧。

妈妈出神地注视着小院，神色紧张地等候着。过午阳光爬满墙头，时明时暗，令人不安。

终于等到大表哥推门走进院子，妈妈深深吸了口气，脸色平复了。

大表哥跨进堂屋，慢条斯理地说把猪板油卖给老廖了，然后从大襟里抻出一沓钞票，笑着说六十块钱。

妈妈连忙说瓶子不要倒腾黑市了，你毕竟归属过工人阶级。大表哥连连点头，有些难堪地笑了。

外祖母拆开棉裤掏出棉花，动手把裤面和裤里泡在木盆里，洒进碱面除油，然后指派塞子把棉花套子送到后街老杨家，说立马把棉花弹出来多加钱。她老人家要连夜缝好棉裤，不能冻着瓶子。

大表哥主动告诉妈妈，说廖老头子在家偷偷用猪油做成猪胰子，卖了钱从黑市买烧饼吃，没太挨饿。

妈妈分明听到好消息，说廖老师教物理和化学，我读高中是两门课代表。

外祖母搓洗着布片对瓶子说，你不要叫廖老头子，人家年纪不老还是单身汉呢。

妈妈好像受到触动，怯生生提出给廖老师送两个烧饼去。外祖母竟然爽快地答应了，还夸赞说燕莺有情有义。

妈妈被夸得再次红了脸庞，有点像电影里的女学生。

塞子送棉花套子回来，说镇上来了几个陌生人。外祖母给他怀里揣上两个烧饼，叮嘱他给廖家送去。

妈妈急着补充说，你可不要找廖老师要钱，这不是卖给他的。

过午时分，堂屋里充满热气。妈妈拿起马勺从大锅里盛出一碗碗棒子面粥。这才是我们的真正午饭，跟白面烧饼没有任何关系。

大表哥端着饭碗站起来，满脸涨红，说谢谢姥姥，谢谢小姨，谢谢小表弟，你们全家特意从天津跑来援救我妈妈。

外祖母趁势大声说，我们好不容易带来十五斤白面，一时救得急，救不得命。你从东北冒险带回猪板油换钱，也是救得急，救不得命。

我难以参加这场谈话，于是想起那句俗语就大声说道，人的命，天注定。

妈妈惊得连连摇头说，你这是唯心主义，少先队员到学校不敢乱讲的。

全家低头喝粥了，争先恐后发出咝咝声响。这时塞子噔噔跑进堂屋，大声说廖老头子给逮走了。

妈妈双手紧紧端住饭碗，好像屏住了呼吸。大表哥反而显得镇定，让弟弟蹲下说话。

塞子蹲下果然稳住了。我暗暗佩服大表哥经验丰富。塞子定住心神，张口道出实情。

我把烧饼送给廖老头子，他舍不得吃，笑着放进瓮里。他听说我小姨来河头镇了，突然掉下眼泪说好多年不见面了。还用外国话给我念了几句诗，我哪儿听得懂啊。

妈妈瞪大眼睛追问塞子，那么后来廖老师又说了什么？

他又说了句人生如梦，就不言语。我走出他家看见来了几个穿制服的，他们进门就把廖老头子带走了。

妈妈情难自禁，红着眼圈说塞子不要叫廖老头子要叫廖老师。

外祖母急了，绕过妈妈追问那半麻袋猪板油的下落。塞子回忆说做胰子的家什都给弄走了。

我记得作文课堂老师讲过情感描写，你想象开心的场景就要兴高采烈，你想象激动的场景就要心潮起伏，你想象什么场景就要调动什么心情……我没见过廖文良，只能想象他孤苦伶仃被逮走的场景，突然喉咙紧缩，眼窝渗满泪水。

外祖母紧急行动起来，拿出包袱皮把烧饼包裹起来，沉甸甸掖到塞子怀里说，你等到傍黑卖给下窑的，把钱收好找个地方躲宿，千万不要轻易回家。

说罢外祖母转向大表哥说，瓶子你也出去躲躲吧，我拆洗了你的棉裤只能让你穿夹裤挨冻了。

大表哥不认为会出事情，执意不走。妈妈不知如何是好，紧张得左手抓着右手。

我的小祖宗！你已然留下证据啦。外祖母扑通给他跪下了，吓得大表哥脸色惨白，立即猫腰把她老人家搀起来。

外祖母抹了把眼泪说，瓶子啊我吃的盐比你吃的饭都多，你听姥姥的话赶快走，那麻袋猪板油他们肯定要追查来路的。廖老师是文化人，他扛不住那些嘎杂子琉璃球的审问……

妈妈同意外祖母的见解，极力稳定情绪对大表哥说，你妈妈的事情够麻烦了，你若有个三长两短这家庭就完了。

大表哥听到心里，双手撑地给外祖母跪下了。姥姥！您带着全家跑到胥各庄援救我妈妈，我确实不能给您添乱了。

我从未经历过这种场面，心儿咚咚跳喘不过气来。外祖母拿起两个烧饼掖给大表哥，叮嘱他躲到海边黑沿子去。

大表哥给外祖母和妈妈鞠了躬，拎着帆布兜子冲我笑了笑，匆匆走了。

走了塞子和瓶子,屋里人少了,空气反而凝重起来。妈妈思索着问外祖母,您是不是有些紧张过度?

外祖母并不答话,挪过大铜盆拿出两个烧饼依次递给妈妈和我,嘴里好像吐出两颗钉子——吃吧!

我瞪大眼睛望着小院里,想象着即将发生的场景——有人进门前来抓拿大表哥。

燕莺你认为我紧张过度?外祖母急忙收拾灶台,再次催促妈妈和我把烧饼吃了。妈妈没有心情吃,我也不敢吃,悄悄解下胸前红领巾塞进衣兜里——这样他们就不会知道我是少先队员了。

外祖母收拾停当扭脸注视我说,姥姥看见你摘下红领巾藏了,知道我为什么催你把烧饼吃到肚里吗?这烧饼同样是证据啊。

她老人家真是精明透顶。我环视着堂屋确实没了烙制烧饼的痕迹,不禁想起课外读物里的"抗日堡垒户",转念细想又觉得很不恰当,外祖母分明是"黑市堡垒户",不应该歌颂的。

外祖母拿起妈妈的黑呢大衣,挥起手巾掸掉面粉的痕迹说,燕莺啊我知道农场不许请假,你赶晚车返回天津吧,明天清早准时报到,那些头头儿不会克你的。

妈妈接过黑呢大衣有些感伤地说,毕竟是您有经验,所有事情都提前考虑了,我要是像您这么缜密就不会下放农场了……

外祖母连连叹气说,我吃了多少亏才懂得晴天带伞的道理,燕莺不要泄气,你人生道路还长,平安返回天津就把来胥各庄的特殊任务忘了吧。

特殊任务?我从外祖母嘴里听到新鲜词语,思索着它的内容。

不论外祖母怎么开导,妈妈仍然精神不振,好像胥各庄成了她的伤心之地。

外祖母不放心，派我陪妈妈去火车站买票送她上火车。

我和妈妈走出大姨家院子，我再次感到疑惑，怎么还未见到大姨呢。妈妈紧紧抓住我的手说，所有事情你姥姥都会有安排的。

只要说到外祖母我就有了信心，牵着妈妈的手走进火车站。

下午有慢车开往天津，我陪妈妈等待着，突然想起廖文良，就问妈妈为什么没去看望自己的老师。妈妈不言声。我也不再说话，就这样沉默着。

远处传来火车鸣笛声。妈妈缓缓说了话。你问我为什么没去看望廖老师？是啊，既然多年不再来往，今生还是不见为好吧。

妈妈说的这几句话，我不懂。我想，长大成人我肯定会懂的。

火车吐着白雾进站。我送妈妈上车。她踏进车厢刹那间，我顺势把烧饼塞进黑呢大衣衣兜，扭头就跑。

我听到妈妈呼喊我乳名，心头猛地热了。她当教师多年习惯叫我学名，从小就像是我的班主任。

我奔回大姨家。堂屋被收拾得空旷无物。外祖母端坐灶台旁边，满脸轻松哼唱皮影戏。我毫不相关地想起"空城计"，但她老人家不是诸葛亮。

灶台大碗里有粥。外祖母端来给我。我看见粥碗就饿了，双手捧起随即喝光。她老人家接过空碗，伸出食指沿碗壁抹了一圈，快速把食指伸进嘴里，吱吱吸吮着残汁。

我突然觉得外祖母很了不起。即使她烙制烧饼卖到黑市，这也是为了援救自己的女儿。我这样想着，伸手从衣兜里掏出红领巾重新佩戴到胸前。

她老人家满意地笑了。好孩子你总算想明白了，即便咱们做了错事也不必掖着藏着，不藏不掖反倒没有思想负担。你妈妈就是心思太重，其实人世间的事情是藏不住的。

外祖母说的这几句话,我似懂非懂,仍然认为长大成人会懂的。这时她老人家似有预感,表情郑重地告诉我,瓶子年轻不能毁掉前途,廖文良是文化人不能蹲小黑屋,所以她老人家要把倒腾猪板油的事情揽到自己身上。

您把事情揽到自己身上不怕蹲小黑屋?外祖母笑着答道,我老婆子怕什么!我死了就臭块地呗。

这时候院门响了,果然拥进几个人来,大声询问谁是赵平。我想起大表哥学名赵平,赵子龙的赵,平价粮油的平。

外祖母披起大袄迎出堂屋,我紧紧跟随来到院子里。

你们找赵平干吗?他在东北钢厂兴许过年也不回家。我是他姥姥,有啥事跟我说吧。

这几个男人进屋搜查,耸耸鼻子寻找味道。你家里还有猪板油吧,主动上缴,罪责化小。

外祖母满脸诚恳,说没啦!那麻袋猪板油我打玉田县带到胥各庄,倒手就卖了。

这几个人显然认为外祖母不好对付,决定把她老人家带走,说要彻底调查。外祖母笑眯眯地对我说,好孩子,姥姥不是去了派出所就是去了工商所,小包裹里还有棒子面你自己熬粥喝吧,当心别煳了锅。

我哇地哭了起来。

一个人坐在堂屋里,四周空空荡荡,没有外祖母没有妈妈,也没有大表哥瓶子和二表哥塞子,更没有我不曾见面的大姨和下班不回家的大姨夫……仿佛人间万物都被抽空了。我冷得打起了寒战。

这时我明白了,跟亲人在一起不感觉冷,于是神差鬼使地想起妈妈的老师廖文良,他独身生活一定很冷吧。

天色暗了下来。我走出大姨家小院,捡起根树枝插紧柴门,壮起胆子上了街。已然傍晚时分,朦朦胧胧看见街上有人溜达,这让我想起外出觅食的大鸟。是啊，下窑的人们肚子饿了，这该是塞子偷偷售卖烧饼的时候。

派出所门前灯光微弱，似乎灯泡也饿暗了。警察忙着审问盗窃豆饼的妇女，当面指出她是惯犯。

我看着这个相貌文静的妇女，难以想象她是盗窃惯犯，就觉得自己见识短浅，应当快快长大。

我央求另一个警察。他听了我的讲述，挥手跟轰苍蝇似的说，投机倒把的事情归工商所管。

我找到工商所大门，跨过门槛就说猪板油是我带来的，你们放了我姥姥。值班干部咧了咧嘴说，小毛孩子哪儿凉快哪儿呆着去。

我勇敢起来大声说就你们这里凉快。对方愣了愣，低声问我外祖母叫啥名字。我说出外祖母名字，还补充说出大姨名字。值班干部听了，立即起身走到里面去了。

我意识到自己长了胆量，便倒背双手踱步好像长大成人了。一旦长大成人，我就会懂得很多事情的，比如廖老师的独身生活。

一个脸颊贴块红纸的男人走出来，详细询问外祖母和大姨的姓名，我当然对答如流，就跟背诵户口页似的。他听罢嘿嘿笑了。

我看清了他脸颊上是块红记不是红纸，那颜色不亚于我的红领巾。这男人有些信不过我，再次核对外祖母和大姨的姓名。我趁机要求放了外祖母，他伸手指点我脑门说，你们天津人就会讲故事骗人。

他扭身走进去了。我估摸他是个不爱听故事的人，不禁想起外祖母给我讲的故事：目连救母，王祥卧鱼，缇萦救父，搜孤献子……我清楚地记得她老人家说过，人世间大事小情都会成为故事流传，比如辛科长一撸到底，比如廖文良终身不娶，比如瓶子跟塞子是同母异父的兄弟。

我沉浸在听过的故事里，突然看到外祖母迈着小脚走了出来。我懵头懵脑唯恐她老人家从故事里跑掉，没敢动弹。

外祖母径直走出工商所,我清醒了,跳出故事追上前去。她老人家不容我搀扶,我只得跟随着。

街黑没灯,外祖母自觉放慢脚步说,那个红记脸听说柯燕蓉是我女儿,偷偷乐了。他趁着身旁没人跟我说了实话,原来他跟你大姨有缘分。

我急忙问道,那红记脸跟大姨有缘分就释放了您?

外祖母不应声,摸索着拐进小胡同找到老杨家,拍门询问塞子送来的棉花弹好没有。很快从门里递出棉花包袱说八毛钱。外祖母让我接过包袱,摸黑掏出一块钱说不用找零了,转身扎煞着小脚就走。

黑天黑地显得棉花包袱分外醒目,我走在前面引路。身后她老人家絮叨不止,说机关算尽不如萧何遇见韩信,算尽机关不如冤鬼遇见判官。

我听不懂,说明天我要旷课了。外祖母大包大揽说,明天咱们坐早车赶回天津。

我拔去插着柴门的树枝,引着外祖母走进大姨家堂屋。她老人家亮开嗓音喊道,诸仙回避!东屋里西屋里都没人吧?

西屋黑洞洞传出人声说,姥姥,我把烧饼都卖给下窑的了,总共赚到三十八块钱。

塞子!我不是不让你回家吗?这要是被他们掏了被窝儿,你就蹲小黑屋去吧。外祖母气得啪啪拍着大腿。

三十八?那两块钱呢!外祖母摸黑查账了。塞子掌亮煤油灯说,四十个烧饼我饿急了吃了两个。

灯影笼罩着外祖母,有些虚幻。她老人家找出隐藏在东屋炕洞里的白面口袋,准备和面烙饼。

您还要让塞子出去卖啊。外祖母瞥了瞥我说,咱们再卖出多少烧饼也填不上你大姨欠的赌债!敢情工商所红记脸就是债主子,他放我回来让我筹钱替你大姨还账的。

原来大姨没得病也没住唐山煤炭医院,她欠了一屁股赌债不知躲哪儿去了。我实在惊讶就问道,大姨连肚子都吃不饱还有心思赌钱啊。

二表哥塞子抢着回答说,这是旧社会养成的坏习惯,新中国也没把她改造过来,我们全家经常给她填赌债,还是填不平窟窿。

我极力想象大姨的形象,怎么也想象不出具体模样。因为我没有见过真正的赌徒吧。

只要你大姨还能赌钱,她就死不了。这叫宁死在牌桌前,不愿殁在锅灶边。那些跟她赌钱的男人,一个税务所副所长,一撸到底了;一个粮站出纳员,没得可撸开除了;一个供销社采购员结婚不到半年也毁了,不知道你大姨牵连了多少男人……

这都是男人,我大姨怎么不跟女人赌钱呢?我有了好奇心。

外祖母忍住不说话了,动手烙饼。一张饼烙得了,她就把整张饼撕成两半,分给我和塞子吃。

很久没有吃到白面,我差点咬到自己手指。可能肚里有两个烧饼垫底,塞子吃得比我稳重。

就这样,外祖母用光所有白面烙出六张饼,我和塞子分吃三张,她老人家留下三张。

塞子把卖烧饼的钱交给外祖母,她老人家摆手不要,说你们哥儿俩留着过日子吧。塞子听了这话就去西屋里睡觉了。

我随外祖母住东屋。她剪亮灯火给瓶子赶制棉裤。我和衣躺下,迷迷糊糊睡着了。

半夜里被冻醒了。外祖母还在穿针引线忙碌着。你知道跟你大姨赌钱的男人还有谁吗?她老人家见我醒了,忍不住说起。

反正都是下窑挖煤的呗……我又睡了过去。

大清早醒来,大表哥棉裤摆放在炕头,看着就暖和。外祖母拿出两张白面饼叠进棉裤里,红了眼圈说等瓶子回家让他吃顿白面吧。

外祖母烧灶做早饭。我跑去西屋叫塞子,没想到屋里没了人影。

一大早就跑去给他妈妈送钱去了呗。外祖母好像无所不晓,催我吃早饭。我看到锅里还是棒子面粥。

我清楚记得还有一张白面饼,眼巴巴望着外祖母。

你还记得那女列车员吧,她查票对咱们有恩!但愿回天津火车上遇见她,我就送这张白面饼表表心意。

我说要是遇不到女列车员怎么办。她老人家笑了笑,说带回家过年上供祭祖。

我们收拾妥当走出大姨家小院,我忍不住回头看着,心里有说不出的滋味。

上午有两趟车,一趟快车一趟慢车。素常节俭的外祖母让我多花钱买快车票。我觉得她老人家变了,昨晚把所有白面都烙了饼,今早把所有棒子面都煮了粥,就好像没了明天似的。

我们登上从三棵树开来的列车,满车都是东北口音。我有了接受列车员检查行李的经验,就偷偷观察车厢里的乘客。

我发现靠窗的乘客相貌酷似曾经携带细盐和碱面的妇女,暗暗惊诧。满世界不会都是长途贩运的投机倒把分子吧?

火车驶过芦台,一路瞌睡的外祖母睁开眼睛,仔细打量着我。

小人精你先跟我起个誓吧,这件事情永远不能告诉你妈妈。因为廖文良年轻时是她偶像,我不能让她的偶像塌了。

我想起加入少先队时宣过誓,那誓词是时刻准备做无产阶级革命事业接班人。面对饱经风霜的外祖母我只得起了誓,明确表示保守秘密永远不告诉妈妈。

你知道跟你大姨赌钱的男人还有谁吗?这可是工商所红记脸亲口告诉我的。外祖母说不下去了,抬手擦了擦眼角。

他可是外国留学回来的高才生啊!有学问,有才调,有风度,有修养,那是多么体面的人啊,如今连肚子都吃不饱怎么还去赌钱呢?还舍着脸皮四处借贷，他做多少胰子也还不清赌债！外祖母说着呼地站起，显得特别激动。

尽管火车摇晃着，我还是听懂了外祖母的话语，也大致理解她老人家为什么激动。

于是，我小心翼翼安慰说，姥姥，您不是也把棒子面跟白面掺和一起啦。

是啊，这年头就是把棒子面跟白面掺和一起啦。她老人家冷静下来，不悲不喜地说，只要他们还有劲头赌钱就活着呢。

火车缓缓停了下来，不知前边出了什么事情。

查票的来了。

## 紫竹提盒

祖母迈着小脚颠儿颠儿跑回家来，进门便说你表叔的剧团转回来了。说罢猫腰生炉子点火，好像接了圣旨。

　　其实等于接了圣旨。赵大铁经常在表叔剧团里扮演太监，大街上他遇见祖母，说我们北方越剧团转回南市燕升戏园了。那模样等于就是太监传旨。天津人把太监叫"老公"。天热时祖母带我看《狸猫换太子》那出戏，老太监陈琳手持拂尘出场，她扭脸告诉我："这是个老公，好人。"

　　赵大铁扮演老陈琳，他又是单身汉，平时见面我就叫他"老公"，这家伙揪住我耳朵说："老公好哇，老公没有生活作风问题！"

　　这话我就不懂了。我只懂得红领巾是五星红旗一角，是革命烈士鲜血染成的。我还知道全国开展社会主义教育运动，提倡移风易俗，破旧立新，还号召无职业有家乡的市民返回原籍落户。我们胡同里贴着大标语：我们也有两只手，不在城市吃闲饭。

　　大杂院里的田婶无职业有原籍，街委会来人动员了。她哭着说老家没房子没地没牲口没人，寡妇失业没法过活。

　　天色暗下来。祖母生炉子弄得满院子烟雾，好像埋伏着《西游记》里的妖怪。烟雾笼罩呛得邻居们咳嗽，引来冷嘲热讽："奶奶！都这晚儿啦您还生火点炉子，这是要半夜迎财神啊。"

祖母不搭理。她跟我说过，自打年轻守寡谁说风凉话都不应声，只当听蝲蝲蛄叫唤。就这样，大杂院里到处是蝲蝲蛄。

煤球炉子，起火慢。祖母擀面条了。我家的擀面杖，绛紫色枣木，拎在手里想起花果山的齐天大圣。祖母说当年家住三条石塘子胡同，半夜里用这擀面杖吓跑了盗贼。我想象着手持擀面杖的祖母，那形象就是女将樊梨花。

擀好的面条，披头散发摊在案板上，白灿灿等着挨煮。祖母准备炒菜："不凑手啊不凑手，这大联又打了我个措手不及。"

表叔大号郝专，大联是他乳名。祖母倚仗长辈身份，张口叫表叔乳名，似乎在行使特权。

表叔的北方越剧团到处巡回演出，在南市演几天，转到鸟市，从鸟市转到谦德庄，从谦德庄转到西关街……让我想起语文课本里草原牧民转场。这次表叔的北方越剧团突然转回我们南市，一下打乱了祖母的阵脚。

唱戏的不吃晚饭，散了戏吃夜宵。梅兰芳的剧团这样，表叔的小剧团也这样，都是循着"饱吹饿唱"的道理。

祖母临时给表叔准备捞面，不炸酱，不打卤，而是"四碟菜"拌面。她说"不凑手"是指临时难以凑齐"四碟菜"。

天津卫近河靠海水陆码头，吃捞面讲究"四碟菜"，正儿八经的四碟菜通常是"清炒虾仁、软熘鱼片、桂花扇贝、银针面筋"。寻常百姓家庭讲究不起，依然弄出家常"四碟菜"，减成色不减规模。

我说不凑手您就炸酱吧。祖母冲我瞪眼睛："那是北京人！"

听祖母说话语气，好像瞧不起首都。她经常跟我表扬天津，说九河下梢天津卫，华洋杂处大码头，吃尽穿绝。

我又说不凑手您就打卤吧。她老人家急了："你怯勺？没有虾仁木耳，打卤就是一锅糨子！"

祖母为表叔筹办夜宵，赛过给皇上办膳。城市里鱼肉蛋菜凭票供应，要想吃好喝好难度不小。

"糖醋面筋丝，小葱炒鸡蛋，咸肉燢香干……"祖母念叨着夜宵菜谱，一跺脚去找邻居田婶借来两个鸡蛋，寻思着"第四碟"。

巧妇难为无米之炊。她急得骂我："这节骨眼儿你也帮不了我！"

我从小听相声，学会说话逗哏："我愿意帮您呐，第四碟菜是红烧小孩儿！"

祖母笑了："你还真把自己摆菜碟里啦。"

筹措不出"第四碟"，祖母只得先筹办面码，她举起竹竿从房檐底下摘得一捆晾干的豆角，使大碗用温水泡开。她猛地拍响大腿说："有啦有啦，第四碟是虾杆炝白菜！"

我听了咽下一团口水。素常家里吃捞面，天热是过水麻酱面，外加花椒油，天凉呢就"锅挑儿"，弄个热菜拌拌得了，从来没有如此隆重。祖母疼表叔，邻居们说赛过亲娘。

"没错，大联是我娘家亲侄子，我是他亲姑妈！"祖母毫不掩饰对娘家人的偏袒。我想起天津卫俗语：姑妈亲，砸断骨头连着筋。

我知道不论牛筋羊筋，即使卤煮也特别结实，确实很难砸断。姑妈亲，没错。

煤球炉火旺了。祖母下厨炒菜。这四碟菜，投料足，菜量小，炒得香气扑面，分别盛在四只盖碗里。这种蓝花盖碗是薄胎江西瓷，即便盛着滚开的水，端着也不烫手。

干豆角泡开了，热水焯过切成细丝，这深绿色面码也盛在盖碗里。五只盖碗，趁热放进紫竹提盒的底层。

祖母抹去满脸汗水，嘴角那颗红痣愈发鲜亮。铁锅里雪白的面条煮得翻滚，好似微型哪吒闹海。祖母拿筷子夹起一根面条，嘘嘘吹凉，顺进嘴里咬了咬,说你表叔爱吃有嚼头儿的,不能煮过火。

捞面出锅,过了遍热水,祖母把面条挑进大海碗里,随即扣上碟子。雪白的手巾裹着红木筷子和白瓷调羹,一同放进紫竹提盒顶层,啪地扣严了盒盖。祖母真是细致入微,只等表叔张嘴吃了。

我手痒眼馋,再次咽下口水。祖母看了眼座钟:"马上就散戏,你趁热送去吧,紧走几步别让面条坨了。"

为了调动我的积极性,祖母随即补了一句:"回头儿也给你做顿好吃的。"

我挎起紫竹提盒跑出家门,身后传来祖母的声音:"别颠!洒啦。"

沿着东兴大街,我跑过什锦斋饭庄,跑过华明理发馆,跑过白傻子布铺,一直跑向著名的"三不管"。

北京有天桥,天津有南市"三不管",从前都是打把式卖艺的地方,由地痞流氓掌管。新中国成立,这里变成劳动人民娱乐场所。

远远望见东兴市场圆形拱门,我拐进右手小胡同,胡同正冲燕升戏园后门。祖母几次带我到后台看望表叔,我已然记住门道。

进了戏园后门,没灯黢黑。后台角落里有个人影儿,我咳了两声。平时祖母教导我,走进黑灯瞎火的地方,要响咳两声免得冲撞神明。

我两声响咳,那人影儿倏地分成两个,一闪便掩进黑暗深处,没了痕迹。一个人影儿怎么分成两个呢?我想起刘立福的评书《聊斋》,心头发紧,两腿发沉。

听见胡琴响了,台前传来掌声。这是主角登场了。我挪动脚步走近侧幕条。今晚唱连本大戏,看来拖场了。

北方越剧团女主角祁玉仙,白白嫩嫩很受看。她戏台上拿腔作调柔声软语,戏台下满嘴天津话,显得精明强干。那次我跟随祖母看戏,可巧祁玉仙扮演娘娘出场。这出戏祖母不熟悉,小声嘟哝着:"她扮的是正宫吗?"

旁边观众主动答话:"她扮的西宫。"

天津戏迷就是这样热情,只要搭话就跟亲戚似的。

祖母笑脸谢过,然后低声告诉我:"鸭子唱得不错,头牌角儿呢。"

祖母知道祁玉仙外号"鸭子",观众们不晓得。"不晓得"是南方话,这是北方越剧里的戏文。

侧幕条旁边是伴奏乐队。我感觉责任重大就把紫竹提盒抱在怀里。弹月琴的侧脸问我找谁,我说找郝专。他摇晃着脑袋说:"好砖?还烂瓦呢!"

这时祁玉仙唱过大段戏文,载着身段踩着碎步,轻轻盈盈返回后台。一瞬间她便褪尽满脸表情,变成涂着油彩的面具。

我吃惊地望着这个毫无表情的大美人,忘了"四碟菜"捞面。

"你是郝大姑派来送夜宵的吧?"她变得满脸笑容,语气亲切。

"我给表叔郝专送夜宵,弹月琴的说没有郝专只有烂瓦。"

"吃不着葡萄说葡萄酸,你别搭理那狗食!"她撇了撇嘴。

狗食是天津话。骂人是狗已然贬损,狗食就更甚了。

我望着这位凤冠霞帔的皇后——柳叶眉,丹凤眼,笔管鼻梁,鲜红嘴唇,两腮隐隐约约的酒窝儿,确实好看。

她这么好看怎么外号叫"鸭子"呢?我寻思叫凤凰才对。

赵大铁提着拂尘来了,看见紫竹提盒笑了:"好啊,我这就去请皇上用膳!"这老公趁机拍了拍皇后屁股。

皇后骂了声"死鬼",把太监骂走了,她抬手撩开侧幕条,带着身段上台了。

我感觉身后有人来了,转身果然看见皇上驾到:身披明黄缎的龙袍,头戴明黄纱的帽盔,灰白色的髯口……他没勾"三块瓦"脸谱,看来不是昏君。

皇上伸手摸了摸我头顶。我认出他是表叔郝专,就使劲儿笑了。

表叔身材端正，有文化。他崇拜焦菊隐与谢添。我不知道这俩人是谁，只记得表叔说他喜欢谢添的话剧《柔软体操》。

这时表叔郝专猫腰接过紫竹提盒，变戏法似的塞给我伍分钱纸钞，说明天买冰棍吃吧。这是天津卫习惯，大人见了孩子给零花钱。

少先队员接受皇帝赏钱，这没让我产生幻觉，因为我知道他不是真命天子，他是表叔郝专。

身穿龙袍的表叔把紫竹提盒放到后台黄漆条案上，打开盒盖取出盖碗，规规矩矩摆放整齐。这情形不像夜宵倒像供品，就差焚香了。

这时家伙点响起，表叔正了正帽盔，捋了捋髯口，连忙迈开四方步，上了场。

我躲在侧幕条后边，盯着表叔演戏。记得祖母跟大杂院邻居夸奖她的娘家侄子："大联扮相俊，唱腔好，还会编戏写唱词，那些看戏的女眷迷他呢。"

我偷偷望着台下，不知迷恋表叔的女眷坐在哪里。台口灯光明亮，难以看清台下观众，便想象着女眷的模样，应当就像电影里的阔太太吧。

戏台上表叔身穿龙袍端坐案前。一个紫袍文官跪地陈情，不紧不慢唱着。皇上微微点头，表示听禀了。

天津独创的北方越剧，全中国没有第二份。它是绍兴戏的腔调，北方话的发音，让天津人听得清清楚楚明明白白，很受本埠戏迷们欢迎。表叔的北方越剧团，常年全市巡演票房很好。

紫袍文官的拖腔引来台下观众喝彩。我有些失望，觉得表叔扮演皇上只是个摆设，等于他坐在台上看戏，不用花钱买票。

紫袍文官再次引发戏迷们的叫好。这时娘娘出场了，还是祁玉仙扮的。不知为什么，她张口开唱走了板，引来台下几声倒彩。娘娘朝皇上行了礼，咿咿呀呀继续演唱。

北方越剧的腔调，柔和婉转，软声细语，很是好听。我猛然想起"四碟菜"捞面,扭身跑到黄漆条案前边,登时傻了眼。

五只盖碗全部打开,好像螃蟹被揭开盖子。四碟菜光了,面码没了,大海碗里不见了面条。

我慌了神。祖母精心筹办的夜宵没能吃到表叔嘴里,她老人家肯定大发雷霆的。

这是哪张大嘴把紫竹提盒吃得干干净净?难道后台老鼠成了精?我不知道如何查对,只得慌忙收拾碗筷,挎起紫竹提盒溜出戏园后门,抬腿撒丫子就跑。拐上东兴大街我被绊了脚,差点儿摔倒。

"这孩子抢孝帽子去啊?"黑暗里不知是谁大声损我。有些天津人就这样,不占别人便宜浑身难受。

我跑进家门哇地哭了起来,惊动了大杂院邻居们,纷纷跑出来询问谁家死了人。

祖母出屋扯开嗓子解释:"小孩子睡觉做噩梦,梦见那些看热闹的人掉粪坑里淹死了,一个个转世变成屎壳郎,小孩子就吓哭了呗。"

这叫骂人不吐核儿。邻居们被祖母损得无话可说,全都缩脖子回去了。

进屋闭门关窗,祖母压低嗓音:"你这是卧龙吊孝——进门就哭。你表叔出事儿啦?"

我止住哭声,抽泣着。祖母从抽屉里取出两粒冰糖,径直递给我。想起小人书里日本鬼子拿糖果收买儿童团员的故事,我忍不住咧嘴笑了。

祖母很像秘密审问犯人:"归其出了什么事儿?你不添油不加醋,一五一十说给奶奶听。"

我如实讲了在戏园后台的遭遇。祖母仿佛听了神话故事,不相信。"好宝儿,你再给奶奶说一遍。"

我从头到尾又说一遍,不差样。祖母眉头紧皱,思忖着道:"一眨眼工夫就没啦?这是《聊斋》啊。"

我说是后台老鼠成了精。祖母说不是后台老鼠成了精，是后台有坏人成了精。

"挨千刀的！这夜宵你表叔没吃到嘴里……"祖母又气恼又惋惜，寻思着如何补救，"好吧，明儿我亲自访访坏人精！"

我想起遗漏了重大情节，马上补充说："后台角落里有个人影儿，我一咳嗽那人影儿变成两个，唰地就没了。"

祖母问我今晚唱的哪出戏。我说表叔扮皇上，坐在台上没张嘴。祁玉仙扮皇后，一张嘴有人叫了倒彩。

"叫她的倒彩？这不能够啊。"祖母催我洗脸漱口上床睡觉，说明儿起早上学不要迟到。

关灯睡觉。黑暗里我听到祖母自言自语："大联哇，你在家媳妇笨手笨脚，你外出演戏不得吃不得喝，真是苦命人呐……"

我没见过表叔的媳妇，小毛孩子想象不出女人笨手笨脚的模样。

第二天傍晚时分，我跟祖母上街遇见赵大铁，他满嘴酒气说剧团今晚转到西关街戏园演出。祖母登时就急了："合着你们成了游击队！这屁股没坐热就颠儿啦？"

邋邋遢遢的赵大铁伸手摸出烟卷点燃："您真疼郝专啊，我看赛过他亲娘啦！"

我也没见过表叔的亲娘，听说她家住西关外的白骨塔。

祖母很是自得："亲娘我比不了，郝专是我娘家亲侄子！"

赵大铁呵呵地笑了，似乎从老陈琳变成高力士。"我们新编历史剧《胆剑篇》，西关街戏园是我们主场，今晚给兄弟剧团观摩演出。这大老远的送不成夜宵了吧？"

祖母豪气不减："我爹当年赶西大营，八千里地都不怕远！"

我听祖母讲过天津杨柳青人赶西大营的故事，他们挑担提篮跟随左宗棠军队远走新疆。乌鲁木齐以前叫迪化，迪化以前叫红庙子。

趁着黄门副食店没关门,祖母进去买了虾皮和茴香,说给表叔包饺子。我好奇:"奶奶,您不做四碟菜捞面啊?"

"道儿太远,面条送到西关街戏园成了面坨子。这饺子不粘,热水烫过照样吃!"祖母好像夜宵专家,万事通。

祖母又跑去找邻居田婶借鸡蛋。天津市每月供应居民家庭半斤鸡蛋,祖母总给表叔送夜宵,鸡蛋自然不够用场,只好向邻居求援。

田婶好不乐意地说:"您上次借的还没还,怎么还张口呢。"

祖母赔着笑脸说过两天保准还。平时祖母极好面子,竟然舍了脸。田婶回屋取出两个鸡蛋,满脸不悦递给祖母。

和好了面团,饧着。祖母开始调馅:虾皮、茴香、鸡蛋。没有肉,所以叫"素三鲜"饺子。

祖母包的饺子,看着就是工艺品。一只饺子捏出八个褶儿,好比给饺子镶了花边。镶了花边的饺子,银灿灿摆满盖板,让人想起银库里的元宝。

饺子是表叔的。我和祖母晚饭是油渣炒雪里蕻、籼米蒸干饭。我望着摆满盖板的饺子不说话。奶奶啊,我就是家里养的小狗,您也该给我弄根骨头啃啃吧?

吃过令人憋闷的晚饭,我埋头写作业。祖母端坐镜前,手里捻搓两根预白线,不声不响给自己"开脸儿"。天津卫的家庭妇女,每逢重大外出活动便梳洗打扮,这"开脸儿"就是捻搓滚动两根预白线,唰唰唰铰掉两侧脸颊的汗毛,面庞便光鲜了。

祖母五十九岁,脸庞皱纹不多。她开了脸儿,嘴角那颗红痣愈发鲜亮。我认为挺好看的。

这时,邻家电匣子报出北京时间二十一点整,晚上九点钟了。

祖母一边煮饺子一边教育我:"你给我记着,吃饺子不能一口吞,那叫粗人吃野食,让人家笑话没家教。不论个头儿多小的饺子,也要先咬一口再吃。"

我嫉妒祖母偏爱表叔，马上抱怨说："奶奶，您这饺子不是给我吃的，这句话您说给表叔听吧。"

"你小子真是刀子嘴，明儿送你跟高英培学说相声去。"她把盛满饺子的大海碗放进紫竹提盒，说了声"走吧"。

"我作业没写完，您自己去吧。"

"啊？"祖母惊异地看着我，连连咂嘴，"你真是个白眼狼……"

我再次摇头拒绝。我印象里除去找田婶借鸡蛋，祖母从不求人。她二话不说弯起胳膊挎上紫竹提盒，迈着小脚走出家门。

以往给表叔送夜宵，都是北方越剧团转回南市燕升戏园，离我家不远。这次祖母跑去西关街戏园送夜宵，天黑路远要是崴了脚呢？我后悔了。

我追出家门跑到南门东电车站，看见路灯下祖母的瘦小身影。这时白牌电车来了。我知道祖母的脾气，悄悄尾随上车。

祖母淹没在车厢人群里。白牌电车叮叮当当朝前驶去。猛然想起衣兜里没钱，我只好矮着身子，逃票。

我听见祖母买了贰分钱车票，大声告诉售票员去西关街戏园给娘家侄子送夜宵。祖母爱聊天，见面就熟。

她果然赢得乘客们夸奖："您这当姑妈的疼娘家侄子，真是不辞辛苦。"

白牌电车围城转，拐过西南城角到了西门脸。祖母热情地跟乘客们道别，挎着紫竹提盒迈着小脚从前门下车。我从后门蹦下电车，逃票成功。

沿着西关街走近戏园子，我保持距离跟着祖母。戏园门前很热闹。一张广告牌上大字写着：新编大型历史剧——《胆剑篇》，编剧：郝专，导演：郝专，主演：祁玉仙……

"嚯嚯,这是哪阵风把你给刮来啦?"一个又高又瘦的老太婆昂首挺胸迎在祖母面前,显得祖母更矮了。

祖母表情不大自然。如果要求现场写作文,我会用"神色紧张"来形容她老人家。

"我给你儿子送夜宵来了……"祖母显了显紫竹提盒。

哦,原来这老太婆是表叔的妈妈,她眨着老鹰样的眼睛盯着紫竹提盒,表情刁蛮地笑了:"你还用这紫竹提盒呢?今儿是四碟菜捞面还是包饺子?"

祖母如实回答:"茴香虾皮鸡蛋,素三鲜。"

"嚯嚯,郝专他爸最爱吃这口儿!临咽气还念叨素三鲜饺子呢。"表叔的妈妈说着拿过紫竹提盒。我觉得她的动作有些像抢。

她掂了掂紫竹提盒说:"你就别动弹了,我给郝专送到后台去。"

祖母只能接受:"那就依你吧,这提盒先让郝专收着,等到他剧团转回南市演戏,让我孙伙计去取。"

祖母习惯把我说成"孙伙计"。她说完这句话转身就走,好像打了败仗。

我暗暗寻思:既然祖母是表叔的姑妈,那么表叔的妈妈就是祖母的嫂子。俩人见面就像铁板遇见烙铁,看来姑嫂关系很不和睦。我动了好奇心。

这时散了戏,戏迷们拥出戏园子。卖糖墩儿的卖崩豆的卖青萝卜的……做小买卖属于黑市,他们鬼鬼祟祟吆喝起来。

表叔的妈妈拎着我家的紫竹提盒,走进戏园后身小胡同,我悄悄跟随过去。

西关街戏园外墙很薄,俗称"篱笆灯"。后台灯光从墙缝儿泄漏出来,一片片光线投射到小胡同地上。几个男人把脑袋贴近墙缝儿,偷偷观看后台。他们扭头见我来了,张嘴驱赶。

"这后台里头都是大人的事儿,小孩子看了长针眼儿!"

"倒霉孩子凑什么热闹?赶快回家找你妈妈吃奶去!"

一个男人突然起兴:"你们快看呀!那女主角换衣裳呢,敢情又白又肥呐……"

这几个男人立即贴近"篱笆灯",透过墙缝儿观看"小电影"。

"就是娘儿们!黑了灯偷偷跟男的亲嘴儿,浑身冒臊气。"

"怎么来了个老太婆?哎哟!她把那碗饺子拽到脏土筐里啦。"

我贴近"篱笆灯",踮起脚尖伸长脖子,眯起眼睛对准窟窿眼儿。后台灯光明亮。表叔郝专从脏土筐里找出紫竹提盒,大声说话:"妈妈,您这是多大仇恨啊!"

表叔的妈妈气哼哼:"我就不让她称心如意!"

祁玉仙身穿便装跑过来,满脸油彩打圆场说:"她大老远跑来给侄子送夜宵,这也是替您疼儿子……"

表叔的妈妈不睬祁玉仙,继续对表叔说:"她去南市戏园送夜宵,我管不了。今儿跑到西关街地盘,她这是跨过灶台上炕!"

小小的窟窿眼儿盛着这么多人物,比唱戏还热闹。我听不出子丑寅卯,只觉得表叔的妈妈脾气暴躁,好像对祖母充满怨恨。

表叔用白手巾擦净紫竹提盒,扭脸递给祁玉仙。她抱在怀里转身走了。

后台啪地黑了灯,"小电影"结束了。那几个男人没有过足眼瘾,开始犒赏嘴巴。

他们说的话,有的我能听懂,有的听不懂。悄悄离开小胡同,我不敢再蹭电车,径直跑回家去。

我溜进大杂院,家家户户都黑着灯。祖母也睡下了。我隔着门窗听到家里有响动,好像是哭泣。祖母性格刚强从不落泪。我估摸屋里有别人。

我不敢进屋,想起祖母"免得冲撞神明"的教导,轻轻咳了两声。屋里祖母说了话:"你大半夜不进家,不怕外边老马猴吃了你。"

祖母语调轻松,根本不像哭泣的人。我推门进屋,伸手摸灯。

"你开灯要惊动财神啊?下学期不给你交杂费。"祖母并不问我去了哪里,"你赶紧脱衣服睡吧。"

"财神被我给气哭啦?"我试探问道。祖母不应声。我摸黑躺下,睡不着。表叔的妈妈把紫竹提盒拽进脏土筐里,要是祖母知道了肯定伤心的。

我努力睡着了。梦见田婶找来街委会干部,当面批评祖母找邻居借鸡蛋的行为。祖母高声辩解,说我好借好还没有赖账。

几个街委会干部轮番批评祖母,说她找邻居借鸡蛋的行为,是影射国家鱼肉蛋菜供给不足,不光给社会主义抹了黑,还给美帝苏修帮了腔。祖母很不服气,气得面红耳赤。

清早醒来是星期天,我寻思着梦境,催促祖母把鸡蛋还给田婶。

她惊奇地打量着我:"一睁眼你变成小家庭妇女啦?"

我说在梦里变的。祖母让我把梦境说给她听。我如实说了。

"哦……"她寻思着,不说话了。吃了烧饼馃子的早点,稳稳妥妥喝了碗热茶。祖母抬屁股去了田婶家,很快便迈着小脚回来了。

"办妥啦!"祖母满脸轻松地说,"国家凭票供应鸡蛋,五毛五一斤,要是偷偷去黑市买一斤八毛钱。四个鸡蛋在黑市买顶多六毛钱,我给了田婶八毛钱,把她嘴堵了。"

为了给表叔做夜宵,祖母宁可舍脸求人借鸡蛋,宁可还账多花钱。

"小子你记着,凡是花钱能办的事儿,就都不是事儿。凡是花钱办不到的事儿,兴许就是大事儿了。"

我请祖母给举个大事儿的例子。她脱口说道:"比如说你表叔家里头……"

她及时刹车止住话头，改嘴催我写作业。"只要你好好学习，我就给你包素三鲜饺子吃！"

星期天大杂院里很热闹。田婶从煤店叫了二百斤煤末，掺土加水搅拌均匀，自家炕制煤饼。机制煤球一块四一百斤，煤末八毛钱。二百斤煤末节省一块二。田婶是寡妇过日子精打细算。她去副食店买二两白糖拎回来，还要嘬了嘬手指头把甜味搁进嘴里。

赵大铁迈着太监台步走进大杂院。我喊了声"老公来啦"，他不搭腔径直走到田婶近前，不言不语抄起铁锨。

"你别沾手！"田婶当场拒绝，她守寡多年不近男人。

赵大铁嘿嘿笑了："我学雷锋你还不让？"

祖母走出屋来召唤赵大铁，其实是给田婶解围："你到我这儿来学雷锋吧，我有块儿去年的臭豆腐你把它吃了吧。"

赵大铁放下铁锨满脸堆笑："去年的臭豆腐？那您得给我烙张清朝的热饼啊。"

"赵大铁我问你！"祖母声调不高语气严厉，"我让孙伙计给郝专送的四碟菜捞面，都让你给偷吃了？"

赵大铁涎脸说："您把我也当成娘家亲侄子吧，反正一只羊也是赶两只羊也是轰……"

"你胡呲！你再敢偷吃我割了你舌头。"

赵大铁吧嗒沉下脸色："郝专都不敢跟我急，您倒跟我叫板啦！"

"你跟我浑不论是不是？"为了捍卫表叔的夜宵，祖母跨步上前，举起炒菜铲子。

赵大铁噔噔退了两步，好像害怕了："您疼娘家亲侄子也不至于跟我玩命啊。"

我没见过祖母如此凶狠，上前拉住她老人家。"奶奶，您都快成红色娘子军了。"

田婶出面解围:"赵大铁,你快过来帮我拣煤饼吧!"

祖母得胜,进屋里去了。赵大铁阴差阳错获得接近田婶的机会,兴高采烈拣起煤饼。

星期天的大杂院暂时太平了。祖母突然犯了心思:"咱家的紫竹提盒还在外头呢……"

临近正午,赵大铁两只黑手拣出三十个煤饼,啪啪贴满大杂院空闲的墙壁,看着好像一朵朵黑色梅花。

田婶端来大茶缸子,小溜浇水给赵大铁洗手:"谢谢老赵,我就不给您沏茶了。"

赵大铁豪爽起来:"有事儿召唤我,一眨眼工夫就到,比孙悟空还快呢。"

"我听说你唱戏总扮演太监?"寡妇终于小声问了。

赵大铁连连摇头:"我也扮演过家丁和员外。你想看戏不用买票,去后台找我吧。"

田婶连忙表示:"我才不去那种地方呢……"

大杂院深处,一只大公鸡莫名其妙打起鸣来。紧接着就是母鸡下蛋"咯咯哒"的叫唤。这顿时煞了风景。

踏着公鸡打鸣母鸡下蛋的叫声,表叔郝专走进大杂院,身后跟着祁玉仙。她花布衫灰裤子,红润的脸蛋漆黑的头发。

赵大铁拎着两只洗白的湿手,太监似的笑了。

"皇上跟娘娘,你俩这是从哪儿来?满面春风的。"

祁玉仙嘴快,当头嗔怪赵大铁:"哎哟,今儿我没做好梦,怎么撞见你这块臭肉堵心丸呢。"说罢咯咯笑了。

祁玉仙在戏台上多演苦戏,有时还哭哭啼啼的。这是我第一次听到她的笑声,笑得清脆爽利,笑得开门见山。怪不得戏迷们喜欢她呢。

表叔望着赵大铁:"我们趁着星期天看望金老前辈去了,请您给我的《胆剑篇》把把脉归归宗……"

赵大铁甩着双手水珠儿，嘿嘿笑着。

祖母听见表叔说话，满脸欢喜迎出屋来。表叔当头解释说："姑妈，我俩外出办事路过您家，赶上饭口就进来了。"

祖母扭脸瞅见祁玉仙，飞快地扭身返回屋里，这动作麻利得好似武侠评书里的"影子婆娘"。

祖母既讲究礼貌又讲究体面，只要家里来了客人，她就要换上"压箱底"的衣裳。不到喝杯茶的工夫，她容光焕发走出屋来：花白头发梳得光亮，一身鸭蛋青色绸衣绸裤，脚穿"老美华"的软皮鞋。

她矜矜笑着："您是贵客登门，快请进屋喝茶……"

祁玉仙打量着祖母："哎哟，您年轻时是个大美人啊！"

表叔说："我姑妈年轻时比你漂亮多了……"

祖母好像不愿回忆青春时光，话归正传："你俩饿了吧？我这就给你们做饭吃！"

祁玉仙毫不见外："姑妈！我想吃您做的四碟菜捞面，还想吃您做的素三鲜饺子。"

祖母得意地笑了："又是四碟菜捞面又是素三鲜饺子，你多大肚子呢。"

祁玉仙羞得扭过脸去："您瞎说什么呀，人家还没结婚大什么肚子啊。"

"你误会啦！我是说你一顿饭的肚子，装不下两顿饭的东西。"祖母说罢犯了愁，"这大晌午的，四碟菜不凑手，素三鲜饺子也不凑手啊……"

"不碍的！郝专说您炸的排叉特别好吃……"祁玉仙真是爽快，就跟下饭馆点菜似的，张口点了祖母的拿手好戏——油炸排叉。

"这倒是个好主意，有油有面就凑手了……"祖母反而乐了。

大杂院里不见赵大铁的身影，他悄无声响走了。

表叔陪祁玉仙进屋喝茶。祖母拿出家里最好的香片，沏得屋里充满花茶的香气。祁玉仙小声说："哎哟，这花茶真好喝。"

不知这是什么习惯，祁玉仙说话爱用"哎哟"开头，就跟戏台上叫弦儿似的。

祖母双手粘着面粉大声问娘家侄子："赵大铁偷吃你夜宵，你怎么不骂他呢？"

表叔郝专踱出屋来："他是粗人，我不跟他一般见识。"

祁玉仙也出屋解释："郝专特别厚道，总是宽待别人委屈自己。"

"吃亏常在，能忍自安。"祖母揉着面团说，"大联，你记着把紫竹提盒拿回来，咱家用它十几年了。"

乳名大联的表叔连连点头说："这十几年您多不容易啊。"

祁玉仙动手系上围裙，抄起擀面杖跟祖母学习擀面剂子。祖母打量着她又白又嫩的小手，禁不住叹了口气："你多年轻啊，真好。"

"我也有老的时候，还不如您呐。"祁玉仙善解人意，揣测出祖母的心思。

我想起祁玉仙外号"鸭子"，无论横看竖看怎么看，她都不像家禽。

油炸排叉的面剂子，必须擀得薄如蝉翼，之后叠出花样，粘上芝麻，下锅炸成又香又脆的金黄色。祁玉仙将面剂子擀成茶杯垫，扭脸冲表叔郝专咯咯笑着。

浓眉大眼的表叔不苟言笑，掏出自来水笔在手心里写字："我想出了勾践的唱词——西施你本是那鸟中凤凰，只落得姑苏城暂栖身量……"

"这词儿好！你凑成三条腿一折边，就成了。"祁玉仙终于把面剂子擀薄了，兴奋得像个又白又嫩的大女孩。

我帮着祖母把油锅坐在炉子上。她拎来盛满菜籽油的大瓶子。市民食油凭票供应，一季度半斤。这大瓶子菜籽油是祖母日积月累从牙缝里省出来的。

文火下锅。一只只排叉在油锅里炸着,渐渐从纯白炸出浅黄,吱吱发出悦耳的声响。祁玉仙咧嘴笑了:"排叉们在锅里唱越剧呢。"

表叔郝专小声更正:"唱北方越剧呢。"

"是啊,唱北方越剧呢。"祁玉仙语调委婉柔和,特像北方越剧的腔调。

祖母抬头看看娘家侄子,扭脸看看祁玉仙,之后满意地看看油锅:"你俩真是啊……"

一只只排叉出锅了。祁玉仙急不可待,伸手捏过来就吃,嘎吱嘎吱顾不得说话。

祖母打量着吃得满脸是嘴的祁玉仙:"你像我年轻时候……"

表叔吃相斯文,双手捧着排叉,好像担心蝴蝶飞了。

表叔和祁玉仙进屋去了,低声说着什么,我听不懂。

"你给田婶送几个排叉去,我总找人家借鸡蛋……"祖母捡出五个排叉拿油布包好,让我送到田婶门前。

"我不要!你快拿回去吧。"不知碰了哪根筋,田婶犯了犟脾气。

祖母还不得人情,抄起抹布擦手说:"都怪赵大铁跑来献殷勤,搅乱了寡妇心。"

我小声试探说:"您不也是寡妇嘛?"

"你放屁!"祖母气得笑了,"你小子就是我的堵嘴罐儿!"

"真香!"祁玉仙吃得五官现形,走出屋来给祖母道了万福。

祖母乐了:"你跑我这儿唱戏来啦!"说着拿粉连纸包起六个排叉,"六六大顺,你想吃就再来。"

祁玉仙跟随表叔告辞,扭摆着腰肢走了。

"这祁玉仙胃口真大,往后谁娶了她都喂不饱。"我觉得祖母不是说祁玉仙的饭量大。

没出几天光景,祖母满脸愁容对我说:"你表叔出事了……"

我没往心里去,埋头写着算术作业。

果然,两个陌生男子走进大杂院,说是来调查的。祖母迎上前去,连声请两位公差进屋喝茶。他们不搭理祖母,大声召唤"李苏巧"。

寡妇田婶听见召唤自己名字,快步迎出屋来。

"我们找你核实北方越剧团郝专的生活作风问题……"一个男子讯问,另一个男子记录,俩人配合得像双胞胎。

田婶脸色煞白。"这动员还乡的事儿你们管吗?我老家无亲无故,我要求留城不动窝儿!"

"你必须如实回答我们的提问!"两个男子几乎异口同声。

"真的?"田婶脸上露出惊喜,立即张口作证。

"那天郝专跟祁玉仙来到我们大杂院,成双成对又说又笑,光天化日毫不避讳!后来俩人躲到屋里吃排叉,嘀嘀咕咕的。吃完排叉走了,我看就差手拉手了。"

田婶在证明材料上按了手印儿,追着两位公差说:"你们给我做主哇,不能让我寡妇还乡!"

看到没闹出大娄子,大杂院邻居们纷纷缩回屋去,没了动静。

"李苏巧!你怎么满嘴食火呢?什么就差俩人手拉手了?"祖母好似母老虎下山,直扑到田婶门前。"你胡编滥造诬赖好人,不怕天上打雷劈了你啊?"

田婶理亏心虚,低头说了实话:"我不是怕他们让我还乡嘛……"

"好啊,那我检举你跟赵大铁搞瞎扒!你俩手里拎着煤饼子,脚底下勾勾搭搭。"

"奶奶!咱寡妇面前不说假话。"田婶破罐破摔了,"这张嘴咬人谁不会呀?我看你屁股底下也不干净!"

"你当然干净哟!"祖母说脏话了,"你早就把屁股给卖了,你没地方脏啦!"

"我卖屁股?我卖屁股也比你倒贴男人强多啦!"

大杂院里妇女斗嘴骂街,小孩子是听不懂的。祖母兴许意识到满嘴脏话丢人现眼,主动收兵回屋了。

祖母干枯地坐在桌前,不沏茶不做饭,好像"把斋"了。

我冲了碗油茶面,问祖母什么叫"倒贴"。她把碗推回来说不饿。我倒是饿了,双手捧碗把油茶面呼噜呼噜灌进肚里。

祖母不回答"倒贴",我也就不问了。

"也不知你表叔怎么样啦?他白面书生不会挨打吧……"祖母心神不定,没了平时的锐气。"犯小人啊犯小人,大联走了倒霉字儿……"

半夜里我被惊醒了,睁眼瞧见表叔站在屋里,嗓音沙哑跟祖母说话。"他们把我关小黑屋里,让我交待其他女演员。我跟她们没关系啊!不能朝人家身上乱泼污水……"

表叔好像很渴,伸出舌尖儿舔着嘴唇:"他们就要送我公安局,按流氓罪处置。我趁半夜下雨跳窗户出来,马上去东北投奔我姑妈……"

祖母就是表叔的姑妈,怎么东北又冒出个姑妈来?我支棱耳朵听着。

祖母从床垫底下抽出一沓钞票:"大联啊,穷家富路,你带上这五十块钱!躲过风头再回来。"

"这风头怕是躲不过去了,全国都在开展社教运动,两年三载结束不了。"表叔的声音在夜灯照耀下,好像从远方飘来。

"你不就是跟祁玉仙相好嘛,这也没有枪毙的罪过!"祖母说罢随即泄了气,"你是有妇之夫,这就不占理了。"

表叔突然给祖母跪下了:"姑妈,往后我吃不上您的夜宵啦!那紫竹提盒我交给鸭子了,您老人家多多保重……"

我从被窝里伸出脑袋问道:"表叔,你走了鸭子怎么办?"

表叔听到我声音，趋身凑到床前，伸手摸摸我脸蛋。他的手，好像冬天。"不碍的，总会有人照顾她的……"

祖母呜呜哭了："可惜你爹死得太早，没人护着你……"

表叔抓起帆布兜子，起身走了。祖母追出去送他，把哭泣声甩在屋里，凝结了空气。

送走娘家侄子，祖母悄悄回来，关门、闭灯，坐在黑暗里自言自语，好像忘了我的存在。

"大联啊，自从你爹去世这门亲戚就断了来往，你那东北姑妈会收留你？哼，我看不托底。天底下哪有我这种死心塌地的女人，认准一条道跑到黑，八匹马拉不回头。你走了，我要什么没什么了……"

第二天清早，祖母开门看见门外放着紫竹提盒，突然泪流满面。"这是老天爷派人送回来的，神仙知道这紫竹提盒是我的念想……"

我想起班主任说过我们是无神论国家，也就没有被祖母的泪水感动。可半夜里是谁送回紫竹提盒呢？兴许祖母心里明白。

天气渐渐冷了。祖母望着满地白霜说："东北那边更冷，当心出门冻掉耳朵。"

我知道祖母思念表叔，好在紫竹提盒回家来了。她老人家总拿白手巾擦拭紫竹提盒，就跟给孩子洗澡似的。

傍晚时分，大杂院里田婶独自收拾煤饼，累得好像农妇倒腾土豆。我懂了"寡妇"二字含义，就是寡妇没有帮手，过日子全凭自己，一个人吃饱了，全家不饿。

我想帮助田婶拾掇煤饼，不敢。自从吵架斗嘴后，祖母便不搭理田婶了，好比两个小国断绝外交关系。

尽管如此，祖母还是要求我见到长辈主动打招呼，包括田婶。"不能让别人说你没家教。"这是祖母的口头语。她为人处事讲规矩，瞧不起没有规矩的人。

满脸汗水的田婶收拾了煤饼,竟然主动过来说话,告诉祖母北方越剧团转回南市燕升戏园了。祖母警惕地瞅着田婶,明显是将信将疑。

"赵大铁当了剧团副团长,人家高升了。"

听田婶说话口气,不像夸赞倒像贬斥赵大铁。祖母还是不放心,派我悄悄去燕升戏园核实。我恨不得身怀《七侠五义》里花蝴蝶的神功绝技,飞去飞回。

当我气喘吁吁地向祖母报告戏园门前贴出戏报《春秋配》,她乐得拍手:"这出戏吉祥,小姐姜秋莲跟公子李春华,俩人多不容易啊,末了还是拜堂成了亲!"

说着,祖母赶忙去黄门副食店买东西了。田婶趁机过来问我:"你表叔不在剧团了,你奶奶还要送夜宵?"

是啊。我也纳闷,猜不透祖母的心思。

草草吃过晚饭,祖母下厨做夜宵——四碟菜捞面。我闻着香味问是谁的夜宵,祖母说鸭子的。她一旦兴奋起来,也会叫别人外号。

我问为什么叫她鸭子。祖母怪异地笑了:"走路扭摆屁股呗。"

我想起鸭子走路确实扭摆屁股,便觉得这外号挺生动的。

我还是忍不住嫉妒:"这又不是我表叔唱戏,您为吗给她送夜宵呢?"

"她是你表叔的人嘛。"祖母声音极轻,好像存心不让我听见。

没了表叔,顶上来表叔的女人。我觉得只要跟表叔有关的事情,祖母就干劲十足。她仔细掐算钟点:"这出《春秋配》全本戏,散了戏卸了妆,奔着十点钟吧。"

过了九点半钟,我拎起盛着四碟菜捞面的紫竹提盒,跟随祖母去燕升戏园。一路走着想起"奶奶出马,必有妖法"的歌谣,我笑了。

这条路祖母走了几十年,闭着眼睛也不出错。她直奔燕升戏园后台,正赶上散戏。乐队弹三弦的认识祖母,小声说领导不允许"鸭子"唱戏,她转行去世界商场当售货员了。

"噢,不唱戏更好,你们剧团里好人不香坏人不臭!"祖母反而乐观了。

我也乐观了,这送不出去的四碟菜捞面,今儿算是归我了。

升任副团长的赵大铁踱过来,嘿嘿笑着:"您这是给我送夜宵来了?谢谢啊。"

祖母满脸笑容:"好啊,明儿我给你送瓶敌敌畏来,你就着酒菜喝吧,我保你去见王母娘娘。"

我跟祖母沿着东兴大街回家,经过群英戏院。路灯底下跪着三个乞丐,看着像是娘儿仨。那妇女连声乞求过路的人,说大爷大奶奶行行好吧,别让我闺女再饿一宿了。

祖母停住脚步跟我说:"这大晚上听着像静海口音。"

一问,果然是陈官屯来的,去年涝了,全家吃光返销粮,只得下卫要饭来了。

祖母二话不说,打开紫竹提盒端出大碗面条,唰地倾进妇女讨饭碗里,之后犹豫了犹豫,取出糖醋面筋倒进大女孩儿碗里。小女孩儿举碗望着祖母,她老人家取出青椒炒肉丝,折进小女孩儿碗里。

"你们娘儿仨把面条拌匀了吃吧,千万不要念我的好处,心里念叨南海观音菩萨就行!"

祖母积德行善了。好端端四碟菜捞面只给我剩下两个菜。我飞快跑回家,进屋躺下睡了。

第二天起床吃早点,祖母把那两个菜下锅热了,让我就饽饽吃。我说我跟要饭的吃同样的菜。祖母笑着说叫花子吃百家饭增寿呢。

我暗暗憋气:您事事胳膊肘往外扭,您不是我亲奶奶,我也不是您亲孙子。您只有个娘家亲侄子,他还跑到东北去了。

吃过早点,我陪祖母到了世界商场,沿着楼层寻找,就跟巡逻兵似的。我向站柜台售货员打听"祁玉仙",都说不知道有这个人。

祖母急得呲叨我,说你小子白读书了没用。我没想到找不着祁玉仙,她老人家拿我泻火撒气。

我引着祖母找到经理室。她情绪缓解了,说你这少先队员没白当。

这世界商场经理姓许。许经理慢条斯理地说:"我知道唱戏的人习惯晚睡晚起,所以安排祁玉仙中班,下午两点上,晚间九点下,住商场单身宿舍。今天她就是中班。"

祖母当场做出家长姿态:"谢谢许经理关照,您好人有好报。"

"大娘您别客气,请问您是小祁什么人?"

"我是她姑妈……"祖母说着让我给许经理鞠了躬,然后告辞了。

走出世界商场我不高兴了:"奶奶,我没吃他没喝他,为吗给姓许的鞠躬呢?"

"许经理关照鸭子,你鞠躬是替奶奶谢他呢。奶奶这把年纪给他鞠躬,怕折他寿呢。"

"您就不怕折我寿?"我趁机发泄不满情绪。

站在马路边祖母哈哈大笑:"你小屁孩儿折什么寿!等着增寿吧。"

得知鸭子晚间九点钟下班,祖母回家便着手筹措素三鲜饺子。皇上去东北了,这是给娘娘备膳。

晚间八点半钟,祖母穿戴整齐拾掇妥当,催促我挎起紫竹提盒。我抵触地说:"世界商场不远,您自己去吧。"

"你……"祖母使劲扭过脸去,哽咽了。我没想到她会这样,一时不知所措。

"我守寡多年,人老了真是没有帮手……"说着伸手抚摸紫竹提盒,"只剩下这家伙跟着我呢。"

我意识到伤害了她老人家,上前抢过紫竹提盒。"奶奶,咱们走吧。"

她不言语,抬手抹了抹眼角。我拎起紫竹提盒走出家门,祖母跟在后边，一路不出声。

临近晚间九点钟，值夜的护场队员来锁商场大门。他打量着我们的紫竹提盒，那表情好像遇见熟人。

"售货员下班从后门走，商场旁边小胡同就是。路灯憋了您小心脚底下。"护场队员热情告诉祖母。

祖母也感觉对方面熟，立即点头致谢："嘿嘿，这跟给戏园送夜宵一样，都得去后门等着。"

我跟祖母进了小胡同来到世界商场后门。女售货员陆续走出，结伴去和平路等电车了。

迟迟不见祁玉仙出来。祖母说女人就是磨蹭。我说别的女售货员都不磨蹭。祖母说祁玉仙是唱戏的角儿，她磨蹭惯了。

"哎哟！您老人家怎么来啦？"没见祁玉仙人影儿，她声音先扑出来，张嘴说话还是"哎哟"开头，没有变化。

"我知道你来这儿当了售货员。"祖母说话声调不高，没有平时硬朗，"你下班饿了吧？今儿是素三鲜饺子。"

祁玉仙惊了："哎哟，您给我送夜宵啊？我可担当不起。"

"我宿舍就在前边，拐进大胡同就是。"说着祁玉仙跑回宿舍取来饭盒，"我最爱吃您的素三鲜饺子。"

我把夜宵合进她饭盒里。祖母叮嘱说饺子烫热再吃，凉了伤胃。

祁玉仙继续"哎哟"着，称赞祖母是她亲姑妈。祖母突然拉住她袖口，轻轻叫了声闺女。

"别瞒着姑妈，你跟大联究竟怎么啦？"祖母用了表叔的乳名。

"就是、就是下农村唱戏，冬天冻得发僵，伸不出兰花指。郝专让我手伸进他后脊梁衣服里，把我手焐热了上台。后来、后来也抱过亲过，团里非说我俩有不正当男女关系……"

我被看作小屁孩儿，大人说话不回避。我就悄悄听着。

"玉仙啊，姑妈是过来人了，你没跟我说实话！"祖母恢复素常的硬气，逼得祁玉仙羞臊地低下头。

"其实、其实有过……"

"那我要感谢你！"身材矮小的祖母扬手攀住她的肩膀，"大联常年不回家，就全指望你伺候他啦。"

祁玉仙愈发羞臊了："姑妈，您瞎说什么呀！"

祖母说的话，我不能完全听懂，却能感受到她对表叔的疼爱，即便表叔做了不规矩的事情，她老人家全谅解。

"这夜宵我就隔三岔五给你送吧，你想吃嘛就告诉我。"祖母再次叮嘱把饺子烫热，说罢起驾回家了。

第二天清早，祁玉仙跑来我家，手里拿着两包软糖。祖母有些意外，努力弄出满脸笑容："你这是走亲戚来啦……"

祁玉仙小声哭了："今儿我就把话说透了吧。我知道郝专不是您娘家侄子，其实您只是他爹的戏迷……"

祖母明白了她的来意，轻轻叹气："我何止是他爹戏迷啊！可惜好景不长，郝专他爹就得了绝症，光给我留下这紫竹提盒……"

"我不能给他爹送夜宵了，那就给他儿子送呗。如今他儿子跑东北去了，接着给他儿子的女人送呗，就好像我上辈子欠他爹的。"祖母说着，竟然苦苦地笑了。

"您多年痴心不改，我敬佩！可是、可是您别给我送夜宵了，我跟许经理好上了，已然不是郝专的女人啦……"

"哦，敢情你也守不住啊。"祖母思忖着，"那许经理有家室啊！你这辈子别像我这样，赶快找个好男人嫁了吧。"

"我身边哪有好男人？既然郝专回不来，我就先跟老许好着吧。"

祁玉仙突然跪地给祖母磕了个头，起身走了。祖母一屁股坐在地上，好像被枪打中了。

"好生生的紫竹提盒没了用场,我这辈子算是熬到头了……"

一连串的日子里,祖母果真成了大闲人。她把紫竹提盒擦得闪闪发光,赛过八月十五的月亮。她踩着凳子把它摆放在立柜顶上,看着好像家里多了件工艺品。她老人家郑重地对我说:"小子你记着,这是咱家古董呢。"

三年时光过去了,表叔郝专毫无音讯。我知道他根本不是我表叔,但还是陪同祖母惦念着他。

全国大兴革命样板戏。区革委会重新召集早已解散的北方越剧团人马,紧急排练《红灯记》,赵大铁改行饰演李玉和。这时他娶了寡妇田婶,还生了个大胖小子。

听说赵大铁从太监变成革命烈士,祖母扑哧笑了,小声说"乱了"。

《红灯记》里李铁梅提篮小卖,演戏的道具不凑手。时间紧任务急,受宠若惊的赵大铁跑来找祖母借用紫竹提盒,说去掉紫竹提盒的盖子,它就是李铁梅的提篮了。

"你发疟子呢?你现在把绵羊变成山羊给我看看!"祖母坚决不同意。

"这是革命需要,不论你同意不同意,你的提盒我们革命样板戏征用啦!"

祖母当即咬破舌头,满嘴血沫,一语不发。

赵大铁不怕见血:"你就等着倒霉吧,明儿见!"

半夜里,祖母悄悄起床,拎起紫竹提盒溜出家门。我已是中学生了,穿好衣服跟随出去。我接过紫竹提盒拎在手里,感觉沉甸甸的。这紫竹提盒好似情感祭礼,满满地盛着祖母的多少故事啊。

小街上没人。她老人家掏出小玻璃瓶子扭脸对我说:"这是葛斯林。"然后小心翼翼浇在紫竹提盒上,

天津老辈人把汽油叫"葛斯林",这是外语音译。她老人家絮絮叨

叨说着，好像丢了转的老式唱片。我有的能够听懂，有的听不懂。

一根火柴轰地点燃了汽油，一团火光紧紧抱住紫竹提盒，越抱越紧，越抱越小，宁死不松开。火光照耀着祖母嘴角的红痣，好像故事的句号。

"郝世胤啊郝世胤，你走了这么多年，今儿我把紫竹提盒还给你啦！你可要把它收好了，有工夫就用白手巾擦呀，这东西越擦越亮，就跟新的似的……"

终于，这团火光将紫竹提盒抱成一堆黑色灰烬。这堆灰烬，比夜色还黑。

"了啦！"祖母起身对我说，"快回家睡觉吧。"

我回头看着那堆黑色灰烬："奶奶，咱把它带回家去吧？您盛在花盆里留着。"

"小子，你这是要折磨死奶奶呀！"她老人家伸手摸着我的脸颊。我以为祖母的手冰凉，没想到却被那堆火焰烤得热乎乎的。

是的，甚至有点儿烫。

# 非常行动

一

我家搬进光荣胡同九号院居住，一通拾掇，几番归置，总算安顿妥帖，天色已晚。院子里飘散着五户人家的饭菜味道，嗅着气息各不相同。我想起政治课堂讲的"百花齐放，百家争鸣"，感觉挺符合实际生活。

我妈手脚麻利地点燃煤油炉，快速煮了锅玉米面粥，然后切了碟咸菜，大大方方淋了几滴香油。我妈小眼睛小鼻子小嘴巴，身材匀称动作灵巧，好像随时振翅起飞的白鸽。她说纺织女工都要这样的身材，太高太胖好像大座钟，做挡车工不行。

这顿晚饭简单明了，完全符合备战备荒的精神。晚上喝粥不会打嗝，等于灌了个水饱。我爸照例拿了根扫帚苗儿剔牙，就跟刚吃过酱牛肉似的。我妈不，即使过年吃了肉馅饺子也不剔牙，积攒在牙缝里回味。

这时候听见邻家孩子在屋外招呼我，说是来搞好团结的。

爸爸哼了声表示同意我出去。炼钢工人不爱说话，凡事点头即可，当然打我的时候他要用手的。

我妈积极配合我爸，说你要跟新邻居搞好团结，但是不要形成小山头主义。我知道棉纺厂纺纱车间考核单台产量，我妈不习惯集团作战，应当克服个人英雄主义思想苗头。

我家屋外院子里站着两个半大小子。我观察这俩人的表情，没有不怀好意也没有不怀歹意，但是肯定有来意。经过自我介绍，我知道瘦高的叫马坡，瘦矮的叫白磊，这都是正规学名不是梁山绰号。

马坡头发微黄双眼皮大眼睛，嘴里叼着根火柴棍儿。这不能说明他热爱伐木。马坡当头问我家庭出身，我说工人。白磊问我本人成分，我说学生。马坡说好得很，咱仨都是革命小将。

我说我是东方红中学的，冬天全年级集体升进中学，一锅端。白磊说我们同样全年级一锅端，大冷天升进长征中学。马坡说教育革命废除考试，小升初全部一锅端。

白磊很容易就感慨了，说这要多么大的锅，八个巨人端不动。

你真是大脑一根筋，这只是个比喻！马坡毫不留情开展批评与自我批评，却表现出对白磊的蔑视。

白磊小眼睛大鼻子厚嘴唇，五官不成比例，反而显得厚道，这长相就容易被人欺负。马坡容貌不错，面孔白净瓜子脸，能说会道，怎么看都是个城市少年。

你家是新住户，我们是来跟你搞好团结的。马坡语调流畅继续说，现在全国人民提高警惕保卫祖国随时准备打仗。我们小将不能落后，要提高警惕保卫光荣胡同随时准备逮坏人。

光荣胡同有坏人？我觉得这条小巷只有五个门牌，出现坏人的百分比不会很大。

马坡当即批评我警惕性不高，随即朗声说道，革命小将坚决执行光荣使命。白磊马上张嘴配合说，红色少年果敢采取非常行动。

我听了觉得他俩是副对联，只是缺少横批而已，顺口说了句"准备战斗"。

马坡从批评转为表扬说,你说得好!今晚我们战斗小组宣告成立。

我问为何今晚宣告成立。马坡咬文嚼字地说,难道你不知道珍宝岛战斗?中国人民解放军击毙了苏联军队的痞子上尉。

我点头说知道,孙玉国还把苏联坦克打得沉到乌苏里江底了。

所以嘛,亲人解放军保卫祖国边疆,我们战斗小组保卫自己家乡。马坡说着扬脸甩了甩头发。我估计这动作是学习革命先烈的风格,表示视死如归。

白磊果然挺厚道的,推举马坡担任战斗小组组长,表示战斗小组精兵简政不设副组长。

你又不是延安李鼎铭先生!我们战斗小组怎么能不设副组长呢?你就是!马坡伸手指着白磊的鼻尖,发布首道任命。

我当场表态说,加强纪律性,革命无不胜。请组长和副组长放心,我初来乍到要当好组员的。

一个又高又瘦的妇女从小院里走过,声音急促地说,白磊快回家拣扣钉去!说罢匆匆走出大门,好像上街去了。

白磊跟组长请假说,我妈催我回家干活儿呢。马坡沉吟几秒钟说,今晚活动结束,各回各家,各找各妈。

我记住白磊的妈妈又高又瘦,一派容易被大风刮走的样子。马坡的妈妈我还没有见到,不会是又矮又胖大风刮不动的样子吧。

马坡告诉我,白磊全家每月人均生活费只有八块五,仅仅比城市生活困难户多出五毛钱,街委会给他家分拣扣钉的活计,增加收入。

这活计是我妈给他家争取来的!马坡颇为自豪地说,我妈是居委会积极分子,也是咱们向阳院主任。

我听明白了,我们九号院坐落在背阴的方向,仍然获得"向阳院"称号,马坡妈妈功不可没。

春天里大清早,我猛地惊醒了。小院里有人响声高嗓说话,接近广播喇叭的音量。

九号院居民同志们！备战备荒为人民，近期全市夜晚防空演习，一旦拉响警报，马上熄灭灯火，关门闭户，不许外出。各家各户提早准备蜡烛，涉及有关街道要做好长时间断电准备！

我揉着眼睛走出屋去，这个妇女宣讲完毕，伸手指着马坡说，大家注意啦，我儿子还有重要补充！

我终于认识马坡妈妈了，果然是又矮又胖大风刮不动的体形。

马坡好像接通电源的小喇叭，放开音量喊道，九号院居民们请注意！防空警报期间胡同里黑灯瞎火，大家要严防坏人流窜破坏！我们革命小将负责保护九号院！请大家积极配合我们的工作。

我爸下夜班拎着饭盒走进小院，他身高体壮浓眉大眼，只可惜塌鼻子减了分数，不能完美代表工人阶级形象。

我爸板着炼钢工人的面孔问我，他们这是排练什么节目呢？

我说通知居民购买洋蜡。我爸极其不屑地说，咱家有手电筒别搭理不法小贩。

我爸身为炼钢工人，从来不把阿猫阿狗放在眼里。他走进厨房拿起两个窝头当作早饭吃掉，进屋没脱衣服就上床睡觉了。

马坡妈妈连续眨动眼睛对我说，你爸整宿炼钢很辛苦，不喝口热水就睡了，你这孩子没给工人阶级做好后勤工作！

我意外遭到批评，只好对她实话实说，平时让我爸喝热水的工作由我妈负责，今天我妈早班我没睡醒她就走了。

马坡觍着脸插嘴说，所以嘛，我们小将要为工人阶级做好后勤工作，让你爸炼好钢，让你妈纺好纱，让我们共同建设社会主义祖国！

我家屋里传出炼钢工人的吼声，你们说话嗓门这么大，怎么不去跟驴比赛呢！

马坡妈妈被镇住了，反而批评我和马坡，你俩不要嚷嚷好不好？抓革命促生产！我们要让工人阶级睡好觉。

我觉得马坡妈妈这人不错，特别顾大局识大体，非常尊重工人阶级包括我爸这个炼钢工人。

小院平静下来。我吃了早饭去学校，白磊说跟我顺路。我俩走出光荣胡同，白磊有些神秘地对我说，马坡爸爸是百货大楼搬运工，马坡妈妈瞧不起马坡爸爸，马坡妈妈特别崇拜产业工人，比如你爸这样的炼钢工人。

我说马坡妈妈要是特别崇拜我爸，我妈肯定不乐意的。

白磊思索着说，我爸是茶叶公司仓库保管员，我妈就没有瞧不起我爸。

我说可能因为你妈是家庭妇女，全靠你爸的工资养家。所以她不能瞧不起你爸。

白磊表情诚恳地说，你讲得有道理。别看我爸上班浑身茉莉花茶的味道，他下班回家也发脾气的。

我发现白磊右脚穿的条绒布鞋被大脚趾顶破了，露出的趾甲好像半枚古钱出土了。看来他家确实生活困难，连双球鞋都买不起。

我问他分拣扣钉的事情，他说把不合格的剔除，拣得一千颗合格扣钉计一分钱，大晚上全家人能拣得一万颗，合计一毛钱。

白磊揉了揉鼻头说，可是这种活计不经常有，所以我妈总去央告街委会，盼望多派活计给我家。

这活计不是马坡妈妈给你家争取来的吗？让你妈央告马坡妈妈就是了。

白磊睁大一双小眼睛望着我，你说央告吴林静啊，这活计是她给我家争取来的？

我得知马坡妈妈叫吴林静，也是家庭妇女没工作不上班。

我们走到东方红中学大门前，白磊告诉我他姐白丽也在东方红中学是"老初一"的,可能明年就要上山下乡了。

我知道白磊姐姐的体形很像白磊妈妈,都是营养不足的样子。

白磊去长征中学还要朝前走,所以叫长征中学名不虚传。我跟白磊分手走进东方红中学大门。记得老师说过这里曾是外国兵营,让我们不忘西方列强的侵略罪行。

我们这届学生叫"新初一",主要开五门课,政治课、外语课、工业基础知识、农业基础知识,还有军训课。外语课学俄语,比如"举起手来,缴枪不杀!中国人民解放军优待俘虏!"这类战场用语,一旦苏联入侵,便学以致用。俄语发音要卷舌头,比如"斯多伊,帕得娘青路皮!"我的舌头硬得像陈年饼干,卷不了。

上午头节课是农业知识,老师讲到山西大寨"七沟八梁一面坡"的地理环境,即兴念了首顺口溜:"山高石头多,出门就爬坡,地无三亩平,年年灾情多。三天没雨苗发黄,下场急雨地冲光。地里上肥地边流,冲走肥土剩石头。"

这合辙押韵的顺口溜很有文艺味道,我听得兴趣盎然。那么贫瘠的土地被贫下中农改造成高产良田,我记住大寨几个地名,虎头山、狼窝掌、白驼沟。

课间休息我从教室溜达出来。学校大操场"老初一"学生上军训课,集中练习战地救护技能,男生女生搭配练习紧急包扎伤口。我看到白磊的姐姐白丽甩了单儿,孤零零戳在那里。

我们学校操场宽敞,一身蓝布衣裳的白丽愈发显得单薄,看着身材几乎没有厚度,活像用木板雕刻出一个营养不良的女生。

军训老师大声呵斥,说白丽你不怕苏修原子弹掉你脑袋上。

我情不自禁走过去大声冲她喊道,白丽你用我来练习包扎吧。

白丽消瘦的脸庞露出僵硬的笑容,一掠而过。我走近白丽就地卧倒,这是军训课学会的动作。

她随即进入状态,问我哪里负伤了。我说左侧大腿中弹。她单腿跪下拿起绷带勒紧我的左侧大腿根部,这叫止血。我看到白丽的蓝布裤子的膝盖上打着补丁,这证实她属于生活困难家庭。有些女生家里再穷也不穿带补丁的裤子上学校,除非只有这条裤子。

白丽完成包扎练习,举手向军训课老师示意。我无意间看到她穿的蓝布裤子竟然是前面开门的,这分明是条男式裤子。莫非白丽穿着她爸的裤子来上学?我嗅到淡淡的茉莉花茶的味道。

白丽看到我的惊讶表情,腾地红了脸。这种红润脸色对营养不良的女生来说,很快便褪去了。

我裤子洗了没晾干呢。我听到她的低声解释,本想安慰她几句,想起还有工业基础知识不能旷课,我起身向教学楼跑去。

中午放学了,人流羊群似的拥出东方红中学大门。马路边有农村老汉偷偷兜售烤红薯。学校"基干连"小将冲出校门抓捕不法小贩,十几个红薯满地滚,可巧有个红薯被我踩扁,粘得鞋底黏黏糊糊。

我捡了根木棍儿坐在马路边刮净鞋底,这时学校门外清静了。我看见学校门柱下躺着个红薯,分明是漏网的逃兵。

一只脏手快速抓起红薯倏地闪身离开了。我抬头望着疾速远去的背影,立即穿好鞋子起身追去。

我只追了几步就停了下来。白磊回家路上捡食红薯,这幸福不亚于拾到狗头金。听说他家人口多粮食少,总是不够吃到月底。白磊清早经常空着肚子上学,放学回家午饭照旧吃不饱。

我走进光荣胡同情不自禁停下脚步,一股浓浓的炖肉的香气自七号院弥散而出,那气势足以馋死这条小巷里的所有人。我打量着七号院的两扇铁门,想象不出院里的景象,只得恋恋不舍地回家了。

我妈上早班不在家。我爸下夜班呼呼大睡,鼾声起伏。刚刚受到七号院炖肉香味的刺激,我决定做顿好饭犒劳自己。走进厨房翻盆掀瓮总算找到一小块咸鱼，洗净切丁跟粳米煮粥，我耐心等待饭熟。

白磊嗅着味道来了，隔着厨房窗户问我做什么好饭呢。我说你去七号院门外闻闻吧，人家吃的才是真正好饭。

白磊不酸不凉地说，七号是独门独院，人家吃的喝的接近共产主义水平了。

我想象不出共产主义伙食的具体模样，估计还是要用嘴吃的。

白磊耸了耸鼻子，提醒我咸鱼粥煮熟了，当心煳了锅。我迅疾端锅离灶，然后有些虚伪地问道，你不尝尝我的咸鱼粥？

他明显咽了团口水，然而表情真挚地说，我午饭吃撑了，你的咸鱼粥我吃不下的。

我知道他今天胃里增加了街边红薯，这顿午饭会比平日吃得饱些。

这样想着，我拿起木勺给碗里盛粥，却被白磊拦住说千万不要盛到碗里。之后他具体解释说，你把粥盛到碗里肯定会粘些米粒米汁，包括木勺也会粘些米粒米汁，你吃完饭洗碗涮勺都浪费了，你直接从锅里吃吧保证全进胃里，然后把锅刮干净。

这种颗粒归仓的理论折服了我。我索性端起钢精锅送到嘴边，直接喝粥连勺子都不用。白磊笑容满面地说，你虚心接受别人的合理化建议，这要比马坡的骄傲自满强多了。

不过我爸要是看见我直接从锅里吃饭，必然动手打我的。白磊同意我的这种危险预测，因为民间风俗直接从锅里吃饭的是叫花子。

我很快喝光咸鱼粥，伸出食指刮净锅壁，放进嘴里吮着。学校星期二下午没课，我不慌不忙洗净钢精锅，也不知该去做什么了。

白磊的情绪突然低落了，告诉我说他家面缸又见底了。他妈掏了四块钱派他去黑市买粮票。

我知道黑市是非法交易市场，时不时受到执法的清剿，但是屡清不绝久剿不止，据说反而成了有益无害的地方。

我不明白黑市存在会有什么益处。白磊无奈地笑了说，我每月要去黑市一趟，那些票证贩子都认识我了。

我知道城市实行粮食定量供应，却没想到白家的粮食亏空如此严重。白磊的哥哥白秋技校读书，按月取走粮票交给学校食堂，等于从家里舀走口粮。白磊上有姐姐白丽，下有妹妹白芹也是张嘴吃饭的高级动物。人口多粮食少，每逢月底就要断粮，白磊妈妈只好派白磊到黑市购买粮票，然后拿粮票到国营粮店买玉米面，这样就能连接下月了。其实这比寅吃卯粮还要严重，因为白磊家里没有卯粮。

白磊继续给我讲解黑市的情况，说那里倒买倒卖布票、棉花票、食油票、白糖票，还有纺织券、工业券、手表购买证、自行车购买证、缝纫机购买证，甚至大衣柜购买证，而且价格基本稳定。

听到屋里传出爸爸的鼾声，我决定自己掌控下午时间，轻声问白磊说，我跟随你去开开眼好吗？

我去黑市买粮票就是个污点，你炼钢工人的儿子何必染这水呢？

我毫不虚假地说，我觉得你挺孤单的，跑黑市我陪你去吧。

白磊好像被感动了，低头说你家要是早搬来多好，我就有朋友了。

白磊认为自己有污点，还认为自己没有朋友。我顿时受到震动，伸手拢住他的肩膀说，白磊，我就是你的朋友。

我家特别穷，你不要瞧不起我。他说着掏出两张贰元面额的钞票，快速叠成小元宝形状说，这钱是我妈找人借的，等到下月五号我爸发工资我妈偷偷把债还了。

他家确实很穷。四个孩子两个大人，一间屋只好搭建两层阁楼，一层睡男的，一层睡女的，好像蒸包子的笼屉。

白磊说他家不光缺粮，还缺钱。一家六口依靠白磊爸爸的工资，总是花不到月底。月月都有五六天窟窿，月月要借钱填补窟窿。于是，月底四处借钱，月初悄悄还债，这便成了白磊妈妈的生活循环。

咱们走吧。白磊猫腰把钞票叠成的小元宝塞进鞋里。我再次看到半枚古钱似的脚指甲,顶破鞋面暴露在阳光下。

我猜测他把钱藏进鞋里等于放进保险箱,即使出事搜身钞票也不会暴露。我登时觉得白磊比马坡聪明,尽管他只是战斗小组副组长。

我们小步跑向鱼市大街,拐过南马路白磊突然站住不走了,用近乎商量的口吻对我说,我妈每月借钱的事儿,你不要说出去好不好?因为连我爸都不知道。

我再次被他打动,当即发誓保守秘密。白磊说了声"谢谢",然后要我跟他拉开距离不要搭话,这样假若在黑市被抓也不会牵涉到我。

他凡事先替别人料想。我认定白磊是我靠得住的朋友。

跟随白磊来到鱼市大街,走进水铺旁边的胡同里。我发现这是条"非"字形大巷,横向有好几个出口,绝对四通八达。难怪黑市选择这种地方,形势险恶,说撤就撤。

我看见白磊停住脚步猫腰提鞋,一闪身胡同里就没了他的影子。我只得返回水铺等候。几个男人快步跑了过去。我担心白磊被人逮住,紧张得呼吸急促起来。

终于看到白磊从公共厕所走出来,远远朝我笑了。我估计交易成功了,跟随他快步离开鱼市大街,颇有虎口脱险的感觉。

白磊走得气喘吁吁,有些兴奋地告诉我,一斤粗粮票小贩要卖两毛二分钱,经过讲价降到两毛钱,他买到二十斤粗粮票花了四块钱。

我问怎么不买细粮票呢。他说细粮票一斤三毛二,拿着细粮票去国营粮店买标准面粉一毛八一斤,这样加起来面粉折合五毛一斤,太贵了吃不起。

我为他顺利买到粗粮票而高兴,说你完成家庭使命了。他态度坚定地说,这不是家庭使命是我的污点。

白磊坚决认为在黑市购买粮票是自己的污点,我心里挺佩服他的。

我俩路过红旗煤店，我提出坐下歇会儿。他会心地笑了说，干完危险事情就会感觉疲劳，这不是心理紧张这是胆量尽了。

白磊大胆完成黑市交易，反而坦然承认自己胆量尽了，我心里更加佩服他了。

他用手背蹭蹭脑门汗珠说，明天我妈拿粮票到国营粮店买粮食，一斤玉米面九分九，加上黑市粮票两毛钱，一斤玉米面折合两毛九分九。这确实属于高价粮，可是全家有得吃了。

既然折合两毛九分九，为吗不直接去买高价玉米面呢？

他终于坏笑了，一双小眼睛含有几分瞧不起我的神色说，全国粮食统购统销，你让我去哪儿买高价玉米面？从天津到北京也没有卖的。

之后他意犹未尽地说，你爸你妈是产业工人，两口子工资高，家庭人口少，过日子从来不用你糟心发愁。

我被他说得窘了，不想反驳也无言反驳。我认为白磊的确比我强得多，比如他懂得"统购统销"，还懂得叠成"小元宝"把钱藏进鞋里，更懂得甘居配角接受马坡的领导，特别是敢于以"污点"形容自己的行为，令我刮目相看。

我请你吃冰棍儿吧！我顿时豪爽起来，从衣兜里掏出五分硬币。

天气不太热不用吃冰棍儿！白磊说罢起身跑走了，好像参加学校的短跑比赛。

二

我妈下班进家已是傍晚时分，她径直走进厨房谋划晚饭，小声问我下午疯到哪儿去了。我正想如何撒谎抵赖，被她一句话给揭穿了。

你看看自己鞋底沾的煤灰！赶快跟我编瞎话说你到煤球厂学工劳动去了。

我只得承认下午跑出去玩了，但是不能说去了鱼市大街。我担心我妈知道那里有黑市。

黄昏时分，马坡妈妈昂首挺立在香椿树下，扯开嗓子大声宣布，五一节增加供应，凭户口册到居委会领取鸡蛋票，咱们九号院有两户还没有领取，不要辜负党和国家对我们城市居民的关怀！

我倚着厨房门框告诉妈妈，我已经领取了鸡蛋票，不论家庭人口多少，五一节每户半斤冷冻鸡蛋。

我爸翻身下床端起漱口盂蹲在门口刷牙。我知道这是吃晚饭的前奏，他不刷牙晚饭吃不香。

厨房里散发着妈妈煮肉的香气，她说，今年供应鸡蛋好哇，比去年的明太鱼强多了。听说那明太鱼是朝鲜来的，还属于国际主义精神呢。

爸爸也嗅到煮肉的香气，起身靠近厨房说，这不年不节的弄腥荤，你这是要跟七号院的八级工较劲吧。

妈妈随即解释说，厂里给职工改善生活大卡车拉来鸡架子，我抓阄抓中了，鸡架子下锅吊好了给你做玉米面糁糁汤！

说着我妈出现抵触情绪，你说要我跟七号院的八级工较劲？人家工资比科长还高，我哪有人民币跟他较劲！你有本事也拿高工资，咱家天天精米白面燻鱼炖肉。

我爸工资不低，但是按月给我奶奶十块钱，按月支援我姑姑五块钱；每月工厂"储金会"攒五块钱；二十块钱交给家里过日子；他剩余十块钱挂零，用于抽烟喝酒包括红白喜事随份子，有时还要给厂里遭遇生活困难的家庭捐款。

一番话被我妈数落得理亏，我爸不吭声了。我担心他恼羞成怒拿我出气撒火，趁着黄昏溜到院子里香椿树下，这是我们战斗小组开碰头会的地方。

马坡倚着香椿树手里举着白面大包子，吃得津津有味。我想起白磊说过,每逢家里改善生活吃好饭,马坡就到香椿树底下显摆。

这包子是油渣白菜馅的。马坡主动介绍好饭内容,仍然改不掉吃饭吧嗒嘴的不良习惯。

我毕竟有疑难问题向马坡请教,只得忍受白面大包子的诱惑。他咀嚼着答道,你问八级工是谁?就是七号院邰占奎,他是津沽大学实验工厂八级钳工,每月工资比科长都高,单身生活,一个人吃饱全家不饿,邻居们私下取外号叫他八级工。

我想起七号院飘出炖肉的香味,敢情独门独院里住着高工资的八级工,而且成了外号。

这时我妈召唤我吃饭,习惯地添了那句"放心吧你爸不打你"。好像我爸打我是本分,不打我倒成了福利。

我跑进厨房把大盆籴籴汤端进屋,我爸糖蒜就酒,已然喝上了。鸡架子吊汤香喷喷,一只只金黄色籴籴漂浮着,就跟袖珍水雷似的。

我妈给籴籴汤里撒了几撮子韭菜末,满盆金黄点缀着翠绿,令我想起地理课本里的南湖。

我爸居然对劳动节每户供应半斤鸡蛋不满,认为应该一斤。我妈伸出筷子直指我爸酒盅说,怎么老白干还堵不住你的嘴?备战备荒给半斤鸡蛋就不错了。

我壮足胆量趁火打劫说,爸爸,工人阶级吃苦耐劳,不要跟鸡蛋斤斤计较。

我爸啪地放下筷子,我知道他要腾出手来打我。我妈也啪地放下筷子说,我认为孩子说得对!供应半斤鸡蛋已经是党和国家的关怀了,你怎么还不满足呢?

我爸满脸涨红,吭吭哧哧说不出话来。我立即给他盛了碗籴籴汤,表示臣服。我爸只得就坡下驴说,全家开展批评与自我批评,必须做到解决实际困难,你们光放空炮谁不会啊?

我不知道他说的实际困难是什么,就埋头吃饭了。我妈也趁机缓和局面跟我爸说,这鸡架子吊汤真不错,你趁热快吃吧。

吃过晚饭我的任务是洗锅刷碗。妈妈跟到厨房告诉我说,你奶奶春天犯咳嗽,她老人家寻摸到了偏方,每天开水冲个鸡蛋,再淋上几滴香油,空肚子喝下润肺化痰还败火。你爸恨不得给你奶奶送一百斤鸡蛋去,可惜国家只供应半斤,你爸就着急了。

如此看来我爸是个大孝子,我后悔顶撞了他。天色晚了,我爸洗脸换衣裳准备上夜班去。我篦掉汤水把玉米面㸆㸆装满饭盒,配了咸菜和酱豆腐,这就是爸爸的夜班饭食。

天黑了,我把饭盒装进兜子递给爸爸说,我争取寻摸半斤鸡蛋票,凑成一斤鸡蛋给我奶奶送去,这样您就拿得出手了。

我爸重新成了沉默的男人,一声不吭接过沉甸甸的兜子,走出家门上夜班去了。

我妈挺欣慰的,用慈爱的目光看着我说,有你这句话你爸就宽心了。这年头说养儿防修,依我说养儿既防修也防老!哪个老爷儿们不愿意多生几个儿子。

我妈说话音量大,引来了马坡妈妈。她迎头对我妈发表感想说,你纺织女工工作繁忙,我是家庭妇女也不清闲,女红一把剪子,厨房一把铲子,整天没有闲白时间。我真佩服白磊妈妈,吃过晚饭还能出门溜达消食。

我听出她这是挖苦白磊妈妈。白家晚饭肯定不会吃得过饱,根本用不着出门溜达消食。

你是街道积极分子,全心全意为居民服务,即便吃肥了也跑瘦了,哪里用得着溜达消食呢。我妈只是夸奖马坡妈妈,显然避免对白磊妈妈发表评论。

马坡妈妈没有取得共鸣,有些扫兴地走了。我觉得我妈不愧是国营大厂纺织女工，不像那些家庭妇女，喜欢背地里踩张三贬李四，嘴里有牙无德。

我妈的思路转向节日供应问题，说干脆买了那半斤冷冻鸡蛋，你奶奶全凭这香油鸡蛋汤压咳嗽呢。

我说那不是鸡蛋汤那是治咳嗽偏方，必须清早空腹喝下去。我妈略含讽刺地笑了，说空腹喝了鸡蛋汤再吃个窝头就等于早饭了。

我爸不在场，我妈对我奶奶的治咳嗽偏方不以为然。我认为给老年人吃鸡蛋补充营养，毕竟是有益无损的事情。

天色很晚了，从院子里传来白磊爸爸斥责白磊妈妈的喊叫声。

你就是个不会过日子的家庭妇女！弄得我连买书的钱都没了，我身体很好不用补充营养，这句古文你懂吧，神农尝百草，日遇七十二毒，得茶而解之！

白家明亮的灯光瞬间转为昏暗，我没有听到白磊妈妈的反驳。小院里遍地月光，渐渐平静下来。

我妈洗脸漱口睡下了。这时马坡出现了，小声召唤战斗小组成员，说召开紧急碰头会。我们聚集在香椿树下，他刚刚说了两句话，就被他爸给骂回家去了。

战斗小组组长走了，紧急碰头会自然开不成。我借机询问白磊父母吵架的原因。他唉声叹气地说，我妈看我爸越来越瘦，说买鸡蛋给他滋补身体，我爸听了就发脾气，说吃鸡蛋不如买书看，还骂我妈不支持他的事业。

我说有身体才有事业，如果身体垮了连看书的力气都没有了。

白磊计算着说，五一节供应冷冻鸡蛋四毛八一斤，买半斤鸡蛋两毛四分钱，当然也可能两毛五分钱或者两毛六分钱，这笔钱差不多够买《常用汉语小词典》了。我爸需要购买很多工具书，比如《中国通史》。

原来白磊爸爸真要动笔写书了，这令我感到意外。白磊爸爸是茶叶公司的仓库保管员，白天上班不爱说话，下班回家埋头抄录读书卡片。为了节省电费房间里换成小灯泡，只有分拣扣钉时换成大灯泡，全家人的面孔才会清晰起来。

白磊郑重地说，我爸随身携带读书卡片，好像衣兜里装着食堂饭票，单位同事嘲笑他把书当饭吃了。我爸不抽烟不喝酒不打扑克不听评书不逛马路，还不怕领导讽刺挖苦。唐朝不是有人写过《茶经》嘛，一千多年过去了，我爸就是要给《茶经》续上，所以写书叫《续茶经》。

我受到白磊的情绪感染，说你们全家应当支持你爸写书，不过要是花钱让你爸买书，你家鸡蛋票就用不上了。

我趁机提议花钱买他家鸡蛋票，这样就不用去黑市了。白磊有些惊讶，认为既然是朋友就不能收钱，收了钱便不是朋友了。

我说如果白拿你家鸡蛋票，我就不够朋友了。白磊揉了揉鼻子说，所以说朋友之间不能做买卖。

夜色浓重了。白丽走出家门拉起晾衣绳，看来洗了不少衣裳。

白磊抬头看看月亮说，没看见有风圈这些衣裳明天晾不干的。

白丽并不言声，一件件晾好衣裳，挪步走到香椿树下说，就是八天晾不干也不能穿脏衣裳。

我想起陪白丽练习战地包扎的场面，心里突然有了主意。等白丽晾好衣裳回家去了，我凑近白磊的耳畔说，明天我爸下夜班进家，你就让白丽把鸡蛋票送来，我爸受到感动肯定有回报，这样事情就成了。

白磊听得半蒙半懂，伸手揉着鼻子。我索性和盘托出自己的谋划。

你不知道我爸这人的性格特别分裂，他抠门儿时百分之百铁公鸡，那是一毛不拔。他要是豪爽起来敢把手表撸下来送给你，当然过后他只能后悔了。我妈说这种性格的工人钢厂里有不少。

白磊听了再次揉了揉鼻子，好像仍然困惑不解。

我继续给白磊讲解，也不知道我爸从哪儿弄来几件工作服，半新半旧放家里没人穿,有劳动布长裤,还有斜纹布上衣。只要明天顺利完成交换,我爸有了鸡蛋票孝敬我奶奶,你姐有了替换衣裳再不怕裤子晾不干,这就叫一举两得。

这时白磊听明白了,眨着小眼睛说不要你爸明天撸手表,只要当场把那件工作裤送给我姐就成了。

我拍着胸脯说,你跟你姐就放心吧,明天我会引导我爸的。

白磊明显受到我的鼓动说,操!咱们这才叫非常行动呢,马坡那玩意儿是过家家。

我认为白磊进步很快,身为战斗小组副组长敢于贬低组长了。

第二天是星期日,一大早我妈上班走了。我妈轮休星期三,所以她永远没有星期天。我立即翻箱倒柜查找那几件工作服,果然半新半旧却叠得干净整齐。我爸敢情这么精细,一下子教育了我。

我爸下夜班回家来了。我怕他立马上床睡觉,主动寻找话题跟他聊天。我发现父子之间根本没有话题,我爸就是上班,没有爱好。我就是上学,也不懂得爱好什么。这样想着心里难过起来,觉得我和我爸都活得挺可怜的。

我跑进厨房给我爸侍弄早饭,我爸说在厂里食堂吃过了。我透过厨房窗户看见白丽扭摆着身子来了,她上身穿褪色蓝布小褂,颜色接近铁灰好像是她妈妈的旧衣裳。

我走出厨房迎上前去,一时不知说什么好。看到白丽手里捏着那张浅黄色纸片,我转身冲屋里说,爸爸,人家白丽给你送鸡蛋票来啦。

我爸迎出家门有些迷惘地说,你家鸡蛋票怎么送到我家啊?

白丽竟然实话实说,我爸不愿吃鸡蛋想买书,我就寻思送给您吧,好不容易节日供应半斤冷冻鸡蛋。

我替我爸接过鸡蛋票,极其热烈地对我爸说,咱家鸡蛋票加白家鸡蛋票,正好能买一斤鸡蛋,您立即给我奶奶送去!

我说罢急切期待炼钢工人豪爽起来。可是我爸朝白丽说两声谢谢，扭身进屋了。白丽没有见到预期效果，愣了愣神儿只好转身回家了。

我追进屋里跟我爸说，人家听说我奶奶拿偏方治咳嗽，马上就把鸡蛋票送来啦！

白丽学雷锋，这真是好人好事。炼钢工人说着把脑袋放枕头上，身体躺平睡了。

这就是敢撸手表送人的豪爽气派？我望着鼾声渐起的炼钢工人，恨不得给他连鞠三个躬表示哀悼。

小院香椿树下，白磊焦急等待我的消息。马坡赶来询问事情缘由，当即严厉批评我。你犯了严重的主观主义错误，你爸的豪爽是你想象出来的，绝对不是客观存在的。你要认真学习《矛盾论》和《实践论》，杜绝你的小资产阶级思想情调。

我极力反抗说，这件事情处在发展过程中，你提前下结论也是主观主义。

白磊迫不及待，问道今儿晚上能有结论吗？我姐把我的裤子也洗了。

我想起《沙家浜》芦苇荡里的十八个伤病员，咬紧牙关告诉白磊坚持就是胜利。然后悄悄溜回家里，继续打量着酣睡的炼钢工人。

您要自始至终抠门儿该多好啊，我就不会把您评估得特别豪爽。如今别说您撸手表送人，干脆铁公鸡一毛不拔。您把我逼上梁山我只能采取非常行动了，这事儿您不能怪罪我。

我爸呼呼大睡肯定没有听到我的表白，兴许梦里炼钢呢。

我轻轻打开樟木箱子，挑来选去拿起那件劳动布裤子，迅速叠好夹在腋下快步走出家门。

白磊依然戳在香椿树下，就跟坚守阵地等待援军的士兵似的。我把这件半新半旧的劳动布裤子递过去说，封死前缝，侧面开边，让你姐改成女式的。

白磊又惊又喜接过裤子说，你说到做到，没放空炮！

我说我爸就是不爱当面表功，其实他心里有座炼钢炉呢。

我觉得自己办了件大事，跟白磊兑现了承诺，对白丽也有了交代，内心挺满足的。

临近中午时分，马坡倒背双手溜达到我家门前，这派头就跟地主家少爷似的。我以攻为守说，一切从实践出发，咱俩谁是主观主义者？

好啦！这会儿白丽借用我家缝纫机忙着改裤子呢。马坡并不跟我辩论，侧耳听见我爸传出的鼾声说，炼钢工人了不起，打呼噜都比别人响亮。

我心里暗暗叫苦，炼钢工人风光无限，生生把自己炼成铁公鸡。

这个值得纪念的星期天就是这样过去了。第二天照例是星期一。

大清早上学路上，身材高挑的白丽穿着那条改裁合体的劳动布裤子走在前边。我突然觉得她走路姿势特别好看，以前我不懂。

她半斤鸡蛋票换了条半新半旧的裤子，我认为这不是交易，这叫社会主义大家庭各取所需互通有无。

星期三我妈公休不上班。我爸下了夜班没有马上睡觉，坐在屋里抽烟。他抽一毛九分钱的战斗牌烟卷，这烟卷味道特别怪异，使人想起臭脚丫子。我妈的棉纺厂紧挨着卷烟厂，她听别人讲过战斗牌烟卷的来历。

其实这种烟卷是发扬国际主义精神给阿尔巴尼亚制作的，当然依照他们的口味。这烟卷外文包装叫钻石牌，国内出售叫战斗牌。

我说常年抽这种烟卷可别变成阿尔巴尼亚人。我妈扭脸瞪着我说，你小子不怕你爸抽你。

我爸过足烟瘾，翻箱倒柜找出那几件半新半旧的工作服，一件件摆在床前就跟摆摊小贩似的，独自低头寻思着。我没有想到我爸居然惦记着他的收藏品，内心登时紧张起来。

我爸自言自语，那件劳动布工作裤不见啦？它足有五六成新呢。

咱家总共三口人不会丢东西的,何况是条半新半旧的工作裤,值不了一壶醋钱。我妈试图打消我爸寻找旧物的念头。

我爸反问我妈,你说咱家总共三口人不会丢东西,我信。要说那条劳动布裤子长翅膀飞啦?我不信。

我爸说着把目光挪到我身上。我心里愈发紧张,脑门冒汗了。

毕竟夫妻心有灵犀,我妈也随即投来疑问的目光,审视着她给我爸生的这个儿子。

我生在新中国长在红旗下,自幼缺乏撒谎抵赖的训练,只得承认私自把那件劳动布裤子送人了,但是我坚决不说送给谁了。我爸暂时没发脾气,闷声问我能不能追回来。

我说绝对不可能追回来,就跟我们不可能去阿尔巴尼亚买钻石牌烟卷那样。

我估计我爸就要动手打我了,下意识绷紧浑身肌肉,极力提升抗击打能力。

我爸罕见地笑了。我没有防备这种笑容的经验,吓得倒退半步。

你小子怎么会搬出阿尔巴尼亚当理由呢?而且还是去买钻石牌烟卷。我爸连连摇头表示遇到了怪物,然后喝了杯凉白开,上床睡了。

我妈又惊又喜压低嗓音说,太阳从西边出来啦,你爸没打你!

我并不认为躲过了这场劫难,暗暗防着我爸欲擒故纵或者声东击西。我妈拉着我胳膊进到厨房,摆出李奶奶给李铁梅痛说革命家史的架势,先掰了块馒头给我吃。我担心这是我妈的计谋,摇头说不饿。

我妈果然追问我把裤子送给谁了。我说经过改裁变成女裤了。棉纺厂挡车女工没再追问,伸手给自己掰了块馒头,一边咀嚼一边说,你年岁不小了,咱家的事儿也该让你知道了。

我不是您亲生的?我担心承受不住打击,抢先做出最坏估计。

放屁!你要是你姥姥生的就成了我弟弟。我妈说着表情凝重,下意识做了个深呼吸。

你爸他们钢厂属于冶金行业，职工福利待遇很高，厂里专门设有免费给职工清洗工作服的洗衣房，全年三百六十五天不歇班。我今天彻底告诉你吧，你爸不是炉前炼钢工，他是洗衣房的洗衣工。

我听了完全蒙顶，一时难以接受我爸的新身份。洗衣工？让我想起电影里河边洗衣的妇女。我妈抓紧安慰我说，你爸他们钢厂洗衣房完全机械化，总共五台大型滚筒洗衣机，你爸按按电钮就成了。

可是全院邻居都以为我爸是炼钢工人，咱家怎么没有及时更正呢？

炼钢工人多光荣啊！你爸天生好面子，就将错就错没有更正，不过邻居们没人知道你爸是洗衣工，咱们索性就这样吧。

我渐渐恢复理解能力，马上询问那几件工作服的来历。

这时我爸睡着了，我妈代替我爸给我讲解，我感觉进了课堂。

凡是送到职工洗衣房清洗的工作服，转天工人就取走穿了。洗衣房不是小件寄存处，也不是失物招领处。可是偏偏就有清洗过的工作服长期没人取走。

我完全恢复理解能力并且抢答道，我认为造成这种情况有两个原因，一是主人发了新工作服，旧的就不愿要了。二是主人调动工作走了，旧工作服就留下了。

我妈连连点头说，真是知父莫如子！你爸也这样认为。因为洗衣房没有存放无主工作服这项业务，他就拿回家几件搁着，总觉得迟早有人来找的。

我提心吊胆地问我妈，我爸醒了会不会打我？我妈说都变成女裤了打你也打不成男裤了。

你小子给我听着！我妈特别强调说，我不追究那条裤子穿谁身上了，但是我警告你不要早恋！谁知道将来你们是留城还是上山下乡，提早搞对象很难收场的。

您放心吧我不早恋。然后我谨小慎微地问道，我爸要是知道我知道他是个洗衣工，今后不会跟我耍威风了吧？

我怎么觉得你有幸灾乐祸心理呢？他是你亲爹！我妈喘了口气毅然地说，今后你就装作不知真相，让你爸在家继续做炼钢工人吧。

我认为我妈说得对，洗衣工虽然也属于工人阶级，毕竟不如炼钢工人威武雄壮。那么就让我爸继续假装炼钢工人，我保证不检举不揭发不戳穿真相。

三

我爸凭两张鸡蛋票买了一斤冷冻鸡蛋，马不停蹄给我奶奶送去，还关心她老人家有没有香油。我奶奶说偏方治大病，鸡蛋香油很顶用。全家就这样欢度了五一国际劳动节。

第二天晚间突然拉响城市警报，只觉得天边有巨人呼啦啦扯下夜幕，顿时没了天光。我们九号院邻居都知道这是防空演习，家家关门闭户熄了灯，一片黑暗。我体验到伸手不见五指的处境，这天这地确实比煤球还要黑。

我爸明天上早班，天黑就睡下了。我妈今天中班还没回来。我孤零零憋闷在屋里。一个多钟头过去了，并没有解除防空演习警报。

我终于明白人类为什么热爱和平了。这只是防空演习就没了自由，要是真打起仗来更没法活下去了。

这时我家窗外有人叫我，这分明是白磊的声音，他说，组长马坡下达命令，咱们战斗小组开始行动。

我立马高兴起来，好像受到组织营救。看来还是参加组织好。所以我爸多年努力要求入党，而且积极接受组织考验。

屋外白磊声声催促。我害怕惊醒入党积极分子，不敢开门从窗户爬了出去。

窗外白磊接应我。马坡赶过来批评我磨磨蹭蹭贻误军机。我说你这是紧急集合鬼子还没有进村。

马坡下达任务说，防空演习，熄灭灯火，这就给坏人搞破坏提供了可乘之机，这时咱们战斗小组就要发挥保家卫国的作用！

我反驳说不是保家卫国是保家卫院。白磊同意我的观点，说咱们保住光荣胡同就行了，不要抢解放军叔叔的任务。

马坡也觉得保家卫国是当年抗美援朝志愿军的任务，于是缩小战斗小组使命，同意以保卫光荣胡同为主，兼顾大街敌情。

我们仨悄悄摸出院子，胡同里黑洞洞的。这时夜空再次响起警报，三声长鸣是解除警报的信号。我们兴奋地跑出光荣胡同。只见街灯陆续亮起，这座城市重返光明世界。

大街上陆续有人活动了。我们仨朝着海河方向走去。一对青年男女并肩走来。女的抬头看见我们，迅速从男的身旁闪开，由并肩变成前后行走。

马坡望着这对男女的背影发出判断说，这俩人防空警报没解除时躲在哪里呢？而且慌里慌张的样子，这里面肯定有问题！

白磊认为我们战斗小组的任务是保卫光荣胡同，不要越界了。

马坡身为组长无法反驳副组长，只得同意返回光荣胡同执行任务。路过街心公园我猫腰捡了根粗树枝拿在手里，感觉有了武器。

白磊你不是弹弓打得准吗？下次行动带武器出来！马坡突发奇想，下达命令。

我妈怕我打破人家窗户玻璃还得赔钱，让我把弹弓收起来了。

我能够理解白磊妈妈的担忧，如果赔偿一大块玻璃要两毛多钱的。

我们走到光荣胡同口，看到七号院门前有个人影儿。我认为是"八级工"出来溜达了。邻居们都知道这男人常年保持晚间外出散步的习惯。

我们光荣胡同是条实巷子,俗话叫"死胡同",所以没人路过这里,白天不热闹,晚间更清净。

我们仨摸黑从七号院门前经过,人影儿轮廓清晰起来,这男人身材精瘦细长,显然不是外出散步的"八级工"。

我们仨快步溜进九号院,你言我语将那个人的形状拼凑起来。

马坡自然要抢先表达看法,说那个男的身穿蓝色衣服。白磊认为黑咕隆咚不可能看清衣服颜色,除非那男的身穿白色衣服。

我说黑天半夜身穿白色衣服那是闹鬼。无神论者马坡提议重新侦察敌情再做结论。

确定前后次序,我们仨接连走出九号院。胡同里黑得空洞无物,已然没了人影儿。马坡反而精神抖擞地说,我们要提高警惕,不放过任何蛛丝马迹!

这时我明白了,马坡不需要平安需要敌情,而且敌情愈大愈好。没了敌情等于吃饭没有盐,口渴没有水,走路没有脚,睡觉没有脑袋,甚至活着没有意思。

我们毫无收获,无业游民似的走出光荣胡同站到大街上,猛然发现阵阵尘土飞扬。敢情这是清洁工打扫路面,跟敌人逃跑毫无关系。

白磊打了个哈欠,分明是困了。马坡突然说前面街边有人走来,拉着白磊闪躲到大树后边。我定住眼神看清这是我妈下班回家来了,也只得隐蔽在大树后边,低声抱怨马坡把我妈当作敌人对待。

定定地注视着我妈走进光荣胡同,白磊忍不住笑出声,说这要是战争年代肯定互相开火打死自己人。

马坡急赤白脸地说,白磊你以为这是过家家呢?我撤了你的副组长!

我马上表态说永远做战斗小组普通士兵,绝不接受任何提拔。

白磊认为关键时刻我很够朋友,冲我翘了翘右手大拇指,起身说了声"回家睡觉"快步走进光荣胡同。

一眨眼间,白磊触电般从胡同里弹出来,满脸恐慌地冲马坡说,坏啦!那人影儿又在七号院门前晃悠呢。

一个人影儿便吓得白磊手忙脚乱,我发现他胆量其实不大,家长让他跑黑市买粮票真是煎熬他了。

马坡猫腰从街边拾起半块板砖,以此激发我们的斗志。他打头阵走进光荣胡同,我和白磊紧紧跟随着。

我借助街灯漫延胡同的微光,看到七号院门前徘徊的人影儿,竟然是个又矬又胖的妇女,根本不是那个精瘦细长的男人。

我们仨潜回九号院香椿树下,及时召开总结会。今晚七号院门前闪现两个可疑的人影儿,一个瘦男一个胖女,就跟哨兵换岗似的。马坡认为敌情愈发复杂,我们要坚持夜晚巡查,发现坏人绝不放过。

白磊嘟嘟哝哝,认为那两个人应该跟八级工有关系,否则大黑天不会在七号院门前晃荡。

马坡并未理会白磊的分析,宣布散伙,各回各家。

我从家里出来没有走门,返回家里仍然爬窗户。黑暗里听到我妈声音,说你别惊醒你爸,他半夜打你没人管。

我知道这是我妈对我的宽大处理,屏住呼吸摸到床前,把身体平放床上假装睡了。

我躺在床上暗暗寻思,先走了瘦男,后来了胖女,不知他们是不是同伙。其实白磊说得有道理,这俩人应该跟七号院八级工有关系。可是八级工属于工人阶级,他不会招引坏人吧。

我睡着了。梦里我爸狠狠打了我一顿,然后气汹汹说,你小子抓不到坏人就提头来见我。

我被吓醒了,朦朦胧胧看到我爸的床铺空了,一大早他就赶班车去钢厂上班了,可能连早饭也没吃。这样想着觉得工人阶级很辛苦,比如我爸我妈就是。

吃过早饭上学路上，可巧白丽又走在前边，她身材消瘦反而轻捷明快。她大我两岁，我已超过她的身高。

走过十字路口，她放慢步伐有意跟我并肩行走，轻声低语地问道，这几天你爸没打你呢。

我说形势大好你放心吧。她深深呼吸着说，你是独生子不愁吃不愁穿，家庭生活条件好，即便天天挨打也值得啊。

我听得心酸，又不知说什么好，就傻傻地看着她。她确实很像她妈妈，鸭蛋脸尖下颏，五官精致紧凑，只是眼睛流露出犹豫不定的目光，缺乏几分生气。

不知为什么，我突然勇猛起来说，白丽，以后无论遇到什么困难你都要跟我讲的。

她听了我这句话，立即快步朝前走去。望着单薄的背影，我觉得她活得真不容易，总算有了换洗的裤子。

终于迎来星期三，这是我妈公休的日子。一大早我爸上班去了。我妈把该洗的衣服泡在大盆里，还往盆里撒了几撮子洗衣粉，然后找出搓衣板，朝我深深叹了口气。

你爸不想为难你，他只好为难自己啦。我妈指着大盆里浸泡的那条劳动布裤子说，你爸认为这几件工作服搁在家里等于侵占公物，他在旧货市场依照原样买了条半新半旧的劳动布裤子，这就填补了缺损。你爸让我洗净晾干叠好，明天备齐交回厂里去。

我受到震动，意识到给我爸添了大麻烦。为了减轻内心的愧疚，主动提出替我妈洗衣服。我妈说你快给我滚蛋，以后别给家长添麻烦就是了。

黄昏时分，我跑到小桥旁边的豆腐房，动用自己小金库的全部存款，买了一毛钱制作豆腐干的下脚料，这种食品不收粮票。

我快步跑进家门，看见我爸正给杯里斟酒。我手捧酒菜递到饭桌前说，爸爸我给您买了熏豆腐丝。

我爸抬眼看了看货色，说赶紧腾到碟子里吧。我妈乐得送过碟子说，你给他奶奶买鸡蛋做出孝顺榜样，他就学会给你买下酒菜了，这叫老猫房上睡，一辈传一辈。

我爸开始喝酒，嘴里嚼着儿子给他买的熏豆腐丝。我趁机建议说，那几件工作服您还是搁家里吧，主动交回厂里兴许产生副作用。

我爸不吭声继续喝酒。我妈替我爸解释说，你爸这是严格要求自己，首先要做到思想入党。

我认为我妈说得很有道理。我爸申请入党多年，这次就算他自行接受组织考验了。

全家吃过晚饭，我到厨房洗锅刷碗。我妈悄悄跟过来说，我跟你爸工资不低，咱家伙食理应吃得好些，可是你爸坚持艰苦朴素的作风，总让我把饭菜弄得寒酸点，就好像白磊家困难户似的。其实我明白你爸的心思，他要做到"三老四严四个一样"，努力争取早日加入组织。

我知道"三老四严四个一样"是大庆铁人精神，就满怀期待地说，咱家要想长期提高伙食标准，只能盼望组织早日批准我爸入党。

我妈有些警觉地说，你小子不是信口开河吧？

我说绝不是信口开河，我爸光荣入党之时，必定是咱家改善伙食之日，那应当是双喜临门的事情。

棉纺厂挡车女工诚恳地说，你说双喜临门，但愿早日到来吧。

小院里天色黑得很快。白家灯光昏暗，这又是白磊他爸整理读书卡片的时间，不开大灯节省电费。我想象着白家人的处境，两层阁楼里光线朦胧，彼此五官看不清楚，仿佛都是陌生人。

马坡突然来到我家，进门就问叔叔阿姨吃了吗？其实这只是民间问候语，却弄得我爸满脸茫然。我妈反应敏捷说吃过了，礼尚往来问马坡吃了？马坡志得意满说，我爸单位分了猪大肠，我妈用矾水洗拿白醋泡，反复搓弄拾掇干净，一半卤煮一半红烧了。

我妈说怪不得满院香喷喷，敢情不是七号院飘过来的福利。

我爸可能反感卤煮大肠的奢华生活，闷声闷气开腔说，马坡你有事儿就讲吧，我们全家听着呢。

我爸的炼钢工人身份毕竟很有分量，马坡稳了稳被打乱的情绪说，我们三个小将成立战斗小组，保卫光荣胡同的大好形势，战斗小组都是晚间开展活动，所以必须得到家长的支持！

我妈看向我爸，我爸的习惯是不吭声就算默许。我妈得到默许转脸对马坡说，那我们就支持呗，不过你们要掌握政策尺度，对于人民内部矛盾，求大同存小异就是了。即便矛盾激化了，也要文斗不要武斗。

您不愧是产业工人，说话政治水平特别高！马坡满意地转身就走。

我爸声音追着他的背影说，回家告诉你妈妈，猪大肠应该卤煮不适合红烧！

我听了暗暗要求自己，今后争取买到卤煮大肠给我爸做下酒菜。

既然经过家长同意，我们战斗小组从地下转为公开，就跟掌握了政权似的。我们夜晚聚集在香椿树下，我和白磊共同赞扬马坡大胆接触家长，给我们夜晚行动赢得合法身份。

马坡平和地表示这是他应该做的。这家伙的转变令我欣喜。经过这段实践我们的思想觉悟都有不同程度的提高。骄傲的懂得谦虚了，自卑的增添了勇气，糊涂的渐渐明白了。

马坡分析当前形势说，这两天根据我妈提供的情况，即使白天七号院门前也有陌生人徘徊，这说明夜晚出现人影儿绝非偶然现象。我们保卫光荣胡同就要把七号院列为重点，因为里边住着八级工郜占奎，我们更应该对工人阶级负责。

白磊同意马坡的观点，认为七号院好比光荣胡同的中南海，必须列为重点保护对象。我不赞同白磊这种说法，我们国家只有北京中南海，不能随意拿它形容和比喻。

白磊当即开展自我批评说,我错了,我把郐占奎比喻得过高,七号院再重要也就是座独门独院,八级工再高大也不过是工人技师。

咱们现在行动吧!马坡带头走出九号院,随即下蹲隐蔽身体。我攀着马坡肩膀,白磊攀着我肩膀,依次蹲下好似儿童游戏"拔萝卜"的队形。黑暗里我听到马坡说,七号院门前有人徘徊,不高不矮不胖不瘦应该是个男人。

我把马坡的话语传给身后的白磊,他很不赞成马坡的描述说,不高不矮不胖不瘦的男人,咱们中国有好几亿,这算什么人物特征。

我觉得白磊识别能力明显提高了,这跟他偷看禁书《福尔摩斯探案》有关。

马坡弓身猫腰向前走去,这姿势有点像小人书里的武大郎。黑暗里我们跟随着"武大郎"。猫腰走到七号院门前马坡停住脚步,突然大声问道,喂,你到底是干什么的?

黑暗里,这个不高不矮不胖不瘦的男人猝不及防,不由得朝后退了两步,身体紧贴七号院关闭的铁门。

马坡再次发问,逼得对方终于答道,我不是干什么的,我什么的也不干。

白磊好像有了重大发现,告诉马坡这人很像日本鬼子说中国话,怀疑是外国间谍。

马坡受到启发,迎上前去问道,我听你不太会说中国话,你到底是什么人?

我怎么不会说中国话呢?我当然会说中国话,你们到底究竟是什么人?对方态度强硬起来,胳膊肘碰得铁门咣咣响。

他的胳膊肘起到了叩门的作用。七号院里突然有人说话了,你们白天来过敲门的,大晚上又来敲门,我歇班都睡不成囫囵觉,你们不论是谁介绍来的,都请给我离开,谁有困难找谁组织解决去吧。

这个不高不矮不胖不瘦的男子侧耳听着,然后大声说,您是邰占奎邰师傅吗?我保证白天敲门的不是我,那肯定是别人我不认识……

七号院铁门里再次说话了,可是我更不认识你啊,你再纠缠我报告派出所啦。

马坡被铁门里的邰占奎给提醒了,上前抓住对方胳膊说,人家邰占奎根本不认识你,我们带你到派出所说清楚!

我下意识抓住对方另一只胳膊说,走吧!去派出所说清楚就是了。

白磊依然固执地解释说,你刚才说话确实不像中国人,让我们怀疑你的身份了。

我们仨押解着可疑分子,快步走进清河街派出所大门。派出所门厅灯光明亮。我看清可疑分子的模样,他是个身穿蓝色中山装目光暗淡脸色苍白的中年男人。

前几年砸烂的公检法已经恢复,警察可以审案了。马坡抢先告诉值班警察说,这个人大黑天躲在我们胡同里不走,我们怀疑他有问题。

值班的是个皮肤粗糙的老警察,他抬眼打量着可疑分子问道,你是哪所学校的教员啊?

我们仨同时惊呆了,没有经过任何盘问便认定对方是老师,值班老警察真是神了。

这个可疑分子老老实实承认,他在红卫中学教外语主要教俄语。

不知触动哪根神经,我高声甄别道,斯多伊,帕得娘青路皮!

他扭脸看着我,表情苦涩地说,举起手来,缴枪不杀?不过你俄语发言很不准确,战场上苏联士兵是听不懂的。

说着他打了个手势,嘴里卷起舌头说出一串标准俄语,Поднимите руки и не убивайте оружие!然后高高举起双手说,缴枪不杀,我没枪可缴,你们押我来派出所做什么呢?

老警察急了,啪啪拍响桌子说,我这儿还没审你,你倒审起革命小将啦!给你这张纸,本人姓名,政治面目,家庭出身,个人成分,婚姻状况,工作单位,家庭住址,有无海外关系,受过何种奖励与处分,统统如实写出来!

他缓缓放下表示投降的双手,从衣兜里掏出自来水笔,伏身桌前流利地书写起来。我伸长脖子看见他的字写得很漂亮。

马坡趁机虚心地向老警察请教,警察叔叔,您怎么知道他是教员?

你没看见他袖口沾满粉笔末子?这明摆着是个教书匠嘛!你们仨人六只眼睛看不见啊?

白磊给我们战斗小组找理由说,我们年轻缺乏对敌斗争经验。

这时袖口沾满粉笔末子的教书匠请示道,我个人履历还用写吗?

老警察接过填写完毕的纸张,一目十行地看过问道,毕浩我问你,这大晚上躲到光荣胡同干吗?

名叫毕浩的教书匠被问得红了脸,垂头弯脖酝酿着,似乎有难以启齿的事情。

早说早解脱,晚说受折磨。早晚都得说,何必还拖着。老警察念出合辙押韵的顺口溜,使我觉得老警察变成新诗人。

顺口溜起作用了。教书匠抖了抖袖口的粉笔末子说,我到光荣胡同七号院找邰占奎师傅借钱。这是津沽大学钱教授写的推荐信。说着他从衣兜里掏出牛皮纸信封,主动递给老警察。

钱教授推荐你来找邰占奎借钱?这个教授姓钱都不借给你钱,反而让你跑来找邰占奎借钱?你傻不傻啊!我看这姓钱的教授就是反动学术权威,你怎么认不清他的阴谋嘴脸?老警察越说越生气,差点儿把墨水瓶当作水杯端起来喝了。

马坡抓住空档说,找人借钱还用推荐信,你真让我们喜闻乐见。

我哥哥来信说家里出了大事。我紧急跟同事朋友求援没借到钱，只好找我大学恩师钱教授。可是他每月只发十九块钱生活费，同样没钱借给我，只好给他们津沽大学实验工厂八级工写了推荐信。钱教授说如今工人阶级最有钱，那个邰师傅月薪一百多块，自己根本花不完。

老警察皱起眉头发问，你根本不认识邰占奎，人家会借钱给你吗？

我有钱教授推荐信啊。教书匠双手颤抖解释说，钱教授以前找邰师傅借过钱，据说大学里经常有人找邰师傅借钱，当然好借好还再借不难。

听着教书匠的解释我悄悄寻思，七号院门前总有陌生人出现，敢情多是找邰占奎借钱来的。看来工人阶级不光是领导阶级，而且特别有钱。

我扭头发现白磊不见了。老警察打量着我和马坡说，你们这堡青少年受到《寂静山林》《皮包》《英雄小八路》等反特电影影响，总想在现实生活里抓出个坏人来。这种革命警惕性值得表扬！你们先回去吧，我还要跟毕浩单位保卫科核实他的身份。

我们走出派出所。马坡好像脑子不好使了，问我毕浩是谁？我说毕浩就是袖口沾满粉笔末的教书匠。马坡先是恍然大悟，随即思索说，假如苏联军队攻进来，这家伙懂俄语会不会当了汉奸。

我说当年日本鬼子占领中国，好多不懂日语的也当了汉奸。

你说得对！马坡兴起也念出顺口溜：我是中国人，为啥学外文，不懂ABC，还是革命接班人！

趁着夜色，我跟马坡哼唱着"我们走在大路上"。远远看见街边摆着块大石头。走近看清这是白磊。他站起身来说，这个人没借钱却进了派出所，真是越冷越尿尿，越穷越吃亏。

马坡说找人借钱还拿着推荐信，知识分子臭老九就是穷酸。

然后马坡给今晚行动做出总结说，虽然没有抓到真正的坏人，但是起到了练兵的作用，我们在社会实践中成长了。

战斗小组任务完成，各回各家，各找各妈。

## 四

我爸喝酒的规模有所扩大,从小饮变成必醉,清醒过来不言不语,就跟没有清醒差不多。我发现他连打我的火气也没有了,好像变成橡皮人。

我懂得替家长分忧,却不知从何入手。吃过晚饭来到香椿树下,独自品尝孤单的滋味。幸亏我有战斗小组这个集体,遇到问题能够集思广益,有了苦恼可以跟伙伴发泄。

天色昏暗,白磊妈妈走出家门经过香椿树下,停住脚步望着我。不知什么原因,白磊妈妈总是给我匆匆忙忙的印象,好像机器人儿拧紧发条停不下来。

她突然张口对我说,我家又碰到大困难了,还请你们耐心开导白磊,千万不要让他钻牛角尖。

我请白磊妈妈放心,我们是团结乐观积极向上的小集体,遇到牛角尖谁也不会钻进去的。

白磊妈妈消瘦的面孔稍稍露出欣慰的表情,快步走出小院上街去了。

天色越来越黑。白磊悄无声响来了。我俩屁股底下垫块砖头,倚着香椿树坐下。他不说话,我也不便询问,就这么耗着。

马坡跑来了,当头就问我俩吃了吗?三个家庭竟然吃的相同的晚饭:玉米面窝头,白菜汤,外搭咸菜疙瘩。

马坡兴致高涨地说,吃同样的饭,穿同样的衣,咱们是革命好集体!

我说国营菜店处理小白菜贰分钱两大捆,家家户户当然都做白菜汤下饭。

我觉得这很像召开生活会,便挑头说出我爸近来喝酒异常的情况,请求战斗小组成员帮助分析原因,寻找解决办法。

马坡建议首先弄清造成我爸喝酒情况异常的原因,否则盲人摸象。

否则刻舟求剑。白磊补充成语说。

我受到战斗小组革命友谊的感动。鱼儿离不开水，瓜儿离不开秧，参加组织跟不参加组织相比，真是大不一样。

我们的讨论达成共识，请我妈出面找我爸谈心，争取解开炼钢工人的思想疙瘩。

白磊愁眉不展地说，你爸思想疙瘩可以解开，我爸的思想疙瘩怎么办呢？他被单位领导挤对得喘不出气，在家歇病假躺倒了。

马坡非常关心地说，你详细说明情况，咱们战斗小组全力以赴！

白磊情绪激动显得语无伦次，我和马坡还是听清了来龙去脉。

白磊爸爸是茶叶公司仓库保管员，工余时间埋头整理资料，凡人不理，本职工作没有出过差错。他的领导是个单身未婚男人，屡屡相亲，难求成功，女方怪他满嘴外省土话听不懂。这家伙情绪压抑找碴发泄，便大会小会批判白磊爸爸，把他列为茶叶公司走"白专"道路的典型。白磊爸爸不承认自己有成名成家的思想，就被调离保管员岗位去做搬运工。搬运工是重体力劳动，白磊爸爸营养不良身体虚弱，搬运麻包累得两次吐血，医生建议请病假休息。茶叶公司职工请病假，扣除福利费和交通费，白磊爸爸少了五块钱，弄得全家财务更吃紧。

我边听白磊讲述边计算行情，这五块钱去黑市可以买到二十五斤粗粮票。

马坡听罢气急了，挥了挥拳头问，那光棍领导叫什么名字？

邓自高。白磊报出茶叶公司领导的姓名，说这家伙整天忙着搞对象，把革命工作撂到旁边不管。

凳子高？那就让他坐地下吧。马坡提议战斗小组去茶叶公司找邓自高交涉，要文斗不要武斗。

咱们找邓自高交涉，那么理由是什么呢？我比较严谨地问道。

白磊接过话题答道，咱们早在唐朝就有了《茶经》，后来小日本儿发明茶道，如今连英国佬也跟着喝茶，这些都是"封资修"。我爸决定续写《茶经》，这是给伟大祖国茶业填补千年空白，姓邓的不支持反而打击，咱们质问他站在哪家立场上去了。

白磊为父鸣冤，字字句句说到点子上。马坡当场决定战斗小组集体逃学，明天上午前往茶叶公司声讨当权派邓自高。

战斗小组会议结束，各回各家，各找各妈。我妈中班不在家，我爸独自处于半醉半醒的状态。邻居们崇拜的炼钢工人，此时毫无生气。

我不敢进屋，溜进厨房，耐心等待我妈下班回家跟我爸谈心。这样既避免马坡说的盲人摸象，也避免白磊说的刻舟求剑，必须摸清思想疙瘩解决问题。

我趴在厨房案板前睡着了。我妈叫醒我，已是夜半时分。

刚才趁着你睡着了，我跟你爸谈了心，一个人受到沉重打击，难免产生船到码头车到站的思想，不过你爸会重新振作起来的。

我爸到底出了什么事情？夜半时分气温较低，我感觉身体有些颤抖。

我妈以为我被吓坏了，伸手抚摸我的头顶说，这事儿谁也不怪，要怪只能怪事情太巧合，说评书讲故事都没有这样巧合的，偏偏让你爸给赶上啦。

我请求我妈把底细告诉我。我妈说大半夜赶快进屋睡觉，厨房里弄得浑身葱花儿味都要炒菜了。

我摸黑进屋，听到我爸打鼾，心情放松几分。人逢烦恼难安眠，我爸鼾声不绝，说明他容得下化得开。

尽管猜测不出我爸遇到什么事情，我还是睡着了。第二天醒来，我爸已经上班走了。我听见我妈在屋外跟人说话，悄悄起身看到白磊妈妈。

白磊妈妈悄声跟我妈借钱，说借给五块钱就行，借给十块钱更好，保证七天还清。我听到我妈犹豫着答应了。白磊妈妈解释说，全家每逢月底就要借钱过日子，这个月底没找着人家，只好跟邻居张嘴了。

我妈应允着进屋来了，我翻身躺下装睡。我妈轻轻搬开我大腿，使劲掀起床垫角落抻出个物件，气喘吁吁数着"一二三四五"，看来平时我妈把钞票隐藏在床垫下边，这是小偷想不到的地方。

我妈显然数出五块钱，低声说了句"穷日子不好过啊"，起身走了出去。

我听到白磊妈妈连说三声谢谢，再次强调不出七天保证还清，便匆匆走了。我想起白丽也是这样匆匆走路，给人奔波劳碌的印象。

穷日子不好过啊。我记住我妈这句发自肺腑的感慨，这就是生活的名言。

我不由得想起政治课老师讲过世界上还有三分之二受苦人。白磊全家毕竟生活在我们社会主义祖国，吃的喝的穿的戴的肯定比那三分之二受苦人强百倍。

迅速吃过早饭，我假装上学走出家门。跑出光荣胡同跟马坡和白磊会合，一起去茶叶公司找邓自高讲理。

一路上白磊忧心忡忡地说，咱们找到姓邓的不难，关键是他不讲理怎么办？我爸大半夜又闹心口疼呢。

马坡说，见机行事，因势利导，牢牢抓住主要矛盾，做到各个击破！

我认为首先气势要把姓邓的镇住，让他不敢不讲理。马坡乐了，说气势方面毫无问题，这是我久经锻炼的强项。

并排走进茶叶公司大院，我们直奔二楼主任办公室。马坡进门就说找邓自高同志。

一个矮小精干的男子说，你们是来联系学工劳动的吧？我们这里安排不开，你们快去找别的地方吧。

马坡继续问道，这么说你就是邓自高？我们不是联系学工劳动的，我母亲是吴林静同志！

矮小精干的男子点头承认是邓自高,然后满脸困惑地望着马坡说,你说吴林静同志?

对!吴林静同志对你的做法很不满意,要求你马上恢复白书林同志的保管员工作,而且全力支持他的写作,让《续茶经》这部书早日填补我们国家这项空白!

我知道白书林同志是白磊的爸爸。一时想不起吴林静同志是哪位大领导。

哦。小个子邓自高依次打量着我们仨,显然在极力思考着。

这时办公桌前的电话机叫唤起来。邓自高伸手抓起话筒喂了一声。电话传音效果很好,我隐约听到里面女人说话的声音。

是的,今晚七点老地方。邓自高轻声说罢,随手放下电话筒,转脸注视着白磊。

白磊有些慌张,不时错动双脚摩擦着办公室地板。我猛然想起吴林静是马坡妈妈的名字,原来这家伙开场便讹诈邓自高,误导他以为吴林静同志是高级领导,迫于上级压力恢复白磊爸爸的工作。我心里倏地紧张起来,这毕竟属于诈骗行为,马坡让事情性质起了变化。

邓自高眯起眼睛询问白磊,这个同学你叫什么名字?我单位有人内心紧张,也是双脚不停摩擦地板。

我感觉就要露馅了,白磊的相貌实在太像他爸白书林,尤其遗传了双脚摩擦地板的动作。

白磊终于扛不住了,跳着脚喊道,你是茶叶公司当权派,我爸写书不是"白专"道路,不许你打击迫害我爸白书林!我爸病倒了你还在打击他,邓自高你不能不讲理!

邓自高放声大笑,抬手指着马坡说,这仨人里你是头目吧?三个小骗子敢胆跑到茶叶公司来演戏!你们是立马给我滚蛋,还是我叫保卫科送你们去公安局吃午饭?

马坡朝邓自高翻了翻白眼，说了声"骑驴看唱本——走着瞧！"起身撤离了。我和白磊跟随走出邓自高的办公室，沿着楼道快步从财务室门前经过，噔噔噔下楼去了。

站在楼下院子里，马坡抬头望着二楼窗户大声说，姓邓的你不要得意太早，我回去就让吴林静同志撤了你的职！

我提前防范说，马坡！你不要再把你妈牵扯进来，难道你想让你妈吃挂落儿吗？

白磊忍不住流泪了，小声抱怨马坡不应该把正义声讨变成弄虚作假，反而让邓自高抓住把柄，最后闹得不可收拾。

马坡满肚子计谋不服气，这让我想起《三国演义》里的马谡，结果被诸葛亮给斩了。然而马坡不是马谡，他坚信邓自高在自取灭亡。

我们跑到街心花园里，既然逃学就要耗到中午回家。时间富裕，我们群策群力，开会研究如何惩治邓自高。

我想起电话里"今晚七点老地方"的男女约会，这就是邓自高的行动轨迹。马坡听罢兴奋地拍着大腿分析道，电话传音效果这么好，估计那女的距离不会很远！

白磊淡而无味地报道敌情说，姓邓的跟财务室女会计谈对象，办公室隔壁打电话当然传音清楚。据说姓邓的经常晚间跟女会计遛马路。

太好啦！搞清楚他的行动路线，咱们也打个平型关大捷！马坡复仇心切，决定学习八路军一一五师，打一场漂亮的伏击战。

白磊似乎对马坡丧失了信心，并未做出热烈反应，说了声"那就做好准备吧"起身走出街心花园。我和马坡追将过去，仨人攀着肩膀，横向形成肉墙，并排朝家的方向走去。

马坡不断强调团结就是力量，显然担忧失去组长的威信，全力安慰着白磊。

我们沿着大街走。一辆八路公共汽车停站。白磊好像看见新奇的景致,禁不住哎了一声。

人称八级工的邰占奎走下八路汽车,他头戴崭新的宽檐工作帽,身穿崭新的蓝色工作服,脚踏崭新的黑色皮鞋,手里提拎崭新的人造革旅行包。这从头到脚的崭新,令我想起工业展览馆里人物塑像。

白磊反倒不吭声了。马坡这家伙跟谁都是自来熟,迎上前去打招呼。邰占奎认出我们是光荣胡同的孩子,当即乐乐呵呵地说,我参加老工人调查团去北京异型韧具厂指导工作,今天光荣归来了。

他说着抬手摘下工作帽。我看到他头发谢顶,脸色红润,眼睛里透露出祥和的目光,的确是个稳重温和的中年男人。

我对八级工感到好奇,也凑上前去搭话说,您北京出差把过年的新衣服都穿上了。邰占奎郑重地说,这是老工人调查团集体着装,外出不许乱穿衣服。

可能因为在茶叶公司吃了败仗,马坡谦恭了许多,主动为八级工拎包说,您年岁不老啊,参加老工人调查团干吗?

邰占奎解释说老工人是荣誉称号,调查团主要吸收政治思想端正、实践经验丰富、技术水平高超的技师,定期给工矿企业把脉开方,避免工程项目投产前出错招走弯路。

不知什么缘故,马坡和白磊都不出声了。我想起夜晚带着推荐信跑来借钱的教书匠毕浩,便忍不住实话实说,光荣胡同经常来人找您,大晚上还在七号院门外等候呢。

八级工沉稳地说,大家来自五湖四海,可是我能力有限。一人浑身都是铁,究竟能打多少钉。

邰占奎说着从马坡手里接过人造革旅行包,大步走进光荣胡同。胡同里迎面走来白磊妈妈,她满脸惊异扎煞双手说,哎哟,原来您出差了,怪不得这几天没见。

八级工频频点头说,我可巧月底出差,让你措手不及啦。

马坡妈妈闻声冲出九号院，颠儿颠儿跑过来说，这几天一拨拨来人找您，七号院都快成革命圣地了。

郜占奎笑呵呵点头说，谢谢大伙惦记着，谢谢大伙惦记着。

这场面令我重新认识郜占奎，他独自居住七号院里，却是光荣胡同的焦点人物。

正午时分，我们仨假装放学走进九号院，各回各家吃饭。

我告诉我妈七号院八级工北京出差回来了。我妈眨了眨眼说，他出差啦？这几天果然没闻见熥鱼炖肉的味道。

我觉得唯独在我妈心目中，八级工郜占奎算不上焦点人物。

这为什么呢？我不知道。我只知道我妈是国营棉纺六厂挡车工，每月工资四十八块八毛五。

五

马坡果然没有白白姓马，他马不停蹄搜集情报，立马召集战斗小组成员开会，马上讨论非常行动的方案。

香椿树下，马坡从衣兜里掏出小本子，趁着遍地月光介绍他的非常行动名称：小将狙击手。

我已经摸清姓邓的活动规律，他星期六晚间七点钟走出茶叶公司单身宿舍，步行五分钟在河北梆子剧院大门前跟女会计会合，共同前往河边公园，中途经过黑暗地段，男方会做出搭肩拢腰的动作。到达河边公园倚靠水畔护栏谈恋爱，通常持续两小时左右。这期间可能出现偎偎搂抱行为，当然都是男方主动。

白磊急切地问道，你决定在哪里伏击呢？

马坡尽情享受身为指挥官的荣耀，不急不躁地说，我经过实地考察认为不适合打伏击，所以我将此役命名为小将狙击手。

我问小将狙击手就是隐蔽在暗处打击敌人吧。马坡仿佛遇到知音，鼓掌说，我们手持弹弓隐蔽在防洪墙后边，只要姓邓的行为不轨就射击！这样坚持数日，我们定有收获。

我们定有什么收获？白磊是受害者家属，急于得到答案。

什么收获？马坡坏坏地笑着说，不出几天就把他的女朋友打怕了，立马跟他散伙呗！

白磊有些失望，认为打跑姓邓的女朋友，并不能给他爸恢复工作。

你没读过《论持久战》？我们要积小胜为大胜！马坡信心满满地说，只要我们坚持不懈，甚至半夜射击这家伙单身宿舍的窗户玻璃，最终迫使他精神崩溃，只得同意恢复你爸的工作。

白磊谨慎地笑了说，我要给弹弓更换皮筋，天晴了制作泥丸，充分做好战斗准备。

我跟马坡说自己从小不会打弹弓。他让我负责现场瞭望，一旦发现敌情马上报告。

分工明确了，便暗暗企盼星期六的到来。不过我还是有两点忧虑，又担心说出来影响斗志，只好憋在心里。

首先我担忧即使邓自高被弹弓打怕了，但是他不知道谁是狙击手，自然不会想到给白磊爸爸恢复工作。其次我担忧即使我们故意让邓自高知道是我们干的，这家伙要是跑到学校告发，我们必然写检查挨批判，成为反面典型全校通报。

这如何是好呢？我特意打开《汉语成语小词典》寻找适合我的忧虑心情的成语，终于遇到这四个字：投鼠忌器。

我的忧心忡忡流露出来，我妈看在眼里疼在心上，吃过晚饭她到厨房里跟我谈心，轻声低语显然不想让我爸听见。

我看出这几天你为你爸担忧，那么我都告诉你吧。其实党小组和党支部同意你爸加入组织，正准备召开全体党员会议通过，这节骨眼你爸把那几件工作服交回厂里,这就等于有了新情况。即便你爸主动交回也算侵占公物。当然你爸主动写了两次检查,努力提高思想认识,表示愿意继续接受组织考验。

我没想到我爸遇到这种挫折,他即将跨进组织大门却意外停住脚步,被那几件工作服给害了。

我焦急万分忍不住抱怨说,当初劝过我爸不要把那几件工作服交回厂里,这下子成了导火索。

你爸说不后悔,你爸还说交回厂里就清白了。他做好了长期接受组织考验的思想准备。不过,你千万不要跟你爸说这件事儿,装不知道就是了。

我心里挺难过的,跑到胡同里悄悄哭了。这时白磊妈妈匆匆走过,我擦干眼泪不愿让她看到我哭了。白磊妈妈好像无心顾及我的存在,快步走出胡同上街去了。

我还是替我爸感到悲哀,我是中学生能给他做什么呢?我只能攒钱多买几次酒菜给他了。

终于盼到星期六。心里替我爸的遭遇难过,反而激发几分斗志,这样姓邓的正好成为我的出气筒。吃过晚饭天色渐黑。我知道自己的任务是瞭望哨,偷偷拿了家里手电筒。

自从我爸遭受意外挫折,他脾气大变不再打我,好像从革命父子变成革命兄弟,反倒弄得我不知如何跟他相处。

我们仨出发了,急行军赶到河边,隐蔽在防洪墙后边。我回头瞭望邓自高的来路方向。马坡看到我的手电筒很有感慨,说大革命时期发起武装暴动,很多富家子弟带着自家枪支参加革命,据说我爷爷的表嫂的娘家哥哥就是这样的。

我的手电筒曲里拐弯继承了革命老前辈的光荣传统,真有意思。

天色黑透了。河边渐渐有了搞对象的身影,一对对倚靠在水畔护栏前，谈起恋爱。

我远远没有达到谈恋爱的年纪，暗暗觉得这是件挺好的事情。

白磊从布袋里倾倒出十几颗泥丸，这就是狙击手的子弹。他的弹弓用铁条制成，这远比树杈制作的射击精准。

邓自高还没有出现。马坡兴致高涨讲解起来，凡是晚间河边搞对象的，绝大多数比较规矩，谈心而已。也有个别搂搂抱抱的，多是男方搂抱女方，一旦女方躲闪说明不愿被搂抱。如果男方死皮赖脸硬要搂抱，我们可以拿弹弓射击。因为妇女能顶半边天，我们要保护半边天的合法权益。

白磊摇摇头说，搞对象难免搂搂抱抱，咱们还是少管闲事，我射击的目标是邓自高。

邓自高仍然没有出现。我们没有手表，只能估计接近晚间八点钟了。我开始怀疑马坡的情报不准，悄悄跟白磊交换眼色。

白磊向马坡提供新情况，据说女会计不愿意跟邓自高搞对象，这家伙今天送手绢明天送奶糖，小恩小惠腐蚀人家。

既然这样，那么会不会俩人已经吹啦？我即时做出判断。

马坡不吭声。我重复着自己的判断，逼迫战斗小组组长拿主意。

你们快看！马坡身子探出防洪墙，兴奋地指着远处水畔护栏。我以为他发现了邓自高，旋即起身望去。白磊闻风而动将泥丸放进弹兜，做出射击的准备。

那男的太过分啦，人家女的躲闪着不肯让他搂，他硬是把人家顶到护栏上！马坡义愤填膺地说，今晚咱们既然来了，就要保护妇女权益不受侵害！马坡义愤填膺，伸出胳膊指向水畔护栏那对男女。

这显然不是发现了邓自高。白磊一屁股坐在防洪墙下，表情沮丧泄了气。我陪白磊坐着，想起我爸在家又喝醉了，心情沉重起来。

你俩都给我起来！马坡小声吼叫。我和白磊缓缓起身，不认为这是敌情警报。

邓自高没有出现，但是并不影响马坡的斗志。他目光转向河边的黑暗角落说，搞对象都是男的主动搂女的，你们看这是女的伸出胳膊搂男的，这等于上赶着贴补人家，真给半边天丢脸！

马坡的愤怒，使人觉得那男的受到严重损害。我瞪大眼睛望去，河边黑暗角落里果然有对人影儿，俩人身体靠得很拢。女的个子高些，男的似乎矮些，身影显得高低错落。

我看到女的搭着男的肩膀，男的个子稍矮，看着很像他被女的搂进怀里。男的不停地拱动身体，不知他要做些什么。

马坡认为男的极力摆脱女的搂抱，却被女的黏住。我不知马坡为何如此深仇大恨，居然咬牙切齿地说，白磊！准备射击。

我不认为情况严重，即使男女搞对象发生搂抱也不算大罪过，何必视为敌我矛盾呢。

马坡似乎丧失了理智，固执地给白磊下达命令，这次不射男的，射女的！谁让她没羞没臊给半边天丢脸呢。

白磊只得遵命将泥丸夹进弹兜，举起弹弓拉伸皮筋，牢牢瞄准那对黑暗剪影，砰地射了出去。

白磊弓法精准，果然射中女方。只见她身体触电似的抖了抖，猛地脱离男的怀抱，立即扭身望着我们隐蔽的阵地。

马坡得意地拍着白磊肩膀说，战斗小组给你记三等功！那根冰棍儿让你咬两口。

这是我们战斗小组制定的奖励规则，买一根冰棍儿仨人吃，三个人轮流一次咬一口，记了三等功允许一次咬两口，这不叫多吃多占。

那对男女受到惊扰，慌忙走出黑暗角落。女的身材瘦高走在前面，男的身材矮些跟在后面。俩人依次走到路灯下，一下就被照亮了。

哎呀！白磊惊叫起来，拖着哭腔说，那是我妈……

马坡瞪大眼睛望着路灯照亮的地方。天啊！那男的是七号院的八级工。

我知道七号院八级工就是邰占奎。他的确身量不高,头发谢顶被路灯照耀得泛起亮光。

马坡失控地自言自语,这怎么会是白磊妈妈呢,这怎么会是白磊妈妈呢。

白磊妈妈并没有发现我们隐蔽在防洪墙边,她快步从路灯下走了过去,那姿态基本属于逃离案发现场。

八级工反而步伐稳重,仿佛没有发生任何事情。这家伙一边走路一边抽烟。我想起邻居们说过,邰占奎只抽上海出产的牡丹烟,不抽天津出产的香烟。他除了抽高级香烟另有两大爱好,一是吃过晚饭出门溜达,就是散步。二是特别爱听别人讲笑话,有时乐得前仰后合,就像个老小孩儿似的。

白磊双手捂脸蹲在防洪墙下边。我不知如何安慰他。能言善辩的马坡同样哑了口,显得比我还要傻两倍。

白磊脑袋垂到裤裆里,半泣半诉地说,每月我妈找八级工借五块钱,晚上经常陪他散步。这月我舅来信说赶大车摔断腿,我姥姥得了青光眼。我妈这次只好找八级工多借五块钱,可能心情过于迫切吧,就伸手搭了人家肩膀表示友好。

我马上表态说,白磊说得很对,是搭了搭肩膀不是搂了搂脖子。

我们不要过早下结论,究竟搭了搭肩膀还是搂了搂脖子,这可是原则问题啊。马坡竟然摆出坚持真理的架势,拿出宜将胜勇追穷寇的劲头。

我觉得不论搭了肩膀还是搂了脖子,这对白磊来讲都过于残酷,便调和事态说,每月伸手找人家八级工借钱,总要找机会表示感谢一下,就随手搭了搭肩膀,这属于阶级友爱吧。

马坡字正腔圆地说,我们要划清阶级友爱与生活作风的界线,不可同日而语。

我觉得马坡掌握的战斗词语实在太多,信手拈来,脱口而出,用得字字见血,很有杀伤力。

白磊憋得脸色泛紫对马坡说,我求你不要传播这件事情,尤其不能让我爸知道。他生病在家不能再受刺激了。

马坡不言语,似乎坚持着原则立场。白磊哧哧呼呼喘着粗气,猛地扬头盯着马坡说,你妈也找郐占奎借过钱,还偷偷跟我妈发泄不满情绪,说八级工没文化没技术没才调,这年头就是沾了工人阶级的光。

马坡仿佛遭空袭,一瞬间失去地面优势。我更是感到意外,原来这么多人找郐占奎求援借钱。八级工成了本地大财主。

白磊索性给马坡补充材料说,你爸单位抓阄儿得了朝鲜维尼龙裤子购买证,一条裤子七块八毛钱。你妈舍不得废了购买证,大黑天悄悄跑到七号院找八级工借了五块钱,过了两个月才还清。别看过春节你爸穿着新裤子,他不知道这是你妈借钱买的。

一瞬间,我怀疑我妈也找八级工借过钱,便承担起收拾残局的角色说,我认为今天晚上什么事情都没有发生,咱们战斗小组行动结束,马上撤离现场吧。

马坡从遭遇空袭的状态里恢复过来,说了声"行动结束撤离现场"。我们仨起身离开防洪墙,不言不语走回家去。

一路走到光荣胡同口,不由自主停住脚步,我们仨依次握了握手,就跟电影里革命同志告别似的。谁心里都清楚战斗小组从此解散,这次真正是各回各家,各找各妈。

马坡率先走进九号院,脚步噔噔回家了。白磊缓住脚步低声对我说,穷——真他妈的害人啊。

白家灯光明亮,显然全家忙着干活儿呢。白磊说罢走进家门,跟着分拣扣钉去了。

我家厨房里亮着灯光。我妈正猫腰淘米,头也不抬对我说,你爸饿了说想喝碗大米粥。我眼睛里突然涌出泪水,说今后咱家三口人的细粮都给我爸吃!

　　我妈惊诧地抬头望着我,好像不知从何说起。我要让屋里我爸听到便提高嗓音大声冲我妈说,我爸当炼钢工人多辛苦啊,咱家白面给我爸蒸馒头,咱家大米给我爸焖米饭!咱娘儿俩吃什么饭都行。

　　我妈淘米的手有些颤抖,极力压低声音说,你真是你爸的好儿子!

　　我同样压低声音告诉我妈,今天晚上感觉突然长大了。我妈不知内情,伸手攀着我肩膀,亲了亲我的脸颊说,好儿子慢慢长大,爸妈不着急呢。

　　一连几天过去了。自从经历那个难以言说的夜晚,我们俩反而陌生起来,以往的战斗友谊淡化了,渐渐退化成为新近认识的邻居。

　　我仍然关注白家的动态。听说白磊爸爸坚持写书,还说书稿完成后要寄给中央首长,让全国重视茶叶研究工作。

　　白磊妈妈有所变化,晚间不再外出溜达,在家里不是伺候丈夫写书,就是埋头分拣扣钉,已经成为室内动物。

　　我的最大变化是暗暗留心白丽的行踪,我不知道这出自什么心理。

　　一天晚饭过后,白丽穿身干净衣服走出家门,独自去了七号院。我立即行动起来,趁着天黑爬上香椿树,翻过女儿墙上了房。

　　我骑着屋脊挪动屁股朝前蹭去,好像野生动物。终于居高临下趴到七号院房檐前,小院场景尽收眼底。

　　邰占奎手里托着小茶壶,站在院里慢慢悠悠地喝着茶。

　　他听到有人叩门,应声问谁。之后放下小茶壶,他走过去开门。

　　我猛然想到光荣胡同总共五个门牌,有四座院门板破旧,只有七号院安装了铁门,八级工确实与众不同。

　　邰占奎打开铁门。白丽迈步走进小院,迎头叫了声邰伯伯,之后站稳身子微笑说,您叫我有事要谈啊?

　　八级工殷勤地搬来凳子说,请坐请坐,其实也没有什么重要事情。

白丽不坐站着说，这件事情我考虑好了，您仍旧每月底借给我家五块钱，我妈仍旧下月初头还清，不过我妈不好再陪您散步了，我每天晚上过来给您讲段笑话，这就等于替我妈谢您了。

八级工邰占奎呵呵笑着，并不说话。

我给您讲阿凡提的故事好吗？白丽主动报出书目。

八级工邰占奎听到书目思忖着说，好像有个什么一千零一夜，要是按照一年三百六十五天计算，那就要连续讲上三年喽？

白丽淡淡一笑说，没想到您还知道外国笑话，咱们还是讲中国的吧，阿凡提智斗黑心巴依。

邰占奎给白丽斟了杯茶水说，其实我没逼你妈陪我溜达，她是害怕我不借钱给她，就撺掇我饭后百步走活到九十九。其实人活那么大岁数干吗用呢？还不是多给国家浪费粮食。

您今年才四十多岁，就奔着九十九岁活吧，那时兴许实现共产主义了。白丽显得特别冷静。

你说我要是活到九十九，那时真的实现共产主义了吧？邰占奎极其认真地问道。

我趴在房檐上听着，觉得这个八级工真的没文化，他的问题只有马恩列斯在天之灵能够回答，他偏偏请教少女白丽。

这时我听到白丽答道，那时候能不能现实共产主义，现在谁也说不准，但是我认为那时候肯定不用我妈每月找您借钱了。

八级工邰占奎听罢双手拍掌说，那时候我就把钱全部存到人民银行里，积极支援国家建设。

白丽显然不放心，随手抻了抻小辫儿问道，邰伯伯，您同意我来给您讲笑话啦？

他重新端起小茶壶说，我们是社会主义大家庭嘛，但是你初中毕业上山下乡走了怎么办？

我妈说不会再陪您散步,她害怕我爸知道了说不清楚。白丽环视着小院答道,我要是上山下乡走了,等于我家少了个吃闲饭的,那样可能我妈就不用每月找您借钱了。

我不知被触动了哪根神经,想哭。转身攀过屋脊,我沿着来时路线缓缓爬回九号院去。

天色黑得很深了。小院里五户家庭散发的味道升腾起来,宁聚勿散地笼罩在小院上空,混合成为简单而复杂的小气候。

一个念头突然涌现出来,我在心里大声说,白丽!即便上山下乡了,只要够了结婚年龄我就娶你,我不怕你比我大两岁。你饭量再大,咱家粮食也够吃的。咱俩好好过日子,到月底绝不找别人借钱。再者说如果实现了共产主义,天下大同也就不用借钱过日子了。

这样思谋着未来,我小心翼翼攀住那棵碗口粗的香椿树,抱住树身出溜下去。我双脚落地了,却没有摆脱腾云驾雾的感觉,悄悄掉下几滴眼泪。

这时候,从白家屋里传出充满激越情绪的朗诵,我听出这是白磊爸爸高调的声音:

下定决心,不怕牺牲,排除万难,去争取胜利。世界上怕就怕认真二字……

我坐在香椿树下,等待白丽从八级工家里回来,然后当面把我的想法告诉她。

白家屋里又传出响动,这是白磊妈妈的哭声,声音低回婉转好似窃窃倾诉,令人不忍细听。

我坚持坐在香椿树下,等了很久。抬头发现满天繁星眨动眼睛,充满好奇地望着我们人间。

# 橙子熟了

清早睁眼醒来，一门心思盼着中午到来。中午央视有"今日说法"，昨天播出上集，今天播出案件结果。他期待人民法院能判处那个恶霸村长死刑，假使子弹太贵可以发动群众捐款，绝不能让人渣活在人世。

其实不应该生气，今天是他生日，五十九岁了，足斤足两"五〇后"，绝不掺水。本埠风俗男人五十九岁生日，等于六十。只有女人才过六十周岁生日。男女有别。

如今乱套了，男女无别。大街上遇见小伙子打扮的，可能是个女汉子。看见留披肩发的，兴许是小伙子。就连老头子老婆子也乱了，表面是跳广场舞，里边埋伏婚外恋，明明绝了经却号称夕阳红，而且红得不可收拾。

今天过生日，他反而不愿动弹，赖在被窝里回顾历史。

当年工人很傻，光知道抓革命促生产，中午职工食堂吃饭，下班职工浴池洗澡。尽管男女同工同酬，毕竟两性界限分明，好比中间架着无形高压线，碰不得。

记得那天多云间阴，有风。他下夜班憋了尿，迷迷糊糊进了车间女厕所。还没抬头里边炸了窝，他被尖叫形成的声浪推了出来，当场被评为"臭流氓"，被几个奇丑无比的女工扭送工厂保卫科。

我真的什么都没看见！我有对象看你们干吗？我进女厕所还嫌腺气呢！他一路辩解着，反而招来更多咒骂。

他在被押往工厂保卫科的路上，彻底领教了女子能顶半边天的力量，她们真的特别能战斗，对得起有个三八妇女节。

工厂保卫科办公室有门无窗，设计得好像堡垒。保卫科长刘忠翰五短身材酷似武大郎，坐着站着一般高。他经过简单推理认定："三车间青年锻工刘橙同志强闯车间女厕所，人证物证俱在。"因此建议给予行政警告处分。

一张大黄纸将"行政警告处分"贴到职工食堂大门前，连续几天引发职工围观，青春期里他全厂出了名。

他独自找到保卫科满脸诚恳地说，既然人证物证俱在，请你告诉我物证是什么？让我心服口服。

保卫科长刘忠翰拍案大怒，说从来没人敢跑到保卫科翻案，这叫知错不改负隅顽抗。

那时他脾气不太暴躁，一味要求刘忠翰拿出物证。一蹦老高的刘忠翰抄起电话打给北郊公安分局，说有人冲击工厂保卫科，请立即派员办案。

身背"行政警告处分"的三车间青年锻工刘橙，很顺利地被带进北郊公安分局，行政拘留七天。拘留所也是大熔炉，他在熔炉里给刀锋淬了火，出炉后就天不怕地不怕了。

那时他跟七车间青年女工刘金兰处对象，"行政警告处分"外加"七天行政拘留"，就把这段关系弄黄了。几年后面孔微黑的刘金兰表示后悔，他已经跟皮肤白皙的杨云霞结了婚。

如今他老婆仍然是杨云霞，他认为婚姻是马拉松不是打篮球，中途不换人的。所以多年来杨云霞以皮肤白皙自居，为此刘金兰耿耿于怀。不过杨云霞自身缺憾是不生养，这令公众有了说辞。后来职工下岗各自回家,前几年大街上他遇到叫卖袜子的刘金兰。这个把脸蛋涂得雪白的下岗女工眨着圆形大眼睛说,女人不生养叫啥女人?跟不下蛋的母鸡似的,杨云霞硬是让你们老刘家绝了后。

他只得搪塞说,不生孩子也好,反正将来政府养老。

刘金兰撇了撇嘴,送出两个极其文明的词语:放屁!

他发现风情犹存的刘金兰腰宽臀大,这确实是生孩子的好手。可惜当年独生子女政策坚如铁板,让生育天才没有用武之地。

是啊,就女人生育能力而言,杨云霞确实是输家,而且输得只剩下白皙的皮肤。赢家刘金兰也没赢得什么,丈夫出工伤摔成植物人,常年躺着不动。

想到躺着不动的植物人,他下意识地翻身坐起,抬胳膊伸腿摇晃脑袋,自己身体正常,便穿衣服起床了。

杨云霞发现丈夫动了窝,便以对待活人的口吻询问,中午长寿面是打荤卤还是打素卤。

素卤!他冲口答道,人活着就是要素净,清洁磊落问心无愧。

打荤卤就问心有愧啦?杨云霞不以为然,说过生日吃顿长寿面用不着上纲上线,家里也不是市委党校。

工人家庭,工人夫妻,彼此说话直来直去,谁也不尿谁。况且夫妻都是退休在家的闲人,这就更不尿了。

他认为这种谁也不尿谁的家庭氛围很好。一是解放区的天是明朗的天。二是与人斗其乐无穷。三是充分暴露家庭分歧,不会积累大量矛盾酿成肢体事件。

尽管如此唯物辩证法,还是没有被居委会评为五好家庭。他并不气馁甚至略感孤傲,认为有时真理只掌握在少数人手里,耐心等待大众觉醒。

不去洗漱,他坐在厅里打开收音机听新闻,特别喜欢听见义勇为之类的事迹。果然，电台播音员字正腔圆地报道昨日傍晚五旬老汉勇救落水儿童，当场受到广大群众称赞。

五旬老汉？他寻思着，五十岁就被称为老汉，我虚岁六十岂不成了棺材瓤子？气得伸手啪地关了收音机。

妻子是丈夫的表情专家，随即抓住他的思想疙瘩劝解道，今儿过生日洗个澡吧，乐乐呵呵的不生气。

生气？国家形势大好，我高兴还来不及呢。他匆匆拿起馒头抹着腐乳吃了，然后打开柜门找出"游泳包"，哼唱着"我爱祖母的蓝天"。

杨云霞趁机嘲笑说，你爱蓝天跑水里干吗去？不着调。

一步三摇走出家门。他年轻时浓眉大眼，人挺标致的。如今眉毛开始稀疏，不浓了，而且眼角有些耷拉，朝着"三角眼"转变，凝神时透出几分不服气的劲头儿，容易被误认为寻衅滋事。

他下楼踹腿骑上自行车。这辆"飞鸽"三十岁了，而立之年被主公精心养护青春犹在，论辈分肯定是大街上共享单车们的曾祖父。他骑着"曾祖父"来到社区游泳馆，不觉间精神饱满起来。根据阴阳五行学说，他属水命。水是生门，生财也生运。杨云霞小他两岁是金命，金生水，所以至今没离婚。

年轻时，他身高一米七九是个意气风发的小伙子。如今一米七七，年龄老化使他缩水两厘米。

缩水就缩水吧。工厂同事还有没等到缩水就死了的呢。他刷卡走进游泳馆更衣室，穿泳裤戴泳帽佩泳镜，下了泳池。

泳池里不见年轻人，除了六旬的就是七旬的。前几天有个八旬老汉被劝退了，游泳馆害怕承担意外责任，俗话说就是死不起。

他撩了撩水故意大声说，我们搞活经济要遵循科学发展观，GDP很关键，可是房价不能太高，环保也很重要，严查地沟油。

游池里没人应声。他瞧不起那几个只会"狗刨儿"的老头子。凡游"狗刨儿"的多是农村长大,没有受过正规体育课教育。他不紧不慢游了两趟自由泳,靠边歇口气。

一个略显外埠口音的老头子说,你的自由泳游得真好看。

猛地冒出这个说话对象,他大声问道,老同志您知道为什么叫自由泳吗?对方摇摇头说你给讲讲吧。

他摘下泳镜做出漫不经心的样子,讲解起来。

您见过电视里四百米混合泳比赛吧?前三种泳姿是规定动作,仰泳蝶泳蛙泳,早先第四种泳姿可以自由选择,就有了自由泳。其实自由泳本名叫爬泳,双脚反复打水双肩轮番划水,就像在水里爬呢。既然允许自由选择,那么谁都选择速度快的爬泳,久而久之它就叫自由泳了。

外埠口音的老头子连连点头,夸赞他体育知识渊博。他抑制不住自豪感说,我小学时体育老师是打成右派的游泳运动健将。

搞运动搞成了健将?外埠口音的老头子流露出疑惑表情,好像误解了"运动健将"的含义。

他很堵心,后悔把对方当作知音,索性攀过水线爬出泳池,气哼哼去了淋浴间。

透过落地玻璃门,看到桑拿房里几个老头子横躺竖卧,没放五香料就集体清蒸呢。他从来不进桑拿房,打开更衣箱取出洗浴液和毛巾,径直走到淋浴喷头下。

一股浪漫的心情升起,他从淋浴喷头联想到向日葵,从向日葵联想到青春期写的那首诗。

    我是一株向日葵,终生追随着阳光,直到大太阳把我晒干
    水分,散落成一堆瓜子,我依然身心饱满。

他从来没有把这首诗拿给别人看,包括从前的刘金兰和如今的杨云

霞。有了这首诗他颇为自得,尽管身为三车间普通锻工,他内心仍然瞧不起被称为"工业诗人"的工厂宣传科长郗长林。

此时他忘了今天是自己生日,尽情地冲洗着热水澡,任思绪跟随水珠飞扬。

是啊,那年头学历有含金量,还在强调"四化人才",我果断去读了业余大学。四年业大毕业,学历又不值钱了。这就像中国的股市行情,今天红了明天绿了,而且我的K线是绿多红少,总是踏空。人的命,天注定……

猛然睁开眼睛意识到身在淋浴间,他首先听到哗哗水声,抬头看到对面的淋浴喷头下空空无人,任凭水花四溅。

他妈的,这是谁浪费水啊。向日葵的诗意被落地水流击碎,他赤条条走过去狠狠关闭这只该死的喷头。

外埠口音的老头子走进淋浴间,手拿丝瓜瓢子,表情疑惑望着静止的淋浴喷头。

您就忍心让国家的水哗哗浪费?他坚决维护正义说。

外埠口音的老头子说,咦——!我去更衣箱拿东西,马上就回来了。

不关阀门哗哗流水去更衣箱拿东西?您好大的身价!

我就是好大身价,你怎么不知道哇?外埠口音的老头子突然笑了。

您就是国家主席也不能浪费水!他本能地逼上前去。今天要不是看您年纪大了,我肯定要好好教育您的,包括从肉体到灵魂。

他义愤填膺地说着,却坚持用"您"称呼对方,以此昭示自己是受过教育的大城市人。

狗拿耗子,我就见不得你这种多管闲事的人!外埠口音的老头子毫不示弱,挥动手里的丝瓜瓢子。

他伸手指着对方的鼻子说,您不要倚老卖老耍混账!作死是不是?

游泳馆的管理员及时出现,张开双臂隔开双方,说和谐社会安定团结。

我不洗啦！不洗啦！对方狠狠摔掉手里的丝瓜瓤子，气急败坏地走出淋浴间，去更衣室穿衣服了。

他大声冲着更衣室喊道，我叫刘橙，刘少奇的刘，褚时健上山种橙子的橙，节约用水，人人有责！你不服气就到居阳里13号楼1门202室找我！

他恢复了当年街头宣战的气概，喊叫声很是流畅。一时没有听到更衣室里的应声，获胜之感油然而生。他矗立铁制向日葵下，继续哗哗冲洗着自己。

我跟贪污犯褚时健毫无关系，怎么把他的橙字引用上啦？他给头发打满香波，暗暗询问自己。可能是佩服褚时健走出监狱晚年创业吧，硬是干出个样子来。

这时依稀听到游泳馆的管理员小声评论，如今老人家比年轻人火气还大，动不动就叫阵，有本事抢回钓鱼岛多好，自己横渡海峡去解放台湾也行。

听到自己成了老人家，他无声地笑了，鬼使神差想起多年不见的臧建国臧哥，真是恍如隔世。

他想念臧建国臧哥，坚决认为如今没有那样充满人格魅力的人了。

穿戴整齐，信步走出游泳馆。一个身披黑呢大衣的男子迎上前来，摆手挡住道路。他抬头打量着这张面孔，认出是外埠口音的老头子。

刘橙子，把你家住址再给我说一遍。外埠口音的老头子语气平缓，手里拿着碳素笔。

他毫无思想准备，怔住了，不由得想起青春期"约架"的场景。此情此景再现峥嵘岁月，只是当年满嘴黑话的"愣头青"换成外埠口音的老头子。

穿越了——他情不自禁进入"约架"状态说，您听清楚了，我叫刘橙不叫刘橙子，你把子字给我去掉。说着下意识握紧拳头，一股荒疏已久的蛮力猛然充满全身，毫不示弱再次报出自家住址。

外埠口音的老头子右手握住碳素笔，一笔一画把他家住址写进左手掌心，然后满意地点点头，笑着说这样就好办了。

他没有询问对方什么，这同样出自历史遗留的习惯，当年街头约架只询问哪所学校，你是育红学校的，我是八一中学的，绝不打听家庭住址，学生斗殴跟家庭毫无关系。

他习惯说出当年约架的术语"我等你定时间地点呢"。对方没再说什么。他扭身去找"飞鸽"。

还是忍不住回头瞥了瞥，愈发觉得老家伙身披黑呢大衣颇有几分风度，看着比泳池里体面多了。他觉得这人既难以概括又难以抽象，几乎溢出自己的人生经验之外，看不出是何来路。

依然精神抖擞跨上自行车，蹬出两个路口再次寻思起来。这老家伙真是要约架吗？这令他的思绪重返中学时代，再次想起已经沉进记忆深处的场景——挥起铸铁扳手给警备区副司令的儿子脑袋开了瓢。那时他是臧建国臧哥的追随者。

身后有人喊叫"橙子！橙子！"他以为路边水果摊贩叫卖，没有回头。这时那喊声响彻大街，他只得刹住车子停下。

一辆煎饼车推过来，推车的女人呼呼喘气说，你聋啦叫你八百声都听不见！你老年痴呆了吧橙子？

从前工友们确实叫他"橙子"。听这声音应当是大屁股刘金兰。

咱们国家放开二胎，你怎么不再生一个？他迎头开起玩笑，抢占话语先机。

你说得万分正确，可惜我子宫下岗，就让我儿媳妇生吧。刘金兰说话双手叉腰，可惜她的腰围超过胯骨双手很难叉住，不停地下滑呈现垂手状，适得其反地从强势化作谦逊。

他仔细端详刘金兰。俗话说女人四十豆腐渣，何况她五十拐弯儿，却残存着明媚的目光和红润的嘴唇，当然还有满脸汗珠，把她装饰得亮晶晶的。

你爷们儿还在家躺着呢？他关心植物人胜过关心前女友，推着自行车问道。

他去年冬天走的。刘金兰并无悲伤地说，他走就走吧，常年躺着也是受罪。你家杨子挺好吧？

工厂里叫杨云霞"杨子"，听起来令人怀旧。他下意识压低声调说杨子挺好的。刘金兰笑了问道，你跟我说话怎么鬼鬼祟祟的？心里有乱搞男女关系的想法吧！

他被说得满脸尴尬，连忙解释六旬老汉还能有什么想法。

你显年轻呐！看面相顶多五十出头儿。刘金兰乘胜追击说，人家七旬老汉花十块钱买塑料婚戒，明目张胆在公园里搞婚外恋呢。

他为摆脱被动，只得四敞大开地说，我老汉是个好老汉，就是我枪里没子弹。

这两句顺口溜果然奏效，面对枪和子弹的敏感词语，刘金兰收敛起来，主动转移话题说起工厂出卖地皮的真相，混蛋厂长郗长林被抓了。

他想起郗长林曾是宣传科长，后来停止写诗改行钻研企业管理爬上高位，终于戴上纯钢手镯。

刘金兰告诉他，白天推车卖煎饼馃子，晚晌去唱样板戏，自己争取跟随全国人民共同奔向小康。

听到煎饼馃子，他猛地想起长寿面，立即告辞骑车去市场买面条。刘金兰冲着背影念叨说，这人五迷三道的，这话没说完就逃窜了。

市场里面食店门前排队，一个小伙子挤到前边掏钱就买。他凑过去拍了拍加塞者后背，小声说你年纪轻轻怎么不懂得遵守规矩。

小伙子回头说，我有急事我要先买。他迅疾出手抓住小伙子领口说，你爸爸死了你买东西也要排队！

老东西！你不要动手嘛……小伙子挣扎着，准备还手了。

他毕竟锻工出身，一只大手好像铁钳紧紧锁住对方领口，另一只手抓住对方裤带，猛然发力向上提起。

小伙子被拎得竖起脚尖，好像练功的芭蕾舞学员。这时他感觉对方身子渐渐松软，便残忍地笑了。

宝贝儿，你妈妈身体还好吧？他松开锻工打铁的大手，使劲往外推揉说，今儿你爸爸不在家，我是替他教育你呢！

小伙子脸色煞白，并不敢抬头对视，扭身跑了。

旁边的老奶奶小声忠告说，这位大兄弟，如今不要多管闲事，你要是遇到个厉害的主儿，能把你气成脑出血。

好哇，我这等着厉害的主儿呢！他大义凛然地说着，环视四周好像寻找着对手。可惜没人应声。他不认为自己被孤立，而是感觉特别孤独，再次想起青春期的榜样臧建国臧哥。

面食店摊主大声招呼他买面条，问他是不是当过特种兵。

他冷淡地笑着说，国有资产流失工厂没了，我给私企老板当过雇佣兵，后来资本家卸磨杀驴了。

摊主得知他是退休工人，出于同情多给了几根面条，说去年我们自发成立进城务工者协会，果然没人敢欺负外乡人了。你们工薪阶层一盘散沙，永远成不了混凝土。

什么一盘散沙？我一粒沙子就能硌掉他们满口牙！

他情绪败坏地走出市场，大太阳当头照耀。他手里托着面条好似托着炸药包的民间版董存瑞，大步走回家去。

过生日反而坏了情绪，甚至差点动手打架，这可不是吉兆。好在他不信"气场"啊"时辰"啊这类说法，本身属于唯物主义者，也就无碍大局了。

放松表情走进家门把面条放到厨房里。杨云霞问他游泳包呢？他这才想起游泳包放在车筐里，自行车忘在市场里。

你过生日丢东西，不怕丢了好运啊。妻子很有封建迷信色彩地说，我可不愿意跟着你犯晦气不吉利。

我去把自行车骑回来就是了。他认为妻子小题大做，凡事都上纲到不该上纲的高度，那高度别人想上吊都够不着。

匆匆走出家门，小区里遇到物业公司经理董超。这座小区百分之八十的家庭属于"还迁户"，董超那种富人瞧不起穷人的心理特别明显，走路见人高扬脸不搭腔。

唯独遇见他是例外，几次当面夸赞"刘师傅浑身正能量，永葆工人阶级本色"。

董超主动打招呼问刘师傅去做什么。他说自行车丢了。物业经理说他的雪铁龙尾灯昨天给人砸了。

工人阶级有力量，没人敢偷您，自行车保管丢不了。

他记得《水浒传》里押送林冲刺配沧州的衙役一个是薛霸，另一个就叫董超。无论大宋王朝的黑心衙役还是中华人民共和国的物业经理，他统统没有好感，便不再搭话快步走了。

董超原地不动大声说，您走路姿态完全不像六十岁的社保老人。

他知道当今社会瞧不起工人，听到甜言蜜语必须保持头脑清醒，而且凡事要往坏处想。我不像六十岁的？这家伙是说我虚报年龄骗取社保退休金吧。

走进市场找到自行车，车筐里游泳包没了。他初步核算财物损失：泳镜三十元，泳帽二十元，泳裤四十五元，耳塞五元，浴巾十元……丢就丢吧，旧的不去，新的不来。

他推起老飞鸽自行车，一段荒疏已久的句子从记忆深处冒了出来：我们不但善于破坏一个旧世界，我们还将善于建设一个新世界。

这句话是谁说的……马克思还是恩格斯？列宁还是斯大林？听这语气应当是毛泽东。只有他老人家指点江山挥斥方遒，气魄宏大无人匹敌。

他走进家门径直来到厨房。黑心开发商给"回迁楼"设计的房型极不人道，厨房狭小容不下两个胖子，好在夫妻俩均为瘦子，足以避免身体发生摩擦，彼此秋毫无犯。

长寿面，素卤，菜码是豆芽菜和黄瓜丝……饭菜香气大大咧咧地散开来，给两口之家平添几分温馨。

杨云霞忙碌着，她并未明显发福的腰肢系着蓝布围裙，依然勒出肉质沟壑。煮面的热气侵来，她轻轻咳了咳。

他凝视着妻子厚实的背影，突然间喉头发紧眼眶泛酸。

老夫老妻将近四十年，从蜗居九平方米小屋，到如今两室一厅的楼房；从工资三十五元五角，到如今社保养老金每人三千八；从工厂"放羊"双双下岗，到如今温饱无虞有病吃药；从当年领导阶级到如今草根阶层……不知什么缘故，他突然品尝到多年不曾伤感的滋味，有些小激动。

扭脸看到冰箱门上新贴了"小字报"，他的感伤情绪随即云消雾散，一步跌进"论战状态"。

这个奇葩家庭极具特色，夫妻产生矛盾绝不吵嘴，双方以小字报形式展开辩论。厨房狭窄墙壁占满，没地方写大字，小字报应运而生贴在冰箱门上。新生活的冰箱与老年代的小字报，形成混搭。

他凑近冰箱眯起眼睛阅读刚刚出笼的小字报，看清标题"丢自行车是现象，不负责任才是本质"。

他笑了，杨云霞这"两笔抹儿"写得比过去好看多了。莫非她偷偷去老年书法班描过红模子？

他使劲咳了两声，冲她背影说自行车没丢骑回来了。她侧身伸手哗地揭下小字报，随即捏成纸团投进厨房的垃圾篓里，表示取消了这场论战。

杨云霞转过身来，说了声祝你生日快乐。她两侧太阳穴位置贴着黄瓜片，这是中国最省钱的美容方法。

他不合时宜地补充说，只是车筐里的游泳包丢了。

一会儿"今日说法"开始了。她提醒着丈夫，初步露出争做贤妻的端倪。

他退回客厅落座，手持遥控器打开电视机，调到央视综合频道，迎面播出高档白酒广告，再次激活记忆程序。

十几年前几个兄弟请臧建国臧哥吃饭，喝的就是这种广告酒，那时还没有这么贵，挺大众化的。光阴似箭，不是酒贵了是喝酒的人贬值了，只有臧建国臧哥的形象永远高大。

长寿面的素卤居然是茄子做的，这真是新生事物。杨云霞不以为然地说，茄子切丁，下油翻炒，烹制佐料，温水放汤，大火勾芡，得活。

你上老年大学啦？他觉得妻子变化很大，字写得好看了，菜也有款式了，于是仔细打量着糟糠。

她端来浇了素卤加了菜码的长寿面，并不看他。不知为什么他有些心动——已经好多年分屋睡了。

她仍然不看他，递过筷子扭身回了厨房。他望着她的背影，认为她年轻时比刘金兰白净苗条，老了仍占优势不落下风。这样想着，他端起大碗吃了起来。

"今日说法"中午12点37分播出，这时他吃光大碗面，大声冲厨房说老伴儿味道不错！

厨房里随即传来更正之声说，是茄子素卤面味道不错。

他揣测她上了老年大学，说话讲究语法逻辑修辞了。

总算盼得"今日说法"来了，他乌龟瞪蛋般盯着电视屏幕，小声念叨说，人民法院判这恶霸村长死刑，就算你们送我个生日礼物。

还是昨天的男主持人,他简明扼要回顾了昨天播出的案情,这时字幕打出恶霸村长刘丛(化名)。他知道这是法治节目惯例,保护隐私不用真名。

他还是不高兴了,大声冲厨房里说,他妈的,怎么天底下坏蛋总姓刘呢?

厨房里传出不同观点说,你们姓刘的也有好人,宁死不屈的刘胡兰,跟地主分子斗争的刘文学,勇拦惊马的解放军战士刘英俊,还有《三国演义》的刘备,打败项羽的刘邦,能掐会算的刘伯温,清朝宰相刘罗锅,当然也有冤死的刘少奇……

他坚决认为妻子进了老年大学,以前她没有这么多知识,张口说话也没有这么流利。

这时主持人请法学教授分析犯罪动机。教授的声音配着电视镜头对准法院案件卷宗封面,一扫而过。

他呼地起身放声喊叫,我看清档案袋啦!这恶霸村长真名叫刘忠翰……

杨云霞跑出厨房,望着五官挪位的丈夫。刘橙啊你别激动好吗?这个刘忠翰肯定不是原先咱厂保卫科长。

我操他妈的,怪不得名字这样熟悉呢!敢情跟那保卫科长同名同姓。他搓手跺脚深呼吸。弄得杨云霞不知丈夫是吃了长寿面还是吃了耗子药。

这时"今日说法"尾声了,依照惯例插播了广告。他气得伸手指着电视机说,为什么没提判不判他死刑?你"今日说法"这算怎么档子事呢!

他拍着大腿说,我得给中央电视台打电话,他们这样办节目不行!必须给我们广大群众说清楚……

今天是你六十大寿,咱别给自己添堵好不好?我给你盛碗面汤喝吧,原汤化原食。

今儿我过生日,这中央电视台给我添堵!他狠狠坐进沙发椅。稀里哗啦沙发椅垮架了,毫不客气地把他放倒了。

老态龙钟的沙发椅颇有几分来历。当年父亲是炼钢厂老工人,组织上清理库存查抄物资,父亲抓阄儿得到这把沙发椅,花八分钱买回家,成为全家最贵重的家具。父亲每每坐在沙发椅里,工人阶级的荣耀感就油然而生。

父亲去世,他继承遗物,升任这把沙发椅的主人。有行家认出这把沙发椅原产意大利,肯定出自名门。他每每坐在沙发椅里,想象它曾经属于大资本家的小客厅,浑身充满当家做主的自豪感。随着沙发面料老化,他拆掉深绿色平绒,更换为紫红色灯芯绒,形象全新。他愈发充满主人公精神。

后来落实政策退赔查抄物资,却没人索回这把沙发椅。他推测故主已然远去,心情有些小复杂。

今天六十大寿,他坐垮了父亲的遗产,心情有些太复杂,索性躺地不起,目光直勾勾望着屋顶,满脑子问号。

杨云霞从厨房里跑来,猫腰伸手拉起他,说你不是公务员医保不封顶,退休工人摔断胯骨轴咱家治不起。

他妈的,敢情天底下坏人都叫刘忠翰……他故意岔开跟沙发椅有关的话题,痛骂当年工厂保卫科长以转移妻子视线。

他呼地翻身坐起,这身手确实不像六旬老汉。

"今日说法"里的恶霸村长刘忠翰被送进监狱,当年工厂保卫科长刘忠翰从历史废墟里爬出来,活灵活现站立面前。

他恍惚产生幻觉,气咻咻地望着对方说,你不拿出判我警告处分的物证,我他妈的就废了你!别以为我像当年那样软弱可欺……

杨云霞瞪大眼睛轻声试探道,你没吃错药吧?

与人奋斗,其乐无穷。他认为这句话很接地气,便坦然对妻子说,不知道刘忠翰那混账是不是还活着?

妻子不明就里答道,前些天我看见他在超市买东西呢。

他突然爆发了。你为什么不告诉我!这事儿值得保密吗?你究竟站在谁的立场上!

你看这生日过的,就跟吃了枪药似的。她说着转身退回厨房,好像躲进防空洞。

杨云霞知道丈夫患有记忆性歇斯底里症,一触即发惹不得。这几年她有了成套的战术打法,丈夫狂躁时她避其锋芒,出门下楼去买彩票或去超市抢购打折商品。丈夫平稳时她就贴出小字报,开展大辩论。

果然,丈夫情绪平稳了,哼唱起歌曲"红太阳照亮了井冈山,武装起工农千百万,伟大的领袖毛主席,历史的关头指航向……"

刘橙同志这是要上山打游击啦。杨云霞在厨房里嘟哝着。

丈夫分明找到了人生的奋斗方向,他走进厨房兴致高涨地说,真没想到会是这样!感谢中央电视台让我生活充实起来。

之后他站在她身后问道,当时你跟刘忠翰搭话没有?

你让我跟他搭话?她扭身打量着丈夫说,人家可阔气呢,装满了超市小推车,排队结账还抱怨中国超市比美国差远了。我手里只拿着两袋打折的牛奶,哪儿好意思近前啊。

不过,他还是尖嘴猴腮五短身材的样子……她补充说,他身边那女人显得年轻,不知是妻子还是女儿。

这肯定是他的小三!他情绪再次爆发说,这就好办啦!我先抓住他婚外恋的物证,让他永世不得翻身!然后再让他给我平反昭雪。

杨云霞笑了,咱们工厂都没了,你找谁平反昭雪去!哎晚饭还接着吃面条吧?我做西红柿鸡蛋卤……

他不睬西红柿鸡蛋卤,上前拉住她手说,你要是再遇见那家伙,一定不要打草惊蛇,躲到暗处打电话给我。假使你没带手机就悄悄跟踪他,只要掌握了住处就齐了。

好多年没给他拉过手,她有些不适应,使劲抽回手说,人家安徽小岗村都恢复农业合作社了,你就不要再算那笔旧账了。

旧账?我正想穿越回去呢。他说着甩掉塑料拖鞋蹬上山寨版耐克鞋,找来麻绳捆好散架的沙发椅残骸,扛着走出家门下楼去。

她追到楼梯口叮嘱说,你一把老骨头了,不要动不动就跟别人叫板,让人家说坏人变老了……

下楼可巧遇到蹬三轮车收废品的,他问收这堆东西给多少钱?收废品的讥笑说你要给我钱的,说罢蹬车走了。

他妈的,父亲的遗产就连收废品的都不要,这真是换了人间。他索性把沙发椅的尸体扔在垃圾筒旁边,鼻子泛酸。

他定定地站着,凭吊着父亲的遗产,心头五味俱全。这些年搬了几次家都没舍得扔掉这把沙发椅。它原本属于剥削阶级的财产被革命群众查抄而来,然后以福利待遇的名义贱卖给炼钢工人,今天就算是无疾而终吧。

想起远在天堂的父亲,他说了声请您不要怪罪我,突然发现破旧沙发的弹簧系着小块白绸,微风里飘荡着好像活物。

他蹲身从弹簧里解下这小块白绸,发现写有字迹。

"尽管被剥去漫天阳光,我仍然属于夜晚星辰。"

这蝇头小楷写下的诗句,年代久远墨色褪去,依旧持续诉说着无名者的心曲。他竭力想象留下墨迹者的形象,是男是女,是老是少?完全想象不出。他知道留下墨迹者属于另外陌生的世界,跟自己永不搭界。

他有些难以自洽,下意识握紧拳头,无意间攥碎几乎风化的小块白绸。他居然感觉到解脱了,甩着双手走了。

他理清思路寻找刘忠翰的有关线索,再度鼓起奋斗目标,心情随之好转。

一步三摇走上大街，雄赳赳气昂昂的派头。年轻时浓眉大眼，如今眉毛略有稀疏，眼角稍显耷拉，浑身劲头儿绝对不像六旬老汉，看背影是个小伙子。

他迅速确立寻人思路。可以去婚介所查询，如果刘忠翰单身相亲，就会在婚介所登记，这是线索一。

线索二则是房地产中介店，假若这家伙买房或者卖房，定然留下联系方式。

线索三呢？可以去派出所打听，就说寻找失散多年的老战友，做梦都想重逢叙旧……

心中拥有这三条线索，他得意地笑出来，吓得大街旁等公交车的人纷纷闪躲，唯恐撞上大麻烦。

我怎么成了瘟神呢，他有些生气，突然放声喊道，车来了不许抢乘！也不许拿老年卡冒充！你们都给我排好队等车！

公交站旁边卖报纸的妇女说，我在这儿好几年，总算来了个主持正义的人物。

他受到老年妇女的表扬并不自满，恢复正常语调说，维护社会秩序，人人有责。

卖报纸的妇女指着摊车里的报纸说，这上面报道有专门忽悠老年人理财的团伙，说是吸纳资金振兴东北老工业基地，还有报道东郊区老爷子见义勇为追盗贼，一刀就被坏人扎死了……

老爷子死得光荣！一定判那坏人死刑，不枪毙，砍头！

您要退回大清国啊，祖上旗人吧？卖报纸的妇女很吃惊。

911路公交车来了，人们蜂拥而上挤成一锅肉粥。看到自己毫无威慑力，他转而对卖报纸的妇女说，这就叫自由化，必须采取有力措施！

她连连点头，表示赞同。他喜逢知音，便问她每月退休金情况。她突然不高兴了，说咱们中国人就认钱，人家美国人从来不打听别人收入多少。

您跟这儿卖报纸还知道美国事情,胸怀全球放眼世界呢。

嘿嘿,算你有眼光!我儿子留在哈佛大学实验室给教授当助理,十年没回来了。

他显然受到冲击,暗自寻思着。她儿子在美国当助教,她在中国卖报纸,这宝贝儿子真不孝顺,一定是跟美国人学坏了……

她好像看透了他的心思,略显得意地说,我现在不炒股了,三天两头做逆回购,还买理财产品赚收益,上半年有个"以房养老"的保险,我听了吴总的演讲,太让我放心了,抵押房产投了保,以后每月还给投保人发薪水,这下子我养老有了保障……

他听不懂这些门道,信步走进路边"连万家"房地产中介店,迎面墙壁贴着"严防金融电信诈骗"的标语。他笑了,不知这是提醒买房的还是卖房的。

他响声说找经理。几个小伙子同时站起说我们都是部门经理。他觉得踩上连环地雷,连忙改嘴说找总经理。一个部门经理抢先回答说总经理常驻深圳。

他不高兴了,说了句"他怎么不常驻中南海呢",转身返回大街上。他脾气不稳定,大海潮起潮落尚有规律,人却没准头。

一个部门经理追出门来,问他想卖房还是买房。他想趁机评估房价,说出住家小区和楼层面积。

这部门经理褪尽笑容,说您这是回迁房没有多少行情,干脆安居这辈子别动了。

他意识到遇见势利眼准备反击,对方退回店里了。

他妈的,这群小崽子不知锅是铁打的,迟早会吃大亏。

一街之隔,银行门前白发老者手舞足蹈,不知控诉谁呢。人老了容易上当受骗,难怪连电视台都提示严防金融诈骗,已然全民皆兵。

他正要去婚介所寻找刘忠翰的线索，手机响了。他从来不接陌生号码的电话，看到来电显示"家里的"，放心接了。

电话里杨云霞说有人来家找他，一个个西服革履的样子。他估计这是报社记者采访，果断挂掉电话往家里走。

他经常给《老年周报》热线打电话，反映各式各样的社会问题：要求电报大楼大钟恢复整点报时，给半身不遂老年患者免费发放电子手杖，全面杜绝使用"屌丝""逼格"之类脏词脏话，社情民意不能报喜不报忧……已经引起有关方面关注。

山寨版耐克鞋有些夹脚，他仍然加快步伐，不愿让人家记者久等。看见有辆黑色越野车停在楼下，两个身穿藏蓝色西装的小伙子，看着好像双胞胎。

你是刘橙先生吧？两个小伙子迎上前来，当面核对身份。

他仔细端详对方说，敢情真是双胞胎，你俩好像不是报社的？

我们不是记者，公司派车接您去喝茶，快请上车吧。

物业公司经理董超赶过来，满脸奉承地说，这开着大奔来接您，人家还派了俩保镖，刘师傅您真有身份啊。

他被董超捧得高高的，反而不便询问对方来自何方，只能拉开架子上车了。

他当然知道贵宾不能坐副驾驶位置，便大摇大摆坐进后排，随即被两个保镖夹在中间，两边挤得很紧。

想起港台黑帮电影，他猛然意识到自己可能被劫持了，用力扩展双肘询问对方身份说，明人不做暗事，你们到底哪儿来的？

一瞬间双臂便被挤得更紧，动弹不得。

我没得罪黑社会，看来这是摊上事儿了。不由得想起当年两派街头武斗，亲眼看见臧建国臧哥只身冲进"红代会"阵地的壮举。尽管那时自己属于小字辈，还是跟着投了石块。如今老了，也不能服软认怂，一股英雄气概腾地燃起，他哈哈大笑。

一人难敌四拳。你们马上给我停车，一对一过招，老子谁都不怕。

谁跟您过招啊！您以为我们是美国海豹突击队？我们公司请您喝茶，正宗福建大红袍呢。

他的人生格言是：没事不惹事，遇事不怕事。既然如此，他闭目养神，不言语了。

司机竟然放了个响屁。他猛地扯开嗓门吼道，你放毒气弹呢，给我打开车窗！

他突发的歇斯底里震慑了全车，身旁保镖请求司机放下前窗玻璃，低声说这老家伙不好惹。

这改革开放年代，还有在车里放屁熏人的？你什么玩意儿，还喝大红袍呢，你们公司什么素质！

放过响屁的司机不卑不亢地答道，我做过废品回收公司，没素质，有荤质。

我看你就是个废品，还是先把自己回收了吧。既然震慑了全车，他身心通泰，说话愈发随便。

司机好像被他骂舒服了，呵呵笑着不再说话。他暗暗寻思着，央视"今日说法"里杀人案不少，我要是死在他们手里，临死肯定要拉个垫背的陪着。

想到这里心情悲壮起来，我刘橙没儿没女没牵挂，改革开放让我掉落社会底层，再活着也没多大意思。即使死了也要学臧建国臧哥的榜样，临危不惧威武不屈。

汽车驶到郊区，拐进小路开进一座大院子。他看到这座大院门楼铁艺横匾四个鎏金大字：年代之家。

汽车驶进大院里，四处栽满松柏，使人想起烈士陵园。他觉得此地不显山不露水，要么是装阔，要么是真穷；要么是装穷，要么是真阔。

左右两个保镖下车,抢着去给司机拉车门。眼看仆人成了主子,他觉得好生奇怪,伸腿下了车。俩保镖闪到旁边,司机迎上前来。

这一路听您老人家慷慨陈词,就证明我爹没看错人,请吧客厅里喝茶。司机的确反仆为主,讲着一口普通话,引他走向大院深处。

这座大院套着小院,小院好像大院的私生子,就跟没户口似的,隐藏着不被察觉。

小院庭前身穿华服的老汉笑脸迎候,挥手打着招呼。他定睛细看,正是游泳池里外埠口音的老头子。

您老人家请我来,是立马动手呢还是养喂肥再宰?

外埠口音的老头子笑了,说先养着不宰做研究标本。

好啊,您把我泡福尔马林药水里,做成标本千年不腐。

小客厅里落座。他环视四周陈设,判断这是土豪之家。如今土豪这词儿流行,反而不提劣绅了。

貌似司机的男子介绍说,我是全天候循环再生公司董事长,外号废品大帝。这老爷子是我爹。你们喝茶聊天,我还要接待区委项书记。

平和氛围笼罩客厅。看来是要喝茶,他心理发生骤变,想起路上临危不惧的表现,对自己感到满意。

外埠口音的老头子开门见山地说,我叫柳宗汉,柳宗元的柳,柳宗元的宗,汉武帝的汉。

您要是不用普通话说这仨字儿,我以为您也叫刘忠翰呢。

刘忠翰是什么人?对方好奇地问道。

坏人呗。我不知这家伙死了还是活着。他迅速转换话题谈到两人游泳馆的冲突。

老柳啊,不要以为我来到你的主场,就不敢坚持真理,你洗澡浪费水还不认错,这叫倚老卖老!要不是看你上了年纪,我当时会动手的……

柳宗汉不急不躁地说,你年纪也不小了,怎么还这么爱打架呢?

他不愿磨叽,说与人斗其乐无穷,这斗自然包括文斗和武斗,肯定没有红豆绿豆和黄豆。

柳宗汉哈哈大笑说,那天游泳馆我真没看错,你果然是个典型人物。我是五〇年的,肯定比你大几岁吧?我多年准备写"中国五〇后"这本书,那就先拿你采样研究喽。

中国五〇后有什么值得研究的?如今不就是按月领取退休金嘛。这群人再过二十年基本死绝了。

嘿嘿,我只是退而不休做些事情,主要研究中国五〇后现象,给咱们后代留下具有历史文化价值的遗产。

外埠口音的土老帽儿,猛然间变成社会学者,而且改用普通话,他不知如何应对,哑了口。

一个身穿旗袍的女士款款走进客厅,端坐案前操持功夫茶了。

柳宗汉主动介绍说,这位女士也是五〇后,当年大串联去过井冈山、韶山、西柏坡。后来上山下乡去延安插队了。

他惊诧地望着旗袍女士说,看外表您四十多岁嘛。

我五三年属蛇。她仪态端庄递过茶盏说,我们克服消极情绪,永葆革命青春。

眼看女士身穿改革开放的旗袍,嘴里却讲着革命年代的话语,他感觉被扔进时空隧道,瞬间抵达这个似是而非的地方,令人时空错乱。尽管错乱了,他还是喜欢这位五三年属蛇的女士,论年龄她肯定是姐姐。

请问您贵姓?张口想起北京话"套瓷",他随即后悔,暗暗谴责自己,我这是学年轻人搭伴儿呢。

当年中学时代大街上搭讪女生,俗称"拍婆子"。没想到青春期病毒此时发作,这是典型的为老不尊。

然而旗袍女士并不介意,轻声轻语说名叫向阳。

向阳?从前有首歌曲叫"社员都是向阳花"。这火红年代的名字再次使他激情燃烧，于是正襟危坐对柳宗汉说，您为什么选我做研究标本呢？

柳宗汉胸有成竹地说，我要寻找典型环境中的典型人物，可巧游泳馆里遇到你，一个非常典型的五〇后男士。

不知不觉间，柳宗汉说话在外埠口音与普通话之间转换着，往返自如。

咱们五〇后深受"斗争哲学"影响，可以说是喝狼奶长大的，或多或少有股子街头暴力的气息，如今老掉牙了，仍然属于凶猛动物，成为当今和谐社会的珍稀物种。

身穿旗袍的向阳女士接过柳宗汉的话题说，柳老是有识之士，他决心抢在咱们老去之前，抓紧研究五〇后文化现象，通过大量问卷调查与个案实例分析，潜心写出学术专著，争取早日自费出版。

柳宗汉被夸奖得有些自得，竟然颇有几分孩子气地说，当年我去过缅甸，还在泰北见过马共总书记陈明呢……

名叫刘橙的五〇后暗暗服气，这位柳老要么高干子弟要么书香门第，绝非土豪劣绅之流。

柳老想让你写个自传，就是谈自己经历，粗线条两万字即可，作为五〇后个案研究。我们做事只争朝夕，所以希望越快交稿越好……向阳女士说话干练，业务素质很高。

他判断向阳是柳宗汉的女秘书，就冲她点头应允。柳宗汉颔首示意，向阳从红木匣里拿出牛皮纸信封，屈身递过来说这是预付稿费。

他慌忙起身摆手拒绝，说拿自己履历卖钱不合适的。

那就先留下吃晚饭，咱们看谁酒量大就听谁的。柳宗汉派向阳安排晚餐，转而向他解释说，我那天故意浪费洗澡水，果然激起你的血性，当然也叫社会责任感。

他完全松弛下来说，从小佩戴红领巾接受节约用水的教育，这思想根深蒂固了。

你说根深蒂固这四个字,我认为特别重要。此时柳宗汉完全改讲普通话,一派老年学者的风度。

你儿子开车接我来这里,他不会只做废品生意吧?

他是我的义子吴明隆。我亲儿子在美国当律师呢。柳宗汉引领他走出客厅指着偌大的院落说,这地方很像人民公社机关大院,令人想起上山下乡的知青岁月。

我插队落户不到半年"四人帮"就倒了,两年后选调回城进厂上班,四十岁下岗,四十五岁买断工龄,五十五岁退休。今天以为遭到黑道劫持,没曾想来到你们和谐社会。

好得很!你的自传从中学时代写起,一直写到今天就行。柳宗汉展望事业前景说,我们建立"年代博物馆",第一展厅取名"与共和国同龄",专项展出与1949年有关的内容,比如当年出生的人,还有当年发生的事。

向阳女士补充说,我们已经团结了近千名共和国同龄人,按中国生肖都属牛呢。

柳宗汉有些激动地说,牛象征着勤恳与奉献,我们要激发共和国同龄人的拓荒精神,老骥伏枥为改革开放再做贡献。

向阳女士陪他走进"年代博物馆"的"与共和国同龄"展厅,一下被震撼了。迎面展板密密麻麻的签名,这是多少1949年出生的"牛"在这里集结,共同高歌"我是共和国同龄人"。

他由衷地赞叹道,你们功德无量,你们确实功德无量。

向阳女士很像晚会节目主持人说,我们筹建的第二展厅取名"光荣五〇后",这也是柳宗汉先生重点研究的社会课题。

"与共和国同龄"的展厅,设有"拓荒牛事迹"专栏,介绍十八位属牛的知识青年,有的当年成了革命烈士。他被感动了,向"拓荒牛"

群像鞠躬,说他们代表着青春无悔的年代,不应当被后人忘记。

之后,他跟随向阳女士来到小餐厅。窗明几净,一张圆桌四把椅子,小环境清静安稳,毫无浮躁之气。

小餐厅四白落地的墙壁,一幅"牧羊图"水墨画,青草茵茵,蓝天白云。从顽强不屈的拓荒牛到温和顺从的羊群,他的心情还没转过弯来。柳宗汉跟他握了握手,好像要重新认识似的。

向阳女士仪态万方地说,晚餐先上忆苦饭吧,这是我们年代之家的特色。

忆苦饭?这是个尘封多年的词语,他颇有恍若隔世之感,扭脸望着柳宗汉。

忆往昔峥嵘岁月稠,看今朝感慨时光短。咱们共同做些有益社会的事情,今日以此共勉吧。柳宗汉说着,让义子吴明隆抱来一坛老酒。吴明隆笑着说八项规定区委项书记不敢喝酒,我只好抱回来了。

向阳女士介绍说,这是江西的冬酒,当年周恩来从庐山下来,江西省委书记杨尚奎和夫人水静,就是请总理喝的这种冬酒。

呵呵,区委项书记年纪轻轻哪里懂得这些革命典故。柳宗汉指挥大家落座,叫上来"忆苦饭"。

豆腐渣、麦麸、玉米面做成的菜团子端上桌来。一人一个捧在手里。他知道这东西放凉难以下咽,趁热就吃。

野菜馅里调了麻油,原汁原味大减。他笑着说这忆苦饭成了绿色健康食品。

柳宗汉抓住要点说,刘橙你说得好,所以我要抓紧时间搜集五〇后的原始资料,一掺佐料就变了味道。

向阳女士打开老酒坛子,一人一碗。人是三个"五〇后"外加义子吴明隆,四位。碗是一穷二白时代的粗瓷大碗。

柳氏义子得意地说,这大碗是我专程到北京潘家园市场淘来的,这类东西被称为新古董,如今也很有行情呢。

向阳女士取出裹着两枚毛泽东像章的素白手帕说,改革开放社会巨变,革命年代的物件成了古董。这是我在沈阳道市场花了两百块钱买的。

他忍不住更正道,您应当说捐了两百块钱请的。

您说得对,捐了两百块钱请的。向阳女士红了脸,显得更年轻了。

柳宗汉高声表示肯定说,人无怀旧之心,谈何创新之胆!这酒是防老剂,诸位开怀畅饮吧。

很久没见这种粗瓷大碗,他受到感染端起老酒,先敬柳宗汉先生,之后再敬向阳女士,没等他端起第三碗,吴明隆端碗敬酒说,我祝三位五〇后身体康健永葆青春痴心不改!

他发现吴明隆只是嘴唇碰了碰碗沿儿,并未饮酒,顿时心里警惕起来。柳氏义子似乎通晓读心术,满脸微笑解释说开车不能喝酒。这让他感到对方有些素质,不单单是个收废品的。

柳宗汉一饮而尽说,放心喝吧这酒没毒。向阳女士随即喝了。他哈哈笑了说,这就像李自成跟张献忠喝酒似的。

几碗老酒轻松下肚,勾起内心的回忆。当年欢送臧建国臧哥去西双版纳插队落户,火车站前小广场开怀痛饮醉得东倒西歪,大家簇拥着臧建国臧哥进站。无论工宣队还是铁路警察,没人敢管这群充满青春暴力的小伙子。毕竟臧建国臧哥具有学生领袖的气质,依然不忘叮嘱留城的弟兄们不要跟官方作对,共产党江山万年牢。

他牢牢记住臧建国臧哥说的话。一筐苹果还能没有几个烂的?尽管保卫科长刘忠翰、宣传科长郗长林都是浑蛋王八蛋,这些败类毕竟属于少数分子。

记不清喝了几坛子老酒,他从"年代之家"大醉而归,被柳氏义子吴明隆开车送回,然后向阳女士扶他下车,之后大脑记忆就断片,没了镜头影像……

第二天下午醒来,他睁眼就说胃疼。杨云霞递来温水说,你胃疼?我逼疼!你进家就跟强奸犯似的,一把给我摁到床上,硬是往里顶!还口口声声说咱俩都是五〇后。你多年抗税不交公粮,昨晚从哪儿来的本钱?

他一声不吭地听着,对她控诉的案情毫无印象。这真是酒后办实事,夫妻多年停止性生活,昨晚竟然扛枪上阵了。

他悄然思索这突然爆发的房事,可能跟遇见向阳女士有关吧,自己内心毕竟受到新鲜异性的刺激,色心复活了。

妻子要求他对昨晚突发性欲做出解释。他慢条斯理地说,五〇后要克服船到码头车到站的消极思想,继续革命嘛。

夫妻干事儿跟五〇后有什么关系?你老不正经的!她稍显温柔地给他买药去了。

安静地回忆那几坛老酒,人物影影绰绰,场景恍恍惚惚,他甚至怀疑这是大梦方醒。可是想起昨晚车里醉得歪倒在向阳女士怀里,便觉得真实了。

认识向阳不到二十四小时,他对外部世界的泛敌情绪便有所减退,内心生出几丝暖意。中断性生活多年,昨晚进家就跟老婆做爱,这叫酒精唤醒初心吗?明明柳宗汉是酒局主角,反而对向阳女士印象深刻,这是五〇后男人的贼心吧。

他自问不能自答,胃疼加剧。他苦笑了,这是对五〇后男人贼心的惩罚。

妻子买药回来,说药店不能刷医保卡,三盒药自费一百二十多块钱。

云霞啊,从明天起你帮我回忆往事吧,反正咱俩都是五〇后,生在新中国,长在红旗下,有着共同的记忆。他说着服了药,渐渐感觉胃疼有所缓解。

你昨晚跑哪儿喝酒去啦?张嘴闭嘴五〇后,当心撞进邪教组织给你洗脑!

你听说过柳宗汉这人吗?柳宗元的柳,柳宗元的宗,汉武帝的汉。

"焦点访谈"还是"东方时空"?杨云霞努力寻思着。

他还上不了那么高的台面。不过这老汉肯定与众不同。他说着又想起向阳,女人六十多了看着不到五十岁,她肯定也与众不同。

傍晚时分董超来了,手里拎着几斤苹果。这生疏的场景令他再度怀疑这是梦境。是啊,如今没人给无财无势的退休工人送礼呢,偏偏物业公司经理来了。他心里说太阳从东边落山了。

杨云霞受到礼品苹果的激励,兴奋地告诉董超说丈夫胃疼。董超煞有介事要送他去医院详细检查。

他笑了说,沪市深市正闹股灾,我这个股反倒逆市上扬飘红了。

董超毫不掩饰地说,您知道昨天来接您的那辆汽车值多少钱吗?两百多万呢!那家公司绝对财大气粗有背景。

礼下于人,必有所求。董经理有话明说吧。他胃疼不改性格,单刀直入。

人往高处走嘛,我只想找机会跳槽去大公司谋职……董超说着,不好意思地笑了。

你看昨天派车接我的那家算得上大公司吗?

当然!就冲那辆两百多万的大奔,人家就是大公司。董超提高声调,好像要呼喊口号。

这我心里就有数了,你把心放肚子里,只要有我说话的机会。他气宇轩昂地表了态。

董超小角度鞠躬告辞,兴高采烈地走了。

你有本事把他推荐给柳宗汉的公司?杨云霞上了心。

他不屑地望着苹果说,这事儿以后再说。我还是先写自传吧,中学时代你不要管,我工厂经历你是见证人,帮我搜罗些往事。可是,咱还提我误闯女厕所的事儿吗?

你要是不提那段往事,就没有刘忠翰制造冤假错案。哎,你写回忆录姓柳的给你多少钱?

这是社会公益事业,柳宗汉给钱我没要。操!你怎么变得见钱眼开呢?咱五〇后受中华传统教育长大,绝对不能认钱不认人。

杨云霞做出自我批评的姿态说,一文钱难倒英雄汉,以后我认人不认钱好吗?

半夜里醒了,胃还是不舒服。他揿亮台灯爬起来,拉开抽屉翻找纸笔。

这要感谢多年养成夫妻论战张贴小字报的习惯,家里纸笔充足。纸是原先企业办公用笺,抬头印着"第三机床制造厂"的红色字体。这座消亡多年的国营工厂,卖光地皮只留下这些纸张,他有些伤感。一时间,这伤感情绪激发写作热情。

好啊!我要在自传里写出厂长涂子林,这个满嘴社会责任感,满肚子私心贪欲的浑蛋,让人们知道国有资产怎样流失的。

他提笔写下自传提纲:刘橙,1956年6月30日出生,汉族,政治面目群众,在职大专学历。1973年11月升入初中 1975年高中毕业,随即上山下乡成为知识青年,1978年返城成为待业青年,1979年顶替父亲进工厂成为学徒工,三年后转正,工资三十五元五角六分……

胃疼难忍,他推开纸笔,轻声召唤睡在隔壁房间的妻子,说有坏人给胃里埋了定时炸弹。

杨云霞趿拉鞋赶过来,两只衰老的乳房摆动着,好像内衣里藏着偷来的东西。大半夜哪儿来什么坏人?四小时啦你又该吃药了。

贪官不是坏人?开赌场的不是坏人?贩卖毒品的不是坏人?骗孩子们吃黄金大米的不是坏人?黑导游黑医托黑婚介黑家教黑养老院……气死我了不说啦。

明儿赶紧去医院查胃,柳宗汉不是要重用你吗?你让他公司派车送你,你让他公司托门路给你找大夫……

你放屁!我刘橙万事不求人,再者说柳宗汉既不是党组织也不是人民政府,我凭什么向他张嘴求援。

好啊,你就先找党组织再找人民政府吧。她说着扭身去了厨房。

他颇为不满地说,这大半夜争论你又要写小字报?不发扬救死扶伤的革命人道主义精神!

什么贴小字报?暖瓶里没水了,我烧水让你吃药!

他思维跳跃问道,我挨警告处分是82年还是83年,你记得吗?

1982年4月1号贴出告示。那年头有了愚人节,所以刘金兰以为有人拿你找乐儿,那时你俩正热乎呢。

怎么我的丑恶历史你记得这么清楚,咱俩哪年哪天结婚你还记得吗?

我记得!1984年10月1号我就回到万恶旧社会了。她端来温水让丈夫吃药说,谁让昨晚你非要过性生活,人老纵欲肯定添毛病,结果胃疼了吧?

服了药,他忍痛伴寐,一点性欲都没了。这他妈的就叫透支。以前光知道暴刷银行卡透支,敢情身体同样经不住放纵。我毕竟六十岁了,今后要广积粮不能深挖洞了。

清早起床吃早点,他呼噜呼噜喝粥说胃不疼了,然后披挂整齐说去图书馆查资料,悄悄去了人民医院。他估计自己患的不是好病,以前胃疼没有这种不依不饶的感觉,就跟荡妇缠人似的。

人民医院大楼破旧,显出将被城市弃抛的可怜模样,看着令人沮丧。他挂了消化科急诊号,径直走进第八诊室,当头告诉应诊医生胃疼难忍,在家吃药不管用。

急诊大夫开了一叠单子,他收起这叠单子说,我有病你治病,该查哪项查哪项，你不要乱开单子让我花冤钱。

急诊大夫终于抬头看了看他，说二楼交费逐项检查吧。他这才看出是个满脸男相的女大夫。俗话说好男不跟女斗，他只得不吭声离开。

如今已然看不出大夫是男是女，操！这怪不得天怪不得地，只怪我老汉没性欲。他这样想着总算暗暗羞辱了冷漠待人的急诊大夫，去二楼排队交费了。

二楼大厅电子屏幕滚动播出该院专家门诊日程表，他看到"刘忠翰"，副主任医师，变态反应科，周三下午应诊。

他妈的，天底下尽叫这操蛋名字的，也真够变态的。

走出人民医院大门左拐，他感觉胃里空荡荡的难受，走近一街之隔的煎饼车说加两个鸡蛋的。摊主摘掉口罩说，刘橙你微服私访呢？装得还挺像回事儿的，你没离婚不许这样偷偷追求我。

我还真把你给忘了。他忍着胃疼问道，你打听到刘忠翰的线索了吗？这医院里有个大夫跟他同名同姓。

刘金兰戴上口罩说，这刚刚两天哪有什么线索！依我说刘忠翰就是堆臭狗屎，你顶天立地的男子汉跟这种人纠缠不清，就不怕掉价失身份？

毕竟早年处过对象，刘金兰说话掏心。刘橙啊，你穿新鞋别踩臭狗屎，就等着刘忠翰自己撞进粪筐里吧。

他听了感觉胃里舒服些了，就问她听说过柳宗汉没有？刘金兰皱眉寻思着说，好像听说过是个大人物吧。

我明儿一大早空腹检查胃镜，今天要吃得瓷瓷实实。他手捧两个蛋的煎饼馃子，大口嚼着。

明儿你查完胃镜还来我这儿吃煎饼馃子，对你永远免费。

他冲她挤了挤眼，问别的事儿免费吗？刘金兰斥责说你有色心没色胆赶快滚蛋吧。他就心满意足去公交站等车了。

公交车站告牌前聚集着几个人，不断交谈着。小桌上摞着花花绿绿的宣传单，他伸手去拿却被拦住，要求他填写个人信息。

我还不知怎么回事儿呢，你们就要我身份证号码，这年头讲究信息公开是不是？

为首者是个花白头发的男子，腰板挺直郑重介绍说，我们本周六下午召开共和国同龄人研讨会，所以要查验出生年龄，你若不是1949年的就没有资格参加。

他听懂了，摇摇头说我五〇后没有资格参加，扭身要走。

对方拉住他夸赞说，您很诚实！研讨会结束有自助餐，防止混进吃白食的，主办方要我们查验身份证年龄。

他受到表扬猛然想起柳宗汉，询问研讨会是不是"年代之家"主办的。花白头发的男子表示自己只是志愿者，不参与"年代基金"的认购。

年代基金？敢情这里还有金融方面的事儿，看来他们跟柳宗汉完全两码事，不挨着。

175路公交车来了，他登车而去，投币两元跟驾驶员说，同是中华人民共和国，人家广州六十岁免费乘车，咱们这倒霉城市要六十五岁！

公交车驾驶员笑了说，这是政府鼓励你们长寿的激将法！好多本该六十岁死的，他们也要拼命活到六十五享受免费乘车的待遇。

他终于被逗乐了，问驾驶员"几〇后"。对方听不懂他的问话，专心开车了。

我看你顶多七〇后，距离进入"年代博物馆"远着呢。公交车驾驶员听了，以为他是给博物馆值夜看门的人员。

他下了公交车，溜溜达达过马路，特别希望突然遇到刘忠翰，看看这家伙究竟变成什么鸡巴样子了。

轻松走进家门，厅里有个陌生女子摘下塑料鞋套准备离去。杨云霞掏出百元钞票递去说,八十元吧。

这陌生女子接过钞票找零二十元,说声再见就走了。

他看不出这是笔什么交易,就问妻子谁讨债来了。杨云霞听罢嘤嘤哭了。

你参加赌博团伙啦?他想去追问那陌生女子,讨回钞票扭送派出所。

你别掺和我的事儿!一大早儿心里别扭,越寻思越委屈,这辈子没披过婚纱没度过蜜月,没住过星级宾馆吃过豪华大餐,没跳过舞没进过KTV,没出过国旅游就连孩子也没生过……我抄起电话叫来个钟点工,当了两小时主人让心里痛快痛快!

他跨步上前抱住妻子,气喘吁吁说不出话来,就这样紧紧抱着。杨云霞扭动着并不肥胖的身躯说,我痛快了两小时浪费了八十块钱,这几天我要把它节省回来……

你不用节省!花八十块钱换个痛快,不贵!他松开她继续说,我要是写完自传柳宗汉还坚持给稿费,我就收钱给你。

一旦有了挣钱的责任感,他忘了胃疼走进房间,找出纸笔继续写自传。俗话说,有骨头不愁肉。他列出流水账式的提纲,形成"刘橙年谱"的规模,然后沿着年代写起来。

写到那年连夜加班的父亲突然去世,他潸然泪下,父亲连续多年保持先进生产者称号,一声没吭就倒在车间里。写到中年下岗到私营企业打工受尽压榨,工厂主比周扒皮还坏,比黄世仁更狠……

这时候他意识到这部自传的价值,它流传下去让后人们看到货真价实的历史,就不轻易相信谎言了。

转天清早,他对妻子说想吃杏仁茶和桂花馅蒸饼,要去老城区的老字号,空着肚子走出家门。清晨大街上阳光格外明亮,他乘公交车赶往人民医院。

递上预约单,镜检窗口护士要求患者家属签字。他说独来独往没有家属。窗口里说没有家属签字不行。他说你现在给我介绍老伴儿也来不及了，登记结婚至少两天时间。

护士只得给他安排序号并且提示说，你去第三内镜室等候。

他得意地笑了，大声说还是社会主义好，鳏寡孤独患者受到"俘虏"般优待。他的高声大嗓居然没有惊动周围患者，看来进了医院便变得麻木不仁。

喉咙含过麻醉药，躺倒等候医生下胃镜。不知为什么，一阵孤独感袭来。我来到医院好比进了威虎山，只能学习杨子荣孤军奋战了。这样想着情绪愈发悲壮，如果我死了就等不到开百鸡宴时战友们的到来了。

是啊，我怎么活成了孤家寡人呢？基本没有什么朋友，光剩下几个仇敌记在心里，刘忠翰、王虎祥、任玉甲、赵民义……他胡思乱想着走进第三内镜室，胡思乱想着被医生下过胃镜，催促他起床离开。

我胃没事儿吧？他起身问医生。人家不予回答。他讨了个没趣心里窝火，瞪起眼睛说下胃镜遇到个哑巴大夫。

对方仍然不言语，他又获胜了。不过这不属于深仇大恨，可以忽略不计。

走出人民医院大门，一街之隔是刘金兰的煎饼车。他抖擞精神走过去说，下胃镜让家属签字，我说孤寡五保户，那护士拿我没辙，让我三天后取报告。

你有家有业非说是光棍五保户，作践自己想让全世界可怜你是吧？刘金兰不乏疼惜地递过煎饼馃子，催他趁热吃了。

他心头腾地热了。谁说我没有同伙？眼前刘金兰就是。

果然眼前"同伙"关心地说，橙子你最好第四天来取报告，肯定不会白跑一趟。

吃过"同伙"馈赠的煎饼馃子，他拉了拉刘金兰的手，就去乘公交车。上了车手机响了。这是个陌生号码而且显示"北京"，他破天荒地接听了。

接听对了。这是向阳女士打来电话，首先问候醉酒恢复没有，语气亲切柔和，令他备感温暖，不知为什么电话断了。

他提前两站下车，匆匆拨通对方电话恢复交谈。不经意间话题转向五〇后，向阳说尽管我们年纪大了，仍然是保障社会健康发展的中坚力量，所以要把广大五〇后团结起来，为国家再立新功。

你说得太好啦向阳女士！他感觉遇到了志同道合的战友，积累多年的孤独感一扫而光，他承诺联系更多的五〇后伙伴，把他们的联系方式尽快转交给向阳女士。

电话里向阳咯咯笑了，夸赞他是个光荣的五〇后，叮嘱经常保持联系。他挂断电话情不自禁地说，她才是优秀的五〇后呢，电话里笑声清脆像个少妇。

吃了刘金兰的煎饼馃子，他感觉有了同伙。接了向阳打来的电话，他感觉找到了组织。就这样满怀喜悦走进家门，告诉妻子动手搜集身边的五〇后名单，只争朝夕。

你这是要组织暴动？妻子打量着斗志旺盛的丈夫说，刘忠翰也是五〇后，你先逮着那王八蛋再说吧。

是啊，看来五〇后里也隐藏着不少坏人。他跷起大拇指夸奖妻子说，谢谢你的及时提醒，咱们搜集名单要有所甄别，蹲过监狱的、有过前科的、受过处分的，一概不统计……

你就受过处分啊，还行政拘留七天呢。她打断丈夫的说话，表情极其认真。

他恼羞成怒，说那是冤假错案！所以我要找到刘忠翰给我平反昭雪落实政策。

中午时分，厨房里贴出小字报，标题是"奉劝刘橙同志"，文章郑重指出，当今嫖娼被抓只是罚款而已，误闯女厕所根本算不上历史问题，请不要纠缠不休。你与刘忠翰属于人民内部矛盾，理应按照鲁迅先生所说"相逢一笑泯恩仇"，求大同，存小异，为社会贡献爱心发挥余热。

退休女工杨云霞竟然引用鲁迅先生的诗句，令他刮目相看。看来经常张贴小字报使她写作水平大有提高。

他找来碳素笔在小字报空白处写道："不争论，集中精力搜集五〇后名单，安定团结，再立新功。"

杨云霞小有不满地说，不争论？你是中央首长批示呢。

一连几天，夫妻忙于联络五〇后伙伴们，打电话发短信，几乎处于亢奋状态，当然不是性亢奋。

傍晚时分，他把第三批五〇后名单发给向阳女士，吁出一口气说，老年手机发短信免费，真好。

她凝神望着丈夫说，这么多年了咱俩总算共同做了件事情，真是难得啊。

他意识到妻子动了感情，匆匆下楼去便利店买了两瓶冰糖雪梨一盒德芙。便利店老板说，好几天没见你出门晃荡，这次是高消费喽。

我忙于革命工作争分夺秒呢。他抱着食品走进家门，全部递给妻。

吃吧，雪梨润肺，巧克力提神，过两天还给你买。以后你想吃什么就告诉我。

杨云霞低头不说话，忍住不落眼泪。刘橙，咱们还没来得及年轻，一下子就老了……

云霞，咱们争取活到九十九！那时兴许工人又值钱了。

这是普通的家庭夜晚。暖色灯光照耀着老夫老妻，温馨气息弥散开来，难以察觉地滋润着小户型家庭。

这五〇后名单我把刘金兰给忘了。他想起那辆煎饼车便想起胃镜检查报告，这几天忙得忘了这码事情。

转天上午不用空腹，他吃过早点走出家门，下楼遇见物业公司董超，这小伙子跑过来报告说，那确实是家大金融公司呢，我跳槽的事儿您别扔脖子后边忘了。

他嗯嗯着，顺嘴问董超的爸爸是不是五〇后。董超连连点头说是1959年的。他高兴说让你爸爸跟我联系，加入光荣的五〇后名单。

一路来到人民医院大厅取胃镜报告，护士说家属取走了。

家属？我是五保户！他强势地查看胃镜登记簿，果然家属栏签着"刘金兰"三个字。

得啦！这娘们儿替我领取胃镜报告，这就叫阶级感情似海深。大步走出人民医院大门。一街之隔，刘金兰脱了白罩衣收了摊，分明等候大驾光临。

近来胃疼不同以往，没有食欲，吞咽费劲，浑身发软。他对自己病情有所预感。只是受到当年"活着干，死了算"的革命口号影响，硬扛着而已。

兰子！你跟我实话实说，我这病还能活几年？

你先别冒充许云峰视死如归。我去问了外科住院部，你这胃癌应该开刀。咱们请徐臻做手术，他是普外专家人称"徐一刀"。

徐一刀？咱们通过金庸先生托关系吧，他的雪山飞狐跑人民医院来了。

你怎么还耍贫嘴呢？干脆学岳不群先把自己骗了吧。

他主动回到郑重的话题说，我忙着五〇后的事情，等我把名单搜集齐了……

等你搜集齐了就晚啦！外科住院部小齐总吃我煎饼馃子，人熟好办事，我请她托关系安排病床，争取这两天住进去。

他顿时成了被"煎饼馃子大仙"降伏的妖魔，怔怔地说不出话来。

刘金兰扑哧笑了说，你被病魔吓傻了吧？我给你打保票，只要开刀切掉瘤子就好了。周恩来当年动过七八次手术，人家是国家总理，你破退休工人怕什么？

手机响了，还是向阳女士打来的。他不会向她提起自己身患胃癌的事情。

您这么短时间就提供了百人名单，这为筹办"年代博物馆"的"光荣五〇后"展厅打下了坚实基础，柳老希望您再接再厉，决定发放八百元车马费，您毕竟东奔西跑的。

电话里他没有执意拒绝这笔钱，毕竟住院治病花销大，他需要人民币。

挂掉电话他告诉刘金兰，柳宗汉要专门给五〇后筹办纪念馆，功德无量。

是啊，功德无量才给八百块钱车马费。刘金兰常年卖煎饼馃子见多识广，已经很难被感动，一味催促他准备住院，早治疗早踏实。

住院没什么准备的，只要手里有人民币，咱们人民就什么都不怕。

怕就怕你是人民，手里没有人民币。刘金兰把装有胃镜报告的牛皮纸袋递给他，推着煎饼车走了。

他把装着一颗肿瘤的牛皮纸袋揣进怀里，回家了。

走进家门换过塑料拖鞋，妻子说"路路通"送来了快件。他接过撕开硬纸套封，从里面抻出八百块钱。

哎哟，你拜了财神爷，快递员踩着风火轮送钱给你。

向阳女士通过快递公司发放车马费，令他意外。转而告诉妻子过几天去做手术，刘金兰给联系外科住院部。

杨云霞说，这年头连停车场收费员都有点权力，刘金兰卖煎饼馃子也能跟白大褂拉拢关系，人民群众当家做主了。

你说这话，要么是弱智，要么是聪明透顶。我认为你是聪明透顶。

这么多年总算受到丈夫超级夸赞，她聪明透顶地笑了，突然想起询问丈夫，你做手术切哪儿？

我胃里长个瘤子，个头儿不大。

肿瘤啊！她身子发软歪在床边。

你别害怕也别着急，刘金兰说开刀切掉瘤子就没事儿了。

杨云霞处于懵懂状态说，刘金兰说没事儿就没事儿？你又不是她老公……

你千万不要多心，当初我俩搞对象连嘴都没亲过，后来也没瓜葛。现在我病了她伸手支援，这是工人阶级感情。当今工人阶级没了，可工人感情还在啊。

杨云霞不说话，起身打开柜子寻找银行定期存折说，那就听你前女友的，先开刀切掉胃里的瘤子再说。

脸盆、暖瓶、饭盒、拖鞋、毛巾香皂牙膏……她不声不响归置起来说，咱家存款总共两万八，这够用吗？

他宽慰妻子说，不是有医保嘛，住院报销百分之八十。

好多自费项目，有时输血还要买指标。钱有缺口我找娘家兄弟借，他们不要利息。

我想明白了，当年一不怕苦二不怕死的革命口号，还是很有道理的。为什么说不怕苦呢，因为人人都有苦尽甘来的盼头。为什么说不怕死呢，因为人人早晚都会死，所以怕也没用，就不怕了呗。

杨云霞无奈地望着丈夫说，你当年上业大没白念书，那点哲学如今都用上了。

他嘿嘿笑了，说那都是马列主义斗争哲学，如今是和谐社会，但是人与人的争斗仍然存在。

刘金兰几经斡旋，总算能够办理住院手续了，先交押金人民币两万。刘橙想起计划经济年代，工人生病住院从厂里拿张"三联单"交给医院就成，屁事儿没有。

杨云霞看透丈夫的心思说，钱的事儿你不用走心，我妹妹借给我五万，我娘家侄子给一万。这次亲戚们都会伸手援助。你平时脾气不好得罪人，他们就不来医院看望了，这叫出钱不出面。

好啊，他们不露面都愿做幕后英雄呢。他只得这样自嘲。

于是，交了两万元押金，患者刘橙终于住进人民医院11层外科病区9病室，屋里总共四张病床，他编号38。这令他想起四野王牌部队38军，感觉吉祥如意。

护士小齐送来病号服，耐心讲解患者住院须知。刘金兰趁着热乎劲说，人家小齐还没对象呢，全心全意扑在工作上。

小齐护士红着脸说，我自身条件差没人愿意娶。

他躺在病床上体验着新身份。刘金兰一边捯饬东西一边低声说，这个小齐护士是知青遗孤，生父生母是从北京到陕西插队落户的知青，属于非婚生啊！她光知道亲妈姓齐就随了齐姓，这么多年也没找到父母下落，出来打工考上护士岗位，准确说叫护理员算不上护士……

刘橙听着顿生亲近感说，小齐的亲爸亲妈肯定都是五〇后，很可能是北京老三届初中生。

这时小齐护士来测体温。他突然豪迈地说，好闺女！你在这座城市举目无亲，遇到困难就张嘴，咱们没有办不成的事儿！

小齐护士连连致谢，快步走开。这是个大龄剩女，时髦词语"单身狗"。

他平复着心情，随即想起向阳女士，拿起手机拨通电话说，我这些天家务繁忙不便联系，过几天搜集名单。

电话里向阳关切地询问需不需要组织帮助，他连声致谢说没事儿，便嗯嗯地挂下电话。

她问我需不需要组织帮助？合着我退休工人成了有组织的人，这真有点儿意思。

刘金兰在近旁说，你以前万事不求人，如今既然有了组织为吗不要求帮助呢？

他只得为自己开脱说，我是个不需要组织照顾的人。

硬扛活受罪，耿直万人嫌！杨云霞张口数落丈夫，却是满脸欣赏的表情。

邻床患者是个瘦脸老头，低声问他病情。他说开刀来了。

你要想请徐臻主任主刀，起码送这个数儿。瘦脸老头伸出食指。

一百万？他装傻充愣地问道，表情特别真诚。

瘦脸老头变成特务接头语调说，一万。他听罢连连点头说，一万美元不多！人家姓徐的是专家嘛。

美元？我看你不像有钱人，有钱人都住高级病房了。瘦脸老头嘟哝着，不再吱声。

一连几天做了十几项检查，外号"徐一刀"的徐臻露面了。这是个白白胖胖的中年男子，表情淡然地打量着38床癌症患者，说了声周三上午手术，迈着稳健步伐走了。

杨云霞追出病房对徐主任表示感谢，然后去打病号饭了。

邻床瘦脸老头羡慕地说，我住院比你早五天，你周三上午就手术，而且是徐主任亲自主刀，你肯定翻倍送了吧？

之后瘦脸老头叹口气说，我要是不被那家私募基金坑了，也不会去买以房养老的保险，那样能给自己留条后路……

死木机金？他听不懂这洋玩意儿，笑了。

护士小齐走进病房微笑说，请38床患者家属到徐主任办公室谈话，您下床慢慢走。

他同情小齐是个苦命姑娘，穿鞋下地说谢谢。邻床瘦脸老头叮嘱说，你别忘了麻醉师也要给红包的。

我就盼着跟姓徐的谈话呢。他颇有浑身是胆雄赳赳的感觉，大步走进主任医师办公室。

徐臻主任连连摇头说，我找38床家属术前谈话，你怎么自己跑来啦？马上回病房去！

既来之，则安之。咱俩好好谈谈吧。他嘻嘻哈哈地落座说，您知道我是退休工人，属于当今最不值钱的弱势群体，所以没钱给您送礼，假如家属瞒着我给你送红包，撑死两千块钱而已。对您来说两千块钱等于没送，是个零。那我跟您从零说起吧。

徐臻主任起身打断他说话，要求他马上回到病房休息。

您先耐心听我说，您做手术不是习惯收红包吗？这次我一分钱也不会给您的。但您给我做手术必须精益求精，一丁点瑕疵都不能有，超过你对待那些高官和富豪。您要敢拿我们工人不当人对待，除非让我死手术台上，否则您就敬候佳音吧。

徐臻主任微笑地听着，信手点燃香烟，显得颇有气度。

我今生是个工人，前世也是个工人，来世还是个工人。您是大知识分子，别看外表人五人六的，其实内里特别屄，遇事就尿裤子。您现在拿烟卷儿的手就颤抖了，还硬扛着呢。您以为工人阶级没了，可是工人还在。《红旗谱》里朱老忠说过，出水才见两腿泥。别忘了你还在水里呢。

您还知道《红旗谱》？徐臻主任掐灭烟蒂问道。

这烟卷你吓得一口没抽就掐了，别跟我面前充将军啦。

对方只得问道，您当过兵？

他点点头说，我当过兵，红小兵。

年届不惑的徐臻不知这是什么兵种，忍不住问道，红小兵是……

你七〇后吧？今儿回家问问你爸爸！他嘎嘎坏笑说，红小兵是红卫兵的弟弟，你懂了吧？

博士毕业的徐臻愣住了，一时不知怎么办。

你知道臧建国臧哥吗？他斩钉截铁地补充说，我认为你不知道，你要是知道早就认怂了。

臧建国是什么人？似乎把钱存进即将倒闭的银行，徐臻不安地追问。

臧建国是什么人？我说出来你立马尿裤子！他抬手指着对方说，我这是威胁你呢，你不要敬酒不吃吃罚酒！

徐臻苦笑了，摇了摇头不说话。

你记住！我是个五〇后，大风大浪里长大的野人。他说罢大摇大摆走了出去，啪地狠狠摔上门，得胜还朝似的返回病房。

妻子打饭回来，病房里不见丈夫踪影，就跟邻床瘦脸老头聊天。

听说有人替我们出头了，他就像单雄信独闯唐营似的，几次找到私募基金讨还公道，但愿能给我们追回损失……

好啊！这人是孤胆英雄。我家刘橙要是通金融懂地产，他也敢替你们出头说话，这年头就怕不要命的。

杨云霞说着，扭脸看见丈夫满脸戾气走进病房，起身问他跑哪儿去了。他笑了笑说给别人做思想工作去了。

我看你笑里藏刀。她打开饭盒伺候丈夫吃饭。

邻床瘦脸老头伸长脖子凑近说，38床我问你，路见不平，你真敢拔刀相助替我们讨还公道吗？

他端起饭盒盯着鱼香肉丝说，我敢啊，这年头骗子就怕不要命的。

瘦脸老头撇嘴表示怀疑说，人嘴两扇皮，谁都说得起。

好！我就喜欢你这种怀疑者。说服一个怀疑主义者，比统领一百个崇拜主义者要有价值。

瘦脸老头被定义为怀疑主义者，不知如何搭话。

杨云霞起身劝阻丈夫，什么怀疑主义者？你不要动不动就给人家定性。

他甩开胳膊说，我又不是宣传法轮功邪教，你阻拦我干吗？说着放下饭盒拉开说评书的架势，起身向邻床瘦脸老头拱手行礼，开讲了。

我叫刘橙，一九五六年生人。我为什么强调自己是五〇后呢？因为这是个重要文化概念。

我们五〇后从小见多识广，论起腥风血雨的场面，巴黎公社街头堡垒算什么？小儿科。咱就说街头武斗吧，两拨人马大打出手，打得腿折胳膊断，六〇九厂还出过人命。可是打死人不但没有犯罪感，反而感觉特别光荣！那时武斗合理合法，还会受到女孩子崇拜，英雄价值观嘛……

他喝水润嗓继续说，青春期烙印，终生褪不掉，长大成人出现纠纷，首先冒出武力解决的念头，这就是五〇后的斗争哲学……

你说的这些斗殴场面，当年在县城里也见过，不过五〇后已经老啦。邻床瘦脸老头颇为感慨道。

你不懂青春期啊！青春期形成三观嘛。如今强调和谐社会，可是五〇后的暴力病毒经常发作，人老脾气不改呀。

邻床瘦脸老头思忖道，那位出头替我们讨还公道的人，不知是不是五〇后，听说特别仗义……

刘金兰拎着保温罐走进病房。杨云霞努力笑了笑说，刘橙演讲呢，就跟电影《青春之歌》里革命者似的，谁也拦不住。

刘金兰通情达理，笑着说过两天开刀，你就让他过过嘴瘾吧，避免在手术室里憋炸了。

病房门口站着几个看热闹的保洁员，有的吐舌头有的做鬼脸儿。刘金兰满脸微笑问道，你们听课买票了吗？没买票赶紧去挂号处补票。

刘金兰不改女工说话的风格，又损又硬，还让人挑不出毛病。这群看热闹的保洁员窃窃私语，撤了。

邻床瘦脸老头打量着刘金兰，小声评价说您有《沙家浜》阿庆嫂的风范。

刘金兰扭摆着走到病床前说，西红柿手擀面，新四军伤病员趁热吃吧。

杨云霞插话说，我在医院食堂买的包子。说着扭脸问丈夫想吃哪样。

猪肉包子和西红柿手擀面，这两样儿我都想吃。这两天吃瓷实了，上手术台有劲头。

两个女人面面相觑，谁也不说话，好像无声电影。

趁男主角吃饭的工夫，两个女配角走出病房，站在楼道里说话。

病人开刀哪有不递红包的？我昨儿中午悄悄给徐臻送了五千。杨云霞说着吸了口凉气，毕竟心疼人民币。

刘金兰调低嗓音说，噢！我昨儿下午给徐臻塞了五千呢……

杨云霞颇不理解地望着刘金兰。咦，你没病没灾给他送钱干吗？

刘金兰笑了。我是没病没灾，这不是刘橙要做手术嘛。

杨云霞腾地红了脸，低头咬紧嘴唇不说话。渐渐脸色转为灰白，她抬头注视刘金兰。

金兰好姐儿们，你的人情我记住，友情后补……说着她转身走向病房。

刘金兰拉住她胳膊说，云霞啊，你千万别让刘橙知道咱俩分头送钱的事儿，那样他就疯啦！

几个保洁员躲到远处，继续亢奋地议论着：一个破退休工人弄了两个老婆，而且共创安定和谐的大好局面。

两个女人同时回到病房，目睹38床患者的午餐业绩：六个包子和大碗西红柿手擀面，已经完全彻底装到胃里去了。

邻床瘦脸老头压制不住好奇心，鼓起勇气问道，请问二位谁是38床患者家属？

刘金兰看着杨云霞。刘橙不等妻子开口抢先答道，她俩都是我家属。

杨云霞解释说，她是工厂的姐们儿，三十多年了。

瘦脸老头嘿嘿笑了，三十多年？不容易，确实不容易！

过午的阳光爬进窗台，一声不吭伏在地上。病房里四张病床躺着四个症状不同的患者。三个萎靡不振，只有刘橙气定神足，一派从主任医师办公室打完胜仗毫发无伤的劲头。

刘金兰向杨云霞寻找共识说，一旦做过手术不能离人，白天我陪伴，晚上你护理，这样不用花钱请护工。

杨云霞想了想，轻声说那就多谢你了。刘金兰笑了笑，建议她抽空去剪剪头发，人显得精神。

我老婆子了还往十八里打扮干吗。杨云霞表情复杂地说，白天你受累，我晚晌来接班。然后拎起手提包回家去了。

病房里安静下来。刘金兰端来水杯说，吃了药睡午觉，你别睁眼假装张飞。

他有些尴尬，说这辈子没想到让你伺候，那煎饼馃子怎么办？

煎饼馃子不急，我先把你侍候好了吧，赶快闭眼睡觉！刘金兰完全进入杨云霞的状态，弄得邻床瘦脸老汉失去基本判断能力，弄不清哪位是妻子。

没等刘橙闭眼睡觉，一阵小风把董超吹进病房，他西服革履手里举着一束康乃馨说，祝刘师傅早日康复！您就不用介绍我去年代集团了，听说那里争暗斗特别复杂，我怕适应不了。

年代集团……他满脸茫然地问道，你是说柳老的公司？那里有什么复杂的，就是搞阶级斗争你也不怕的。

我还是在物业公司干吧。好像董超专门跑来发布这个声明，说罢告辞走了。

邻床瘦脸老头闭眼佯寐说，这小伙子做得对，他在和谐社会里长大，那种实行斗争哲学的地方肯定活不下去……

刘金兰凑近 38 床患者耳畔说，喂，合着你旁边住着个老特务，他随时窃听呢。

她说话的气息扑面而来，令他心跳加快。身为六旬老汉，这辈子除去妻子还没有女人如此近距离接触。五〇后的男人的情色只挂在嘴上，大多属于语言运动专家，动手能力不强。

噢，柳宗汉的公司叫年代集团，这名称旗帜鲜明很有气魄！他下意识侧脸躲避刘金兰的气息，假装午睡了。

刘金兰打了个毫无节制的哈欠，双臂抱胸趴在床头，陪伴患者睡了。

邻床瘦脸老头悄悄下床溜出病房，去厕所了。

楼道里几个保洁员议论着，越聊越起劲，好像吃了兴奋剂似的。

你们看38床那男的挺穷的，一个退休工人哪里养得起俩老婆。

人家大款有俩老婆，一般是妻大妾小，这俩女的年龄相当，我看不像共事一夫。

38床自我感觉太好，从徐主任屋里出来还摔门呢，一身大爷派头。

邻床瘦脸老头走出厕所。几个保洁员拥过来刺探军情。

你们说38床俩老婆？可是咱们国家实行一夫一妻制……瘦脸老头寻思着说，不论是不是俩老婆，反正我觉得38床不是简单人物。

他就是个退休工人嘛，穷得毫无思想负担，所以见谁都敢叫板，这是叫花子打狗——穷横。几个保洁员讥笑着，拿起拖把擦地去了。

楼道里有个患者家属举着手机喊叫，说自焚啦自焚啦。瘦脸老头跑到窗口朝楼下张望，一派太平无事的景象。他气得迎过去说，这是住院部不是造谣的地方，你吓出人命谁负责？

这患者家属举过手机点开微信朋友圈说，您看您看，这是现场视频，这男的把汽油浇身上点燃啦！

瘦脸老头凑近观看微信视频，画面里声音嘈杂，那团火光里传出男人吼叫：一千二百多人的养老钱，你天良丧尽要被千刀万剐的……

熊熊火光满地翻滚着，很快视频里没了声音，随即黑屏。

他把自己烧死了，这究竟怎么回事儿？瘦脸老头惊悚地问道。

这患者家属收起手机说,一定是以死威胁对方,这下连火化场都不用去了。

你这人怎么没有同情心呢?瘦脸老头起急说,这横竖是条人命,你们还录像看乐子!

这是朋友圈转发的!你跟我急得着吗?这患者家属不买账地走了。

瘦脸老头余怒难消回到病房,连声抱怨世态炎凉,有人自焚没人扑灭,看热闹还嫌火苗太小。

刘橙居然睡着了。刘金兰防止吵醒他,低声劝说瘦脸老头不要生气。可是对方仍然生气,说中国人就是这样,看热闹不怕事大总嫌事小。

谁点火自焚啦?刘橙睁眼问道,他是上访的吧。

这人好像不是上访,说是几次讨债不成,就带着汽油和打火机讨公道来了。瘦脸老头解释着,连声叹气。

刘金兰说,全面维护社会稳定,遇事不要走极端嘛。

你这是说好死不如赖活着呗。刘橙翻身下床走出病房,站在楼道窗前,打量着外面的世界。

一把火把自己烧成炭灰,这不叫好死啊。刘金兰紧陪身旁,好像怕他跳楼自尽。

他扭头打量着刘金兰,笑了。你对我这么好,怪不得他们议论我有俩老婆呢。

呸!刘金兰手指戳着他脑门说,你真是没羞没臊,还五〇后呢……

俩人乘坐电梯下楼。他感到电梯颤抖,便抱怨医院不及时维护保养,弄得电梯得了帕金森综合征。逗得刘金兰捂嘴大笑,就跟年轻人似的。

出了电梯漫步走进医院小花园。长廊里人不少,一个个低头看手机,还有放出音频的,活像一群会喘气的雕像。

他问刘金兰有没有微信。她说前些天儿子给下载的,使用起来很方便,还节省电话费。

让你儿子给我也弄个微信，凑凑热闹。他似乎感到寂寞，萌生投身当下生活的意愿。

你没孩子不用犯愁，我儿子就是你儿子。当然儿媳妇做不到，她是外姓人……刘金兰说着突然凝视前方。

你这是看见狗头金还是运钞车？他沿着她的视线望去，长廊尽头有个身穿病号服的男人，正要起身离去。

那人是刘忠翰吧……刘金兰不敢肯定地说着，不由自主跑上前去。

听到刘忠翰的名字，他脑海出现空白，原地不动好似木头人。刘金兰大幅度朝他招手，分明表示情况属实。

一下脑海不空白了，从木头人变成机器人。他开步走向前去，望着这个身穿病号服的男人。

你好啊老朋友，多年不见还认识我吗？好比大猫苦寻老鼠多年，他有些冲动。

然而耗子淡淡地摇摇头，表情沉静，闭口不语。

你以前是第二机床厂保卫科的吧，而且还是保卫科长？

身穿病号服的男人听罢点头说，我后来从保卫科调到工具车间当书记了。

你肯定是刘忠翰啦！当年有个青年锻工误闯女厕所的案子，你还记得吗？你给了他警告处分，又让他蹲了七天拘留所。

刘忠翰眉头紧皱回忆着说，青年锻工误闯女厕所？这情节我记不清了，那些年案子太多，有班车里揉摸女工奶子的，有职工浴池外偷窃女工内裤的，有办公室里搂抱亲嘴的，还有郗长林跟党办小郑婚外恋，其实工人阶级也没那么纯洁，哪里都有左中右嘛……

我叫刘橙，第二机床厂三车间锻工，你真不记得我啦？

身穿病号服的刘忠翰依然尖嘴猴腮五短身材，只是目光迟缓神情僵硬，隐约显现早期木乃伊迹象。

他彻底失望了,那件令他愤恨多年的冤假错案,居然被刘忠翰忘得毫无踪影,等于不曾发生。时光就像小学生橡皮,将历史事件的真相擦得一干二净,光剩下毫无意义的白纸。

这时他明白了,一个工人的命运实在微不足道,你认为自己是这架机器里不可替代的螺丝钉,一旦损坏更换颗新的就是了。何况有那么多螺丝钉等待上场呢。

刘忠翰,你是五〇后吗?他放松心态,比较温和地问道。

我四八年属鼠。去年有人打电话要把我统计成共和国同龄人,我说我是四八年的比共和国大,人家批评我说话不懂礼貌呢。

我看你不是不懂礼貌,而是非常不懂礼貌,你怎能比共和国大呢?即使你年龄大,也永远是共和国的儿子。

刘金兰挺身而出说,刘忠翰啊不是我说你,你制造冤假错案害人不浅,你要么是真给忘了,你要么假装糊涂。你要是真给忘了,那就报应屁眼儿生痔疮;你要是假装糊涂,那就报应嗓子眼儿长瘤子。这两样报应你自己挑选吧。

他拉起刘金兰的手,转身就走。刘忠翰呜呜哭起来说,这两样报应都不要,我要中华民族伟大复兴,我要中国梦……

刘金兰折返回来双手鼓掌说,好啊!你真要这样活着我们就放心勿念啦。

走进电梯刘金兰劝解说,你咬牙切齿恨刘忠翰这么多年了,生气伤脾,仇恨伤胃。可是人家刘忠翰根本不记得这码事儿,没有任何思想负担!最终吃亏的还是你吧?咱们今天划个句号好吗?这件事就算过去了。

傍晚时分患者家属送饭来了,病房里热闹起来。38床再次成为众人瞩目的中心。刘橙毫不在意,径自打开半导体听新闻。自从住院看不见央视"今日说法",他转向中央人民广播电台法治节目。

邻床瘦脸老头借助依法治国的话题说，据说昨天自焚的男人，去那家公司讨过几次债了，对方耍赖报警，叫来公安把他抓了……

结果行政拘留七天？他想起当年遭遇，脱口问道。

拘留十五天呢。听说他是替别人讨债的，从拘留所出来就决定舍命唤醒社会公道，结果真把自己给烧了……

这人是五〇后吧？他急迫地问道。如果自焚者是五〇后，他想请求柳宗汉的公司给死者家属发放抚恤金，毕竟是讨债不成走投无路，社会公益事业理应救助。

杨云霞拎着保温罐带来晚饭，接班了。刘金兰小声把白天发生的事情详细说给她听。

杨云霞听罢呸了一声说，哪个保洁员说刘橙俩老婆？我现在就拿胶带封他嘴。

38床患者侧卧病床得意地说，云霞啊，革命群众的嘴是封不住的。

你真是个老不正经的东西！杨云霞打开保温罐说，金兰我熬的羊肉咸饭特别多，你吃了再走吧。

刘金兰摇摇头扭脸问道，明儿我带早饭来医院，老爷您想吃哪口儿？

他不好意思地笑了说，你给自己定位是丫鬟，杨云霞就安心了。

杨云霞吐了吐舌头说，你现在是残次品，没人稀罕。你赶快张嘴吃饭，一会儿让狗叼了去！

晚间病房留有灯光，他找出笔纸写遗嘱。六十岁不用戴花镜，这等于老年人走路不用拐杖，保住人生本钱。

杨云霞上厕所回来以为丈夫写小字报，压低音调骂他神经病，说病房里不许随意张贴，你有屁就放。

他郑重其事地说，《红岩》里革命烈士都这样，我上手术台前也要继承这种革命传统。妻子无奈地笑了，说你该去幼儿园了。

他握紧笔杆屏住呼吸用力地书写遗嘱，这劲头好似刻图章。

我是刘橙，我订立以下三条遗嘱：

第一条：如果我死在手术台上，家属可以怀疑主刀医生徐臻报复，因为我没依照潜规则给他送红包，他治死了我。

第二条：我死后有人问起，你们就说橙子熟了，果熟蒂落自然现象。谁叫我取名刘橙呢，我死了等于果园丰收。

第三条：无论刘忠翰是真健忘还是装糊涂，我在阴间都不会追究他了，告诉他好好活着别害怕。

杨云霞意识到这不是开玩笑，就把这份遗嘱叠好收起。

你就把心搁肚子里吧，这手术肯定圆满成功，人家徐主任还会存心弄死病人？再者呢，你在阳间也别追究刘忠翰，这叫大人不记小人过。另外我听说你想请姓柳的公司给自焚者家属抚恤金，大好人！谁都知道这事儿跟你半毛钱关系没有，说明你很有社会责任感，我真的佩服你……

好啊，你赶快写张大标语张贴在医院大厅里，号召全院病人向我学习。他故意跟妻子开玩笑，暗暗忍受着胃疼。

天晚了，你也睡会儿吧。他流露出百年不遇的暖意。杨云霞假装没有受到感动，催促他朝床里挪挪身子，他嗯嗯应着。以前妻子说话他很少应声。

就这样，丈夫头朝北，妻子头冲南，俩人"腿对腿"躺在床上。这对多年分床而居的夫妻，紧紧挤着睡了，同时也让两个梦境重叠了。

小齐护士给病房调暗灯光。黑暗里邻床瘦脸老头暗暗猜测道，嗯，这腿对腿睡觉的肯定是原配……

一大早刘金兰来了，她比阳光进屋还早，带来三份早餐，还说给刘橙手机下载微信。

杨云霞立即说，你下载微信？那他可就加入低头族了。

我想让他获得大量社会信息，就不至于跟自己较劲了。刘金兰替他辩护着，顺手把烧饼油条递给杨云霞说，你一宿没睡吃完回家歇着吧。

没事儿，两口子挤着睡了一宿……邻床瘦脸老头突然插嘴说。

杨云霞满意地笑了，大口吃着烧饼油条。

一个小护士举着针管来给患者抽血。杨云霞清理着嘴里的战场问道，哎小齐护士呢？

齐素云被电动车撞了，住进七楼外科病房了。

什么！他放下茶叶蛋发布命令说，云霞马上给小齐送二百块钱去，看看她伤成什么样子！

杨云霞有些犹豫。他急赤白脸地说，小齐是知青遗孤没人管，她是咱五〇后的孩子！

病房里静寂无声，所有患者家属同时唰地投来复杂的目光，盯着38床胃癌病人。其中35床患者家属还耸肩缩脖表示讥讽。

他无意间以两百元人民币将自己塑造成为众人瞩目的异类分子。杨云霞不愿丈夫被大家围观，拎起小皮包匆匆去看望小齐护士了。

这时轮到刘金兰力挽狂澜，她大声对38床患者说，只要动物园来了观光团，一群动物不眨眼紧盯着，伸头探脑盼望游客喂食，显得特没出息……

话音落地，全体患者家属们随即低头，各忙各的事情，显然不愿被骂成动物园盼望喂食的动物。

你说话嘴太损，比我还伤众呢。他笑着劝说她。

刘金兰提高音量说，你这颗橙子，皮硬心软，这群人拿你当傻逼看待，我就让他们闭上瞎窟窿！老娘卖煎饼馃子什么没见过？一个个跑病房跟我冒充国家二级保护动物……

病房里竖躺侧卧的患者意识到遇见五〇后母老虎，纷纷进入闭目养神状态。

杨云霞扭摆着回到病房，说小齐肌肉挫伤没有骨折，明天就出院。

你给了二百？刘金兰小声问询。杨云霞同样提高音量答道，五百！他说是咱五〇后的孩子嘛。

刘橙看出妻子有些情绪，不吭声了。杨云霞则凑近他耳畔说，我说老爷啊，咱这辈子没儿没女，你要是愿意认小齐干闺女，我真没意见。

他闭目养神说，找你这么个母老虎做干妈，兴许人家还不愿呢。

去你个腿儿的……杨云霞亲昵地骂道。这"腿儿"是情色隐语，她不能让刘金兰听见。

今儿晚饭你空腹，明儿上午开刀。刘金兰其实听见情色隐语，于是故意变更话题。

值班医生查房来了。他催促妻子回家补觉。杨云霞不情不愿地走了。

刘金兰立即进入陪护角色说，云霞办事挺大气，你说二百她给了五百。

人穷不能志短，这叫工人本色。他说着眼角闪动泪光，竟然动了感情。

咱们做人不是给别人看，咱们是做给自己。刘金兰说着打开手机，教他学会使用微信。

给你看看这两个视频，有哭的有笑的，多热闹啊。那个贪官跳楼自杀，才四层楼就摔死了，活该！这举牌子的姑娘，她公众号里寻人，说一夜情怀了孩子……

天下大乱达到天下大治。到时候把她们收编成红色娘子军就是了……说着，他侧身睡着了。

邻床瘦脸老头趁机对刘金兰说，我从未见过你这样爽快的女人，你给我的印象特别美好……

您这是要表彰我？好好保养吧老爷子，哪天开刀动手术，您需要献血言语一声。

人称"徐一刀"的徐臻走进病房,稳步来到38号病床前通知患者明天上午首台手术。

刘金兰起身说请徐主任多关照,我们真心拜托了。

胃癌患者刘橙睁开眼睛望着徐臻,不言声。徐臻朝他点了点头,走了。

他再次得胜般笑了,扭脸望着刘金兰说,咱们是最不值钱的破工人,他是众人追捧的大名医,完全是两条战壕里的人。

你现在是等待开刀的病人,咱不用战斗语言好不好?刘金兰打开手机继续说,我念念这条微信,你给我竖起耳朵听着——没有一个人是我的亲人,我唯一的亲人是我内在的觉性;没有一个人是我的敌人,我唯一的敌人是我内在的无明烦恼。

噢……这几句话是哪位高僧说的……他仔细品咂着,似乎有所领悟。

一大早儿,杨云霞就来了。刘金兰告诉她情况正常。这时护士们来到病房,护士长问他姓名床号,好像法场上给犯人验明正身。杨云霞怕他抵触,抢答了。刘金兰帮腔说,人家这是手术前例行公事。

他不知道自己已经成了外科病区的名人,一群患者家属聚集病房门外,七嘴八舌发表议论,自从住院没见有人探视,只有两个女人伺候着,这种情况很不正常。

护士们忙碌起来,有插尿管的,有下鼻饲的,他感觉自己成了个物件,身边围着几个白衣修理工。透过大口罩他认出护士小齐,便问她伤势怎样。小齐眨眨眼睛轻轻地说,您是我遇到的最好的患者。

他被夸得不好意思,说我只是个普通的退休工人,退休就是报废的意思。

他不忘嘱咐妻子保管好遗嘱,转脸朝刘金兰咧了咧嘴,就被推进手术室了。

护士做了静脉滴注。他平躺在手术台上,等待挨宰。

昨天跟刘金兰学会鼓捣微信,新建朋友圈里只有她和杨云霞,之后加了邻床瘦脸老头。这老家伙信息量不小，给他转发大科学家爱因斯坦的理论，人的死亡只是一场幻觉，仍然存活在广远宇宙里。他读懂这篇文章大意，好像对死亡有了新说法。

男的麻醉医生来了。他说我没给你红包。对方不理会，给静脉注射器里加了药水。

他突然念起那首三十年前写的诗，声音越念越小。

我是一株向日葵，终生追随着阳光，直到大太阳把我晒干水分，散落成一堆瓜子，我依然身心饱满……

他是转天凌晨四点钟苏醒的，只感觉周身被缚，脑袋仿佛高悬树顶的椰子，木木的僵硬。恍惚间徐臻的面孔凑到近前，注视着他了声醒过来了，便转身走了。

他病床左侧站着杨云霞，右侧是刘金兰，手里端水碗。杨云霞伸出棉签在水碗里蘸湿，涂抹着他干裂的嘴唇。他居然说了声谢谢。

妻子扭脸对他前女友说，你听见了吧？他挨过刀变成文明人了。前女友点头赞同说，有的人用了麻醉药露出本性，这说明他原本文明，后来学野了。

他的刀口很长，从下腹到腋下，甚至颇有转弯驶向肩胛的趋势。麻醉药力消失，他开始咏叹调式的呻吟，这令两位女士深感意外。

咱们工人有力量，你把力量都变成叫唤啦？杨云霞担心吵醒别人，提示丈夫噤声。

他也不愿吵醒别人，下意识侧脸瞥了瞥37床。咦？邻床空空荡荡，那个瘦脸老头哪里去了……

说话费劲，他转过脸询问妻子。杨云霞面露难色，转脸看着刘金兰。刘金兰叹了口气，凑近右侧耳畔告诉他37床昨天下午死了。

杨云霞贴近左侧耳畔补充说，他买的年代私募基金打了水漂，买了以房养老的保险也被坑了，一百多平米房子抵押了，还欠人家350万贷款，他老无所依，就喝药寻了短见。

他当即愤怒了，竭力说出"诈骗罪报案啊"这句话，刀口疼得他呻吟起来。

刘金兰比杨云霞见多识广，继续详细讲解给他听。有八百多个受害的老年人报案，可是公安局说以房养老保险合同订得太专业了，滴水不漏，绝对免责，根本谈不到诈骗，公安局没法子立案。

杨云霞好像吃醋了，不甘落后地抢着说，那个大骗子起先是个收废品的，后来有了高官靠山，改玩以房养老的保险行当了。

他瞪大眼睛说，敢情不光山里有狼啊！你俩别忘了给37床送个花篮……

送殡仪花篮有三档价格呢。杨云霞算计着说。

当然送最贵的，送挽联写咱仨的名字……他说罢继续呻吟起来。

刘金兰怕杨云霞愈发吃醋，当即表示自己单独送花篮。

得啦！你不要多花那份钱了。杨云霞同意了仨人联名。

他猛地停止呻吟，想起街头卖报纸的妇女，她同样买了以房养老的保险，这次也遭遇邻床瘦脸老头的噩运了吧？抵押的房产被金融诈骗机构收走，她只能睡大街去了……

他就这样平躺着，期待早日下地行走。腹部插管排出的血水越来越少，开始鼻饲少量流食，气力有所恢复。

徐臻主任查房来了，告诉他只剩下三分之一的胃，食道也比手术前截短了，但是人的胃能够渐渐撑大，应当坚持定期复查，马虎不得。

他亮嗓高音说了声谢谢，吓了徐臻一跳，不由得侧身躲避扑面的戾气。

刘金兰只得打趣说，徐主任您别怕，他现在不咬人呢。

徐臻笑了笑，说他以前也不咬人，便趁机撤离了。

一个保洁员打扫病房临近病床前，他抓住机会大声说，告诉那几个嚼舌头根子的老娘儿们，我们仨是崇高的工人阶级友谊！我哪儿来的俩老婆？这是中国不是沙特阿拉伯，有谁再敢胡沁我缝了她嘴⋯⋯

毕竟气力不足，他主动停止叫嚣，要求喝水。

傍晚时分，几个工厂老同事出现了，大步走进病房当头就抱怨，说开刀不言声，太外道了。

他连连道歉，说出院后摆酒赔礼。几个老同事把凑的份子钱塞到病床枕头底下，七嘴八舌说早日康复，你推我搡地走了。杨云霞急忙追出去送客。

我不想念他们，他们反而想念我，还是工人阶级好啊。他目光直勾勾盯着屋顶，轻轻念叨着。

刘金兰问道，你想念谁就告诉我，我打电话通知他来看望你。

杨云霞送客归来说，金兰说得对！你最想见谁我们马上把他请来。

我想见见柳宗汉⋯⋯他眼含泪水说，我认识他时间不长，但是这辈子我肯定跟他掰不开了。

杨云霞多年不见丈夫落泪，顿时感受到这份情谊的分量说，你放心吧，过几天你刀口拆线能走路了，我就办这事儿。

一天天过去了，病房里换了一茬病人，就跟割韭菜似的。刘金兰说这几天微信里再度热传那起自焚事件，弄得案情愈来愈清晰，还有现场视频上传。

刘金兰绘声绘色讲着，他闭目养神听着，仿佛还原了现场实况。

其实这个人没买私募基金，但是他主动出头替受害群体讨还公道，赶巧这家公司正在隆重举行"光荣五〇后私募基金"首发仪式，一下把认购现场给搅散了。

这个人要求会见金融诈骗的幕后人物，索性脱掉上衣，一手拿着打火机,一手举着汽油瓶子。现场记者看见他左肩膀有块大红痣,那形状好像贴着大膏药似的。

私募基金公司几个打手冲上来。他高喊"以死唤起社会正义,严惩贪官勾结奸商",啪地就把自己点燃了……

他呼地坐起,牵动刀口疼得咝咝地吸着凉气说,他就这样白白死了?那金融诈骗的幕后人物仍然逍遥法外!

你怎么知道金融诈骗的幕后人物仍然逍遥法外?刘金兰有些意外。

我也会看微信啊,你以为我什么都不知道?你以为我真成傻子啦?我心里明白极了……

杨云霞及时插言说,你傻?你要浑身长毛比猴儿还灵呢。

刀口拆线,他加大进食量,身体渐渐硬朗起来。两位女士陪他下楼到医院花园散步,已然没人再敢议论一夫二妻。

他极有心得地说,我要是不反击那几张臭嘴,医院里肯定传说判我重婚罪了。这就是丛林法则,你该撕就得撕,该咬就得咬,我是老虎我怕谁?

你的手术很成功,咱厂九车间老安切除肿瘤二十多年,活得欢实极了,去年还嫖娼被公安抓了呢。杨云霞鼓励丈夫树立生活信心。

他笑了,说老安嫖娼给癌症患者们树立了提高生活质量的榜样。

回到病房。午睡醒了,护士小齐来到病床前,她改嘴不叫38床,轻声说徐主任请刘叔去办公室谈话。

他听到小齐叫"刘叔"便开心地笑了,说好闺女你告诉徐主任,我喝了药就去。

郑重其事地走进徐臻办公室,对方请他落座,关切询问身体状况。他笑着说很好,今生今世特别愿意活着。

徐臻给他沏了杯红茶说,我上网搜到臧建国了。当年红八中的头头儿,老三届上山下乡去了西双版纳,八〇年返城好几百人到火车站迎接他……

他没料到徐臻竟然主动谈起臧建国臧哥,立即难抑兴奋回忆起当年的场景说,那天我也去火车站迎接臧哥,那叫人山人海,公安局以为城市青年暴动,开来十几辆警车呢。

徐臻感慨地说,我父亲是五〇年出生的"五〇后",也是上山下乡的返城知青。前几天父亲说起往事,当年见过臧建国扛大旗冲向反对派阵地……

他继续陷入回忆说,那时我是小孩子,跟随臧哥后边朝对方阵地投石块呢。

我很难想象那样的年代那样的人物。徐臻说着转换话题,告诉他做过手术就把红包退还两位家属,让她们放心。

他没想到杨云霞和刘金兰分别送红包,顿时觉得自身威慑力大打折扣,面对徐臻难以掩饰尴尬的表情。

徐臻神色坦然地说,我给高官做手术他们不送红包,因为他们有权。富豪们的红包我收,还是特大红包。但是我不敢收穷人的钱,我害怕现世报应。我们医院骨科江韬主任是收红包大户,去年给汽车撞死了……

你害怕现世报应,说明还有良心。等我病好出院,约请你父亲见面聊聊,我们都是五〇后嘛。

他回到病房见到杨云霞,只字不提红包的事情。毕竟徐臻做手术退还红包,这个医生人品难得。

刘金兰回家收拾煎饼馃子车,准备恢复营业。杨云霞终于赢得超越刘金兰的机会,以新闻速递的语气告诉丈夫,朋友圈最新消息,西城寝园为那个自焚的人建了墓立了碑,名字前面刻着"平民英雄"四个金字,还栽了苍松翠柏,大多是金融诈骗案受害者集资筹款。

他点点头不说话,好像此事与己无关,社会新闻而已。杨云霞去医院食堂打饭，气喘吁吁跑了回来。

他以为妻子犯了哮喘病，让她先喝口水。杨云霞急不可待地说，几个老病号在食堂里议论，敢情昨天刘忠翰死啦！

倘若以往他肯定会说大快人心。似乎意识到人世间尚有远比刘忠翰可恶百倍的坏人，他已然不那么仇视当年的保卫科长了。

杨云霞认为丈夫肯定兴高采烈，同样兴高采烈地说，敢情刘忠翰也买了年代公司代理的以房养老保险，跟37床瘦脸老头同样被坑了。钱物两空，急火攻心，刘忠翰嘎巴一声脑出血死了。

谁说脑出血能听见嘎巴一声？人死为大，咱们不能幸灾乐祸……他轻轻说着，好像若有所思。

你能这样太好啦！我还担心你跟别人较劲，咬住谁就不松嘴呢。杨云霞由衷地高兴，给丈夫冲了杯蜂蜜水。

他拿出手机给刘金兰打电话，吩咐她抽空去趟西城寝园，给那座刻着"平民英雄"金字的墓碑送两只大花篮，挽联落款写"三个五〇后"就行。

刘金兰嗯嗯应着，问他想不想吃不带鸡蛋的煎饼馃子？他说当然要吃纯绿豆面的，不能让鸡蛋搅了味道。

电话里刘金兰哈哈大笑。想起当年她的咯咯笑声，他默默承认这代人确实老了，而且即将老得没牙。但是绝对不可为老不尊，被当今年轻人耻笑。

夜晚降临，病床前妻子陪他说话。他苦笑了，云霞，你说我是个什么人呢？

你呀？你是个被社会淘汰的人，可是又不肯退出。

他寻思着说，我这种被淘汰了又不肯退出的人，你说活着还有用吗？

当然有用！你活着就是告诉别人，男子汉宁死阵前，不死阵后。

他听了，突然热泪盈眶。

我想见见柳宗汉，明天给向阳女士打电话，约请他老人家来病房跟我说说心里话……他悄悄抹去眼泪。

人家柳老德高望重，他肯来医院看望你？杨云霞身处社会底层，关键时刻往往自卑。

他颇为自信地说，这个柳宗汉爱惜自己谦逊和善的名声，他不会对我这个退休工人端架子的。

杨云霞依然没有信心，小声抱怨丈夫自以为是。

他终于忍不住说，我自以为是？这次动手术就没有依靠红包嘛。

妻子听罢不言声了。他侧脸望着空空如也的37床，瘦脸老头的声音响在耳边：我要是不被那家年代私募基金坑了，也不会去买以房养老的保险，还能给自己留条后路……

不知多少老年人被坑害了，但愿马路边卖报纸的妇女心胸开阔不寻短见，她毕竟儿子在哈佛大学，将来去美国找儿也有好日子过的。

转天吃过早餐，他拨通向阳女士的手机，先说了几句客套话，随即谈起写作自传的几个问题，然后表示想念柳宗汉先生，特别是被推进手术室的时刻。

向阳女士似乎受到感动，哽噎着说了声请稍候，便请示柳老去了。很快她约定具体探视时间，道了再见挂断电话。

杨云霞有些吃惊地说，人家真给你面子，一约就答应了。

其实柳宗汉是愿意来看望我的。他有几分得意地说，他本来就把我列为五〇后典型人物，我还搜集了那么多同龄人的名单……

星期五清早，徐臻主任查房，祝贺他恢复得很好，这两天便可出院。他特意跟主刀医生握手，说替我问候你父亲，感谢他把你培养成好大夫。

徐臻主任说，我父亲特意嘱咐我记下您的手机号码，他要主动跟您联系,大家争取早日为小齐护士找到亲生父母。

这太好啦!他颇为动情地说,你父亲是个有修养有品格的五〇后,我跟他相比就是个野蛮人……

徐臻主任中肯地说,您是个非常特殊的人,这次认识您让我长了见识。

临近上午十点钟,他特意穿好那套为出院回家准备的行头,蓝色夹克米色西裤,还特意擦亮皮鞋。

杨云霞笑着说,看你这隆重劲儿,就跟会见外宾似的。

是啊,我穷工人百年不遇接待重要人物,首先要对得起自己。说着他让妻子打开窗子,要用新鲜空气欢迎贵宾的到来。

上午十点整,迎接贵宾的时刻到了。柳氏义子吴明隆首先走进病房,手里拎着两箱营养品,主动列位旁侧。之后身穿猩红色职业套装的向阳女士怀里抱着大束鲜花,款款而来。

他打量着曾经诱发自己青春期遐想的女士,此时感觉向阳全然没了吸引力。

柳宗汉身披深绿色大衣稳步走向病房,他起身迎上前去。

向阳女士放下鲜花举起照相机,连续拍下柳宗汉与刘橙握手的场面。

他毫无收敛地望着她说,这张照片你上传到你们网站,就说柳老亲临医院探望五〇后癌症患者,很有说服力嘛。

你真的患了癌症吗?为什么不早告诉我!柳宗汉抬头看了看泛黄的屋顶,抬手指着油漆剥落露出锈迹的铁质窗户说,你怎么能住这种病房,小吴马上找人调换高级病房!

吴明隆听了,起身要走。刘橙叫住柳氏义子说,吴总啊,住院处在后楼呢。

然后他将妻子介绍给来宾,用当年读业大中文专业学来的古代词语说，这是拙荆名叫杨云霞。

云霞很好嘛，糟糠不下堂。柳宗汉作长者状，随声称道。

他特意吩咐妻子下楼给向阳女士买几听百事可乐。杨云霞立即跑去了。

你怎么知道向阳只喝百事可乐？有人竟然如此了解自己的贴身秘书，柳宗汉忍不住发问。

他故作高深地说，我只是猜测嘛，我还猜测向阳女士不是五〇后，顶多一九六六年前后出生。

向阳女士被他说得有些不自在，勉强笑着。他抓住时机盯着她说，我给你报了那么多五〇后的名单，唉！真是不知来龙去脉啊……

这时手机响了，来电显示刘金兰。他踱到窗前调低音量，仔细接听。

我在西城寝园找到刻着"平民英雄"金字的墓碑啦，敢情自焚的人就是你经常提起的臧建国！现场好多金融诈骗受害者祭奠他呢。

其实他早已料到自焚者是臧建国，因为只有臧哥左肩膀有块大膏药似的红痣，这是别人没有的身体特征。他把手机贴耳低声说，只有臧哥疾恶如仇挺身而出，舍命为受害者讨还公道，可惜我再也见不到他了。

电话里刘金兰气愤地说，微信朋友圈里有人说自焚者是傻逼，甘心替别人出头，搭进自己的性命。

你记住说傻逼这话的人，我没时间办这件事儿了，你花钱雇人打残那浑蛋两条腿，让他后半辈子坐轮椅吧。

他满嘴杀气轻声说着，表情平静如水。然后摁断电话，转向柳宗汉说，我的自传很快写完，不过我目光短浅，有些事物总是看不清楚，难免上当受骗……

非也非也，你判断向阳年龄就很准确，她确实是一九六七年的。我说她五〇后是为工作便利而已。柳宗翰此时说话全然没有外埠口音，普通话里甚至夹杂着北京土音。

向阳的年龄还是要保密的。之后柳宗汉刻意叮嘱说,因为向阳正在做五〇后深度体验的文案策划,时机很重要的。

五〇后深度体验?这又是年代之家的大项目啊。他操着报刊社论的语调说,您特别关注共和国同龄人,也格外重视新中国五〇后,这两茬人自幼接受革命斗争教育,长大成人受到"四人帮"文艺思想熏陶,等于喝了多年掺了兴奋剂的米汤,人的性格就形成两面,一面情感沸腾容易暴力冲动,一面思想固化容易信服说教。这两方面综合起来呢,既容易被好人好事感动,也容易被坏人坏事激怒,人格特别矛盾。如今这群人老了,你应当善待他们才是啊……

柳宗汉连连点头说,你说得太对啦!所以我将全部精力定位在这个群体,竭尽全力,不敢怠慢,明年还要做大养老工程,给他们幸福安稳的晚年。

这位颇有身份的老者诗意大发地说,夕阳无限好,我们爱黄昏,古稀披晚霞,心灵似青春,全力办慈善,做事有公心……

您怎么还在骗啊!不等诗兴正浓的老者诵罢,刘橙突然爆发紧紧抱住柳宗汉,一声大吼疯狂地撞向敞开的窗子。

年久失修的窗扇嘭地被撞得脱落,俩人上半身冲出窗外探到空中。向阳女士尖叫着扑上来,屈身抱住柳宗汉小腿,拼力朝怀里拽拉着。

刘橙你疯啦!柳老是来慰问你的……向阳女士想不到自己穿着塑身衣的躯体,此时恰恰成为充满反弹力的肉墙。疯狂的刘橙双脚狠狠发力蹬踹她小腹,抱紧柳宗汉冲到窗外。

柳宗汉!你就是坑害百姓的幕后主谋……他高声痛斥这个公元1950年出生的老者,双双从11楼跌落了。

自由落体,重力加速度。没容他说出"我要为臧哥报仇",便轰然落地,险些砸中坐在轮椅里的老太婆和另外两个姑娘。

人们惊叫着,四处奔逃。这两具从天而降的躯体,已然被摔出两堆红白相间的颜色,极其鲜活地陈列在阳光下,流淌成耀眼的死亡图案。

吴明隆回到11楼病房里,看到被强力踹击脾脏疼得满地翻滚的向阳女士,猫腰抱起她跑向抢救室。

杨云霞买了四听百事可乐,满脸笑容走进空空荡荡的病房,以为丈夫送客人走了。一个保洁员壮起胆量告诉说,俩人同归于尽了。

她呆呆地听着保洁员讲述,说了句"他真是不肯退出啊",便摇摇晃晃昏倒过去了。

人民医院广场前,三辆警车驶到现场,拉起警戒隔离带。闪光灯不断地拍照,公安法医成为主角,在"红白调色板"间忙碌着。

警戒隔离带外站着个身穿白大褂的医生,旁边有人叫他徐主任。

他自言自语道,刘橙有侠气也有江湖气,还有自身的人格理想,这就形成了复杂的气质,今后不会有这样的人物了。

收容车随即赶到,匆匆把这个案件的两个主角装进尸袋,不知是去冰冻还是去火化。反正是冰火两重天。

第三天上午,阳光仍然明亮。两个女人来到医院前小广场,衣着朴素盘腿而坐,随手把鲜花瓣儿撒满案发现场。她俩表情平静极了,平静得就跟没有表情似的。

咱们橙子终于熟了。杨云霞还是说了话。

刘金兰表示赞同说,果熟蒂落,谁也拦不住的。

满地鲜花瓣儿,在地上翻滚着,不愿飞舞而去。

有几个大闲人凑过来,有的叼着烟卷儿,有的嚼着口香糖,七嘴八舌,议论纷纷。

听说是两个坏人同归于尽了,生生从11楼跳下来,这属于狗咬狗吧?

好像一个是好人,一个是坏人,俩人紧紧搂抱跳了楼,落地摔死也不撒手。

刘金兰说，没说是两个好人同归于尽吧？那刘橙就死得不冤。

两个好人怎么会同归于尽呢？那肯定是患了绝症，俩人都不愿意活了。一个大闲人这样认为。

你说得不错，两个人确实患了绝症，一个是胃坏了，一个是心坏了。杨云霞不急不躁地说，这儿没有什么新闻，就是有个橙子熟了从树上掉地下了。

刘金兰挥挥手说，你们都给我记住，不论谁患了绝症也不要跳楼，人民医院有好大夫给你治，住院医保报销百分之八十呢。

这几个大闲人被咒得不再张嘴，争先恐后走开了。

这时，小齐护士跑出医院大楼，几乎是冲刺过来的。

杨姨啊刘姨，我找到生身父亲啦！不是不是，我生身父亲主动找我来啦……

大龄女护士齐素云小声哭了。我要永远感谢刘叔！要是没有刘叔这个五〇后，我亲生父亲也不会出面找我……

杨云霞搂住小齐护士说，你刘叔没有那么好，他一身坏习气没来得及改正，就急急忙忙走了，好在他没有死得重如泰山，也没死得轻如鸿毛，一百多斤就是了。

要说五〇后里坏人不少，就是以柳宗汉为代表的，所以年轻人说坏人变老了。刘金兰不改直言快语的脾气。

护士小齐感慨不已，说杨姨刘姨您俩真像亲姊妹。

杨云霞看着刘金兰，刘金兰看着杨云霞，同时苦笑了。

小齐护士兴奋地啊了一声。杨云霞和刘金兰扭脸朝着医院大楼望去。

强烈的阳光下，身穿医生白大褂的徐韬陪着一个身穿黑色风衣的男子走出医院大楼，朝这边稳步走来。

这身穿黑色风衣的男子抬手摘下帽子,露出说明真实年龄的满头白发。

望着愈走愈近的这两个男子,杨云霞略显欣慰地说,这身材相貌真像父子俩……

刘金兰点头说,是啊,这里没咱姐俩什么事儿了,撤吧。

道场

"清晨入古寺,初日照高林。曲径通幽处,禅房花木深。山光悦鸟性,潭影空人心……"半空和尚单臂提拎木筲,转出破山寺后院,拎水浇园。他的僧衣左袖打结悬在腋下,看着活像个褪色的小绣球。

这坡地园子不种菜蔬,遍地栽植草药,不下八九种。初秋时节,有的植物结了果,已得圆满,应了春华秋实的民谚。有的大器晚成花朵迟放,似另有悟道。置身绿茵茵的植物间,半空心静若水。

前些天有个省城来的男子途经此地,好有耐心的施主,一株株问询草药名姓,好像校勘《本草纲目》。眼下这八九种草药,有的半空说得出名字,有的说不出。

省城来客虚心请教:"哪种是可治红伤的草药?"眉清目秀的半空还是答不出。没有问得圆满答案,省城来客流露遗憾的神色,好像家里有伤者等着敷药呢。

炎热天气里,省城来客的白布衣衫被汗水湿透,显露出胸前的精巧挂件,那是枚小巧玲珑的白色如意。

身多佩物,便是拖累。半空和尚揣测省城来客的身份。

省城来客问他家乡何处。半空说出家人无家,何来家乡。

"没有家哪有国?没有国哪有家?"耐心的省城来客说。

半空和尚请教道："施主说的是国家还是家国？"

他从省城来客的呼吸里嗅到粉笔末的气息，推断是教书先生。其实他也吃过几年粉笔末，在县里完整小学教国文，被称为单臂先生，如今单臂先生成了单臂和尚。

省城来客露出教师本色："有道是——有国有家，无国无家；宁可去家，不可舍国。"这声音从绿油油的植物园上空掠过，好像振翅而去的小鸟。

"我已然去家了。"半空轻声说道。

"请问，这寺院名叫……"省城来客好像变成香客，耐心问道。

"本院破山寺，初建于明朝永乐四年，几经战火，清末重建至今。"

省城过客惊了："这是唐朝诗人常建题诗的破山寺？我怎么不知道呢？"

他摇头表示无法考证此破山寺乃是彼破山寺，只知道西边村镇叫破山镇。镇里有座日本炮楼，条石基座，青砖外墙。炮楼里住着二十四名皇协军，一名军曹，两名日军下士。

破山镇三百户近两千口人，祖先是燕王扫北的移民。如今偌大的镇子由日本军曹小山辖制，老百姓照常过日子。

半空不去镇里。他独自修行四载，听不懂本镇口音，本镇人也听不懂他。他认为只要听得懂"南无阿弥陀佛"便足够了。

他记得给鸡血藤浇水时，大汗淋漓的省城来客告辞走了。日落西山，那远去的身影融进破山镇远景，像幅西洋画。

夜晚清凉，大殿打坐，想起省城来客，他哑然失笑。我说本院初建于明朝永乐四年，他却问是不是唐代诗人常建题诗的破山寺。明代寺院怎么会有唐代诗人呢？显然我的言语，他充耳不闻。人在咫尺，心隔山峦。这等山峦，尘世间比比皆是。

还是认为出家人不该忍俊不禁，于是自责尘心未净。

黎明即起，做早课。年久失修的破山寺，只有半空和尚独自修行。想起"独善其身"的名句，他认为儒释此处相通。

去年盂兰节，那位女香客来访，一袭素服，怀抱一盆萱草，风尘仆仆。半空认出尘世内子，闭目敲击木鱼做出素不相识的样子。

"慈母在，不远游，夫君还俗吧。"她的声音不急不躁，犹如送至卧榻耳畔——恍惚间返回县城完整小学，重做教书匠。

我尘心难尽啊。半空惊得周身汗透，心里打鼓。他熬到太阳落山。内子轻轻叹气，把这盆萱草摆放在供台前，失望而去。

北方秋季干燥，他为这盆萱草掸水，宛若供奉娘亲。

一晃又是盂兰节。萱草开花了，却不见那女香客再度来访。半空身心放松，似有解脱后的沉重。

小山军曹不改日程，若逢五不来，逢十定然现身。只要来访小山均着便装，显得毫无威武气质，更像个中国商人。小山汉语讲得比半空还要好，稍带东北口音。

小山军曹说在日本国内军人因私外出不得身穿军服，尤其长途旅行则有逃兵嫌疑，沿途宪兵稽查盘问。因此每逢拜访破山寺，小山习惯便衣。

半空从不询问小山军曹的来历，只觉得对方热衷"中国汉方"草药，可能出自世家。

夏历七月廿五，小山军曹又来了，竟然身穿军服。半空和尚并不表露疑问，推测是军情吃紧了。

身穿军装的小山，依然"汉方草药迷"的模样，大步跑向坡地药园，指着那簇簇泛黄的植物说："我查了《渊鉴类函》药部，叶叶对生，大如蕨，青黄色，四月开白花，草名凤尾，根名贯众……"

半空取来木棍插进土里，给这簇草药做了标记：贯众。

因为谐音自然想起齐相管仲，就给小山军曹讲了"管鲍之交"的典故。

"鲍叔牙了不起!"小山听了春秋故事,从提包里取出速写簿,逐项临摹那几种尚未辨识的植物,仿佛美术专科实习生。

"大和尚,这药园植物的种子从哪里来?"小山问起草药的前世来历,确实有几分学者味道。

平时没人说话,半空和尚忍不住了:"出家人食素,我去年夏天外出采摘蘑菇,不慎失足滑落深谷,跌伤膝盖,动弹不得。旷野无人,呼救不应,一连躺了三晌,饿了土里刨食,那茎块形状好似山药蛋,生吃既充饥又解渴。它必定是药材。我吃过五天膝盖疼痛缓解,便朝着高坡爬去。第七天被焦猎户救起,送我回破山寺养伤。"

"这是天赐啊!"小山兴奋不已,"那茎块是什么药材?"

"我移了几株栽在药园里,至今叫不出尊姓大名。"半空望着满坡植物说,"我采集草药花籽栽种,三年成了势力。"

小山积极说:"还有五种草药不知名姓,我要画出样本寄回日本求证。"

半空和尚不吭声。只要有关日本的事情,他便一声不吭。

俩人返回大殿饮茶。小山说起日本京都清水寺的井水甘洌,表情颇为自豪,好像那水井是他家祖先开掘的。

不论小山怎样说起日本,半空和尚照例一言不发。

寺院里饮的炒青,来自施主们馈赠,因此产地不明。半空品了品,茶性偏野,心生歉意。"这战火硝烟的,弄得好山难出好茶……"

半空说着及时刹住话头。矬人面前不说矮话——这战火硝烟正是日本军队带来的,毁了好山没了好茶。

"您家祖上是汉方药师吧?"半空还是忍不住问了。小山如实相告:"祖父在哈尔滨开过中西大药房,被俄国人杀害了。"

"阿弥陀佛……"半空和尚双目微合,"施主留下用斋饭吧……"

这时远处传来几声枪响。小山倏地变成军人,起身扬头远望破山镇方向。那座高耸的青砖炮楼,隐约可见。

"我过午不食,煮赤豆饭给您吃吧。"半空和尚睁开眼睛。小山军曹致了谢,跑出寺院大步奔向破山镇了。

傍晚时分,破山镇杂货店小伙计来了,说有大和尚家信邮到店里代转,昨天从县城邮政所捎过来的。

半空一眼认出牛皮纸信封上内子笔迹。他急问杂货店小伙计,晌午时分镇上哪里响枪。小伙计脸色煞白不敢说话,转身跑了。

洗手焚香,拆开书信。天光渐暗,娟秀小楷依然清晰可见。兰英真是聪慧过人,居然寄信给破山镇杂货店代转。

兰英修书,抬头依然俗世称谓:"梓良夫君:慈母夏历六月廿九子时仙逝,享年五十五岁。慈母弥留之际,声声呼唤梓良乳名,难以瞑目。夫君山寺修行,唯妻代行孝道斩衰守制,斋食素服……"

这封几经辗转的家书被寄到破山寺,迟得很了。

表面静若止水,内心思念命运多舛的母亲,不禁悲从中来。子正时分,半空和尚身披僧袍打坐道场,超度慈母西天极乐。

凌晨破晓,万籁静寂,寺院门外有了响动。出家四载,他修得耳聪目明,一丝风声过耳,心若明镜。

这是恩人的脚步声——焦猎户来了。倘若旁人光临,他岿然不动。焦猎户是救命恩人,不得失礼。他恭然起身,僧袍沾着露水迎到殿外。焦猎户的身影映照在柏树冠下,双手捧着猎枪。

这不是素常猎人持枪的姿势。半空略感惊诧,不禁想起缴械投降的溃兵。

"一个皇军去翟大户家,另一个皇军来杂货店,一前一后走出炮楼,咣咣响枪都给打倒了……"焦猎户语音颤抖,气流震动着柏树枝。

半空疑惑了:"恩人神色慌张,这不会是你放的枪吧?"

恩人急了:"你怎么也说是我放的枪!王磨坊和赵瓦匠就这样,他俩说破山镇只是猎户有枪。可谁都知道山里来了外埠人!"

"这枪,应当不是你放的。"半空走近焦猎户,"从远处听响动不像霰弹,倒像是汉阳造。"

焦猎户如遇大赦,一蹦老高说:"大和尚你懂得!大和尚你懂得!"

当年在家乡教书,县城校舍离民团靶场不远,单臂先生当堂讲课,时常听到"汉阳造"枪响,便记在心里。他更记住了民团总管名叫魏得彪。

趁着天色朦胧,焦猎户抱着猎枪跑进大殿,一眨眼间返身跑出来,变得双手空空。

"恩人你……"他不叫"施主"叫"恩人",脚踏俗世凡尘。

焦猎户大声辩解:"我家里没了猎枪,看他王磨坊和赵瓦匠还能说是我放的枪吗?"

不待半空和尚开解,焦猎户顶着朦胧的晨曦,猎狗般跑走了。

他走进大殿,四处寻找不见猎枪,好像焦猎户把它交给土地爷,遁地而去了。

他露出久违的苦笑。这苦笑使他重返昔日时光,再现县城教书先生无可奈何的表情。

清晨凉爽,他给萱草浇水。这植物仿佛得到加持,露出勃勃生机。半空和尚踱出寺院遥望破山镇,心头飞过一群惊鸟。

漫天阳光被云彩遮蔽,天色不爽。过午时分,一团黄颜色沿着大道蠕动而来,渐渐迫近破山寺。这一团黄颜色化作一群皇协军,个个扛着大枪好像聚众外出打狼。

半空和尚迎出寺院,单臂肃立。十几个大兵摇摇晃晃走来。为首的皇协军是张磨盘脸,脸大,便显得五官疏离,面庞愈发辽阔。磨盘脸皇协军当头问道:"半空啊,这破山寺荒废多年,你究竟是真和尚还是假和尚?"

"真即是假,假即是真。"他定住心神缓缓反问:"您是真兵还是假兵呢?"

磨盘脸皇协军笑了:"我看你身穿僧袍,倒像个教书先生呢!"

半空暗自吃惊:我苦修四年仍然不像出家人,真是罪孽深重。

蝗虫似的大兵们拥进破山寺。半空有气无力地劝阻:"寺院清净,践踏不得。"

磨盘脸皇协军说话和气:"我们来了就要搜到杀人的猎枪,这是皇军的命令。"

"佛法无边,天地清明,你们不要诬赖好人就是了……"半空和尚进而言道,"即便是皇军命令,谁动手是谁的业障。"

磨盘脸皇协军说焦猎户身背猎枪跑来破山寺,两手空空返回破山镇,这肯定是暗藏武器了。

"阿弥陀佛"。半空和尚加快语速,"兵爷,绝不会是焦猎户开的枪,他没有这个胆量。"

"既然你给他打保票,那就是你开的枪喽?"这张磨盘脸堆出笑纹,"是啊,有的和尚也会杀人呢,比如《水浒》里的鲁智深。"

看来磨盘脸皇协军识文断字,一张嘴就是水泊梁山好汉。

十几个皇协军将破山寺搜了两遍,一个个都说没有找到猎枪。

"焦猎户笨手笨脚,那猎枪不会是和尚给藏了吧?"他扬起磨盘脸打量着半空。

"佛家五戒,出家人不打诳语。"半空和尚脸色惨白,"你们不要冤枉焦猎户,他是个好人呢。"

大兵们哈哈大笑。一个矮个皇协军说:"焦猎户死屁啦!"

半空心头倏地缩紧。死屁是当地土话,莫非焦猎户他……不敢猜测了。

"兵爷，请您转告小山军曹……"他近乎恳求说，"请他不要难为焦猎户。"

"这事儿皇军交给我们皇协军办了，出家人不掺和了。"磨盘脸皇协军说罢，带领皇协军们离开寺院，返回破山镇炮楼。

好似狂风吹乱小草，半空和尚心头乱哄哄的。破山寺里独自修行四年，此时难持清静了。

焦猎户以猎杀野物为生，却是个胆小怕事的人。他千不该万不该，不该跑来寺院藏匿猎枪，这反倒坐实了枪杀皇军的罪名。

日落西山，拱起满天火烧云。半空和尚渐渐稳住心神，走出寺院来到破山镇。

走进镇里，陌生里透出几分熟悉，好像前世的地方。望着家家屋顶飘起的炊烟，嗅着玉米饼的香气，一瞬间唤醒了记忆。破山寺苦修四年，似乎并未跳出俗世。

一座小院门外竖着白纸剪成的雪柳。他不懂此地风俗，仅凭意会看出这是丧事。走近细看，小院门外挂有"瞿门之丧"的白纸门报。哦，果然有人往生，但不是焦猎户家。

继续前行，接连见到"康门之丧""任门之丧"……雪柳不绝，哭号不断。半空和尚不停地念诵"阿弥陀佛"，转身走进窄巷，当头白纸门报写着"焦门之丧"。

焦猎户家小院，草棚停灵，白布蒙尸。三个木匠埋头打造棺材，很是忙碌。他们看到来了和尚，起身肃立，并无言语。

焦家妻儿老小，遵照本地习俗，同时跪地叩头。半空和尚不禁发问："破山镇没闹瘟疫，这么多人西逝？"

大木匠手持曲尺："皇协军急着交差杀了焦猎户，没承想小山军曹不买这个账，一定要抓到真正开枪的人给皇军抵命……"

"这么说焦猎户白白死啦?"半空和尚跺了跺脚。

还是大木匠回答:"皇协军挨家挨户抽签,一天要杀两个给皇军偿命,一直杀到真正开枪的人出来……"

"这是谁定的章程!"半空硬声说道,"皇军的性命好金贵啊。"

没有人敢言语,谁都怕明天死签抽到自家头上。

已然杀了焦猎户日本人还不买这个账,那定是小山军曹发令吧?半空和尚的耳鼓嗡嗡作响,视力模糊。

大木匠哭丧脸说道:"大和尚,这皇协军怎么比皇军还狠呢?那磨盘脸就是本地人,他正经念过两年私塾呢。"

半空和尚走出窄巷,当街驻足。一个女人沿街痛哭过来。这定是死者家眷。她披头散发满地打滚,发了癔症。

小山军曹啊,你不是痴迷中国本草汉方吗?你不是说过日本全民信奉佛教吗?你不是跟我论过《大悲咒》吗?你白吃了我素净的斋饭!

天色昏暗下来,半空和尚撩起僧袍当街打坐,声声诵经超度亡灵。破山镇亡者家眷聚拢而来,焚烧纸钱。

他彻夜诵经,超度亡魂,西方接引,破山镇成为大道场。

天色大亮,半空和尚身定如石。杂货店掌柜送来素食和热茶。他宛若塑像闭目问道:"皇协军就要抽签啦……"

杂货店掌柜摇头叹气,说:"开枪打死皇军的是游击队,他们躲到山里不会出来的。"

"那打枪的是外埠人吧?"半空和尚说罢起身,大步走向炮楼。

他伸出右臂指着值岗皇协军说:"我要见小山军曹。"

值岗皇协军说:"死和尚,小山军曹是你想见就能见的吗?"

磨盘脸皇协军闻声跑出炮楼:"半空!你不守寺院来镇里做什么?"这家伙居然身穿黄呢军衣,话语充满刀剑之气,完全没了小卒模样。

"你不要挨家挨户抽签,快去禀报小山军曹,那枪是我开的。"半空和尚话语既出，震人心魄。

磨盘脸说："你落发为僧皈依佛门，这性命便不是你的了！你不想活，反倒死不成；你不想死，却活不了。"

"你去寺院搜查猎枪，不是当面挖苦我假和尚吗？是啊，我就是个教书匠。"

磨盘脸下意识摸摸腰间的盒子枪，似乎要动杀机。

小山军曹大步走出炮楼，嘴角抿得铁青："我有家训，侍奉三宝，不杀僧侣。"

"我没有度牒，我不是僧侣。"他有了求死之心，语调平静。

"半空师傅，跳出三界外，不在五行中。你四年寒寺苦修，今天怎么口出妄语呢？"小山军曹手握军刀刀柄，好像要捍卫佛法。

磨盘脸抚着黄呢军衣前襟，满脸小孩过年穿新衣的表情，热烈地望着日本军官。

"半空和尚，你快回寺院去，专心守护药园！"小山军曹军人威仪，褪尽儒雅之气。

半空和尚不改主张，依然劝诫道："焦猎户已经冤死，小山君切勿滥杀无辜了。"

"半空和尚，你快回寺院去，专心守护药园！"磨盘脸鹦鹉学舌，自愿把自己变成了鸟。

半空和尚心生无奈，只得转身离开青砖炮楼，向着破山寺去了。

只走出五十余步，身后枪声大作。值岗的皇协军应声倒地。不待半空驻足回首，一颗子弹呼啸而来，已然击中小山军曹的军刀的刀柄，铮铮发出金属脆响。

一群皇协军冲出炮楼，开枪还击。小山军曹左臂淌血，右手挥起军刀，指挥队伍向镇外高粱地里追击。

他返身走向炮楼。杂货店掌柜跑来拉住他左臂袖管说："这就是从山里来的土八路,领头的放几枪就撤了……"

"一定是那位省城来客。"半空心明如镜。他袖管轻飘飘,心情沉重。

日本皇军下令打死焦猎户,乃是杀生。那么省城来客带领游击队开枪打死皇军,这也算杀生吧。他心乱如麻,择理不清。

破山镇外杀声四起。他充耳不闻,只身矗立街头,纹丝不动,重新成了半空和尚。

镇外枪声渐渐稀疏。半空和尚左肩颤抖起来,一股热流沿胸腔直冲脑海。他极力控制自己的欲念,快步离开破山镇。

八月十五月光明。月光将寺院镀成银色,药园也披了银色铠甲。他大殿打坐,诵经礼佛。供台下传出蟋蟀鸣叫,一声声好似呼唤。

大殿破瓦,漏进束束月光,宛若根根银柱落地,显得虚空。听着促织鸣叫,单臂和尚起身撩开供台围幔,登时倒退半步。

天啊,那些皇协军搜遍寺院,这支猎枪竟然安卧供台下没被发现。他望着焦猎户的遗物,不敢念诵阿弥陀佛,这毕竟属于杀伐之器,我佛不佑。

深秋时节,景物渐显萧索。半空和尚穿起挡寒衣裳,收获药材。凡是知道名姓的草药,他收取晾晒,成材备用;凡是不知名姓的草药,他心怀敬畏任其枯荣,愿与日月共存。

拾掇了药园,想起小山军曹,颇有异样感觉。似乎这种异样感觉触动心曲,他伏案给兰英写信,抬头竟然写作"兰英卿卿如晤"而并不觉知。

踏着落叶来到破山镇杂货店,劳烦掌柜托人捎到县城邮政所。杂货店掌柜谨慎地问道:"您这是家书?"

一语点醒梦中人。哦!原来这是家书。出家人何以有家?他扭头就走。杂货店掌柜伸手拉住他空洞的僧袍左袖。

"日本人进山讨伐，打散了游击队抓到不少人。那百人坑里都是冤魂！你大和尚如何超度得完？"

百人坑？他左肩颤抖起来，抬头凝视杂货店掌柜，盯得对方忐忑不安，面若土色。

他从柜台里取回家信，当场划亮洋火烧了，好像做了个小焰口。然后双手合十拜托杂货店掌柜，倘若再有家书寄来，请他焚烧便是了。

半空和尚走出杂货店，远远望着破山镇炮楼，大声念诵"阿弥陀佛"，一路返回破山寺。

这是山区秋季，已然漫天飘起雪花。他想起皮影戏《六月雪》窦娥的冤情，便觉得眼前雪花过于细小了。

走进破山寺的山门，小雪果然变成大雪，好像他有了感天动地的法力，便连连默诵"阿弥陀佛"，一夜打坐，不敢怠慢天恩。

清晨雪霁放晴，破山寺遍地积雪，处于融化与不化之间，犹犹豫豫拿不定主意。

竟然有香客踏雪来访——磨盘脸皇协军全身黄呢军装，踏着黑色高筒皮靴走进大殿。半空和尚神情恍惚，以为小山军曹来了。

全身皇军装束的皇协军燃香三炷，鞠躬礼佛。半空闭目击磬，尽着和尚本分。

"军曹升任曹长调任河头镇驻防，他军务在身不能当面话别，特意派我前来奉送临别纪念物。"这皇协军确实读过书，说话透着才调。

他从黄呢军衣衣兜里掏出那枚白玉如意挂件，小巧玲珑浸出几丝血色。半空和尚接在手里，脸色被雪天衬得愈发惨白："我乃出家之人，小山君为何赠我俗世之物？"

"中国人讲究吉祥如意，我们借玉献佛，不成敬意，请大和尚笑纳。"

半空直视面前的皇协军："借玉献佛这句话，是小山说的还是你说的？"

"这黄呢军衣军裤和高筒军靴是小山太君赏赐我的……"他答非所问地说，"黄呢军装挡寒，高筒皮靴暖脚，我也升职了。"

"这是奖励你百人坑有功吧？"

他正了正黄星军帽，说："军士以服从命令为正办。"

"我出家吃斋，是求佛。你当兵吃粮，是求什么？"

"有什么求什么，随见随是。"

"随见随是？这寺院里若有可求之物，你尽管拿去。"

"ありがとうございます！"这个念过私塾的皇协军说了句东洋语的"谢谢"，异常兴奋地走出大殿，抬头展望药园。"小山军曹枪伤未愈，我要采些医治红伤的药材献给他！"

"好啊，这也算是你送给小山君的临别礼物喽！"半空和尚微笑着说道。

全身皇军装束的皇协军再次正了正黄星军帽，抻了抻黄呢军衣前襟，快步绕过后院走向药园。他的高筒皮靴踏得雪地发出吱吱声音。

"和尚！你告诉我哪种草药医治红伤？"大地白得没了别的颜色，皇协军的声音落地便埋进积雪了。

这皇协军的焦急满载着急于立功的兴奋："和尚！你快说哪种草药……"

他身后传来半空的声音："夏天里有个省城口音的香客，他也问过医治红伤的草药。"

"什么？你说省城口音的男人！"磨盘脸猛然转身扭头，却看到黑洞洞的枪口。

半空和尚单臂端起猎枪。那件白玉如意挂在枪筒上，摇摇晃晃好像火药引子。

半空和尚慢声缓语地说："无处青山不道场，何须策杖礼清凉。云中纵有金毛现，正眼观时非吉祥。"

"你吟的是轶名禅师的七绝。"

尽管有张磨盘脸,这皇协军确是个读书人,识得唐朝僧人诗句。

"你果然不是出家人,真和尚不会端起猎枪的。"

"这是我恩人留下的枪。"半空和尚喘着粗气,他觉得猎枪渐渐融入身体,缓缓生成自己的胳膊。不知什么原因,心底涌起冷热相煎的欲望,可能因为猎枪变成了胳膊吧。有了这条"胳膊"他便能够返回家乡了。

以前没有说话的兴致,此时有了听他说话的人,而且是穿着日本军装的中国人。

"小山君曾问过我为何缺条胳膊,我难以启齿。今天就请你转告他吧!"他多年不曾如此朗声说话了。

"我转告他!我铁定转告他!"磨盘脸意识到和尚不会打响猎枪,连连点头好像鸡啄碎米。

半空嘴角挂着几丝淡笑,说:"我家乡县城有个恶霸,光天化日闯进我家,多次糟蹋我母亲,还四处宣扬寡妇淫荡。我忍无可忍追打过去,那恶霸抽刀砍折我胳膊……"

听故事的皇协军全然放松下来,悠悠问道:"这恶霸是谁?我去请皇军整治他!"

半空不愿说出那令人厌恶的名字,依然平端着猎枪。他感觉这猎枪确实生成了自己左胳膊。

"我几次动了复仇杀机,一拿起斧子就浑身发抖,人厌得迈不开步子。我只好隐忍着,羞愧难当便出家到破山寺做和尚。"

"你现在端着猎枪浑身发抖吗?"听故事的皇协军,竟然笑嘻嘻地问道。

"发抖。"他后退两步问道:"你真会把我的故事讲给小山听吗?"

"小山军曹肯定爱听支那人浑身发抖的故事。"

半空和尚大为惊异:"你说自己是支那人?"

"我还学会了东洋语呢。"磨盘脸愈发放松,好像肆意跟朋友聊闲天:"譬如你要是开枪打倒我,我就用东洋话说'僕にさいどをさせていただき,どうも。"

"这是什么意思?你要说中国话的。"

"多、谢、和、尚、超、度、了、我。"磨盘脸把东洋语翻成中国话,一字一句说着,表情很欢喜。

"和尚,超度……"仿佛听到戒律,半空垂下枪口:"你学得满嘴东洋语,以后不会忘记中国名字吧?"

"不会忘记的!我们魏姓是大户,我叫魏达标!"这皇协军说话带有本地口音,把"达"说成"得"。

"魏——得——彪?"这三个字好像三颗子弹,砰地击中半空和尚心脏,只觉得满腔热血喷溅而出,随即染红目光染红天地,从心头烧到指间……

焦猎户的猎枪响了,霰弹轰然击中对方右侧腹部。全身皇军装束的皇协军应声倒地,鲜血顿时浸红白雪,宛若雪地盛开了红色牡丹。

"你!你是半空和尚,你敢开枪杀生?"名叫魏达标的皇协军仰面朝天,瞪大惊恐的眼睛。

半空和尚下意识扔掉猎枪,同时瞪大惊恐的眼睛。就这样,两双同样惊恐的眼睛对视着。

"你也叫魏得彪?"他双唇颤抖,勉强嘟哝着。

"敢情你知道我杀了焦猎户?"皇协军魏达标急促喘息着,"你总算修炼成了……"

半空突然厌恶起来:"你们皇协军对待老百姓比他们皇军还要狠,还把中国人说成支那人,还穿着日本军服,还学说东洋语,还埋出个百人坑……"说着从雪地里拾起猎枪。

他再次误叫对方名字:"魏得彪!多谢你超度了我,这次我没尿裤子。"

皇协军魏达标扭曲着面孔,极其贪婪地吸食着人间最后的空气。"僕にさいどをさせていただき,どうも……"

"你临死还说东洋语,小山军曹会奖赏你的。"他脱下僧袍覆盖死者遗体,"焦猎户天堂里看着呢,这不是支那和尚半空开了枪,这是中国俗人阮梓良杀了你。"

他没有念阿弥陀佛,说了声吉祥如意,不慌不忙返回大殿,双膝跪地,长久不起。

大殿里那盆象征慈母娘亲的萱草,枝叶枯萎了。他将花盆抱到僧舍里,不禁悲从中来。转念思忖,由悲转喜。我人去寺空,这萱草孤苦伶仃岂不更是凄凉?不如趁早凋谢,投身轮回。

心情从阴转晴。他将僧舍打扫干净,不惹尘埃。之后从楸木躺柜里取出多年不摸的蓝色棉袍,似乎嗅到了内人的气息。

他褪去僧衣,换上棉裤穿好棉靴,身披棉袍,一瞬间便还俗了。腰间系好炒面袋子,右肩背起猎枪,大步走出破山寺,踏着薄雪,一路进山。恨不得马上返回家乡。县城里有个真魏得彪,比这假的坏多了。

天色大亮走近山脚,他炒面拌雪吃下肚去,浑身反而炽热起来。他意识到这是俗人肠胃了,悲欣交集。

一只黑色大鸟飞过去,落在不远处。他不知这大鸟名姓,只觉得黑色大鸟落在雪地里,显得雪地更白、大鸟更黑。

他将猎枪从右肩滑下来,紧紧夹在腋下。那黑色大鸟腾空而起,继续低空向前飞去。

他脑海里猛然冒出个古怪念头:这只黑色大鸟不会是人的魂灵吧?

当年在县城里教书胆小怕事,连做梦都盼望阎王爷派恶鬼把魏得彪抓走——剥他皮肉喝他血吸他骨髓,魂灵打入十八层地狱。如今开枪杀过人了,他不再祈盼鬼神的力量,懂得凡事自己动手。

那只黑色大鸟再次落地,似乎等待着他。嘿嘿,日本兵杀人放火,刚出炮楼就被游击队打死了,那魂灵肯定是黑色的。黑色魂灵飞不过大海回不去日本,就成了无家可归的黑色大鸟。

这就是日本人的轮回报应吧。他心里寻思着,单臂夹枪向前走去。前方有块土地没有积雪,全然裸露出褐色土壤。一块木板斜插地上,好像从天空投掷下来的梭镖。

那黑色大鸟纠缠不休,在头顶盘旋着,分明在模仿日本飞机。

他走近看清这块沾满血迹的木板上写着几个墨色大字:牢记百人坑血债,团结抗日杀鬼子!

哦,这就是被日军制造的百人坑。落雪即化,裸土朝天,游击队英魂不散呢。

黑色大鸟俯冲落地,忿忿地亮出尖利的喙。他与这只大鸟对视。"他妈的,你真是日本兵的魂灵吗?"

多少年了,他首次爆出粗口:"他妈的你变成黑鸟引我来到百人坑,嘲笑我懦弱无能是吧?"

心底腾起血腥的杀机,完全丧失佛门四年的修行。

黑色大鸟咚咚啄着沾满血迹的木板,雪地里犯了鸟脾气。

咣——!他向黑色魂灵开了枪。这只大鸟仄身展翅,朝破山镇方向低飞去了。

"你赶快飞回炮楼去吧,告诉小山军曹去药园里给汉奸收尸!"

他从猎枪筒上摘下那枚白玉如意,不由得想起省城来客。那书生跑到破山镇组织抗日游击队,最终被日本兵埋进百人坑,连姓名也没留下。

记得家乡恶霸魏得彪瞧不起读书人,动不动便说人厌货软。我要五花大绑把魏得彪押解过来,为百人坑里的血性男儿祭刀。

他蹲在百人坑旁边,伸出右手把白玉如意埋进土里,让它物归原主,永远伴随那位省城来的游击队首领。

沿着黑色大鸟飞去的方向,雪地里有一溜血痕,好像天上落下一粒粒朱砂。他认为自己开枪击中了日本兵的魂灵,乐呵呵起身离开百人坑。

四年没有笑过了。此时只觉得浑身热血奔涌,胸中杀机荡漾。这杀机使他精神亢奋,一路行走不觉疲劳。只要翻过那座山梁,他便踏上回乡之路了。

前面雪地里露了几行杂乱无章的脚印,一路延伸到山坳里。脚下积雪加深,颇有陷阱的感觉。侧方几个身穿羊皮袄的汉子包抄上来:"缴枪不杀,我们是八路军区小队!"

一个穿着羊皮袄的汉子缴下他的猎枪,满脸如获至宝的惊喜。他报出自己身份。为首的汉子居然知道破山寺,说省城来的老丁谋划去药园采摘医治红伤的草药,没曾想半路被日本兵包围了。

"只有我们几个人突围出来……"为首的汉子是区小队长。

他要求归还猎枪。"这猎枪是我左胳膊。我没有左胳膊不敢返回家乡的。"

区小队长听了他的故事,怀抱猎枪哈哈大笑:"不就是杀个恶霸嘛,为民除害我跟你去!"

孤守寺院四载,终于有了援手。他被感动得不知说什么好,不经意说了声阿弥陀佛。

跟随区小队员躲进山洞里过夜。火堆旁区小队长擦亮猎枪,之后拿起石头打磨生锈的匕首。

"你杀过人吗?"他心生忐忑,询问区小队长。

区小队长反问他杀过人没有。他摇摇头说没杀过日本人。区小队长问他家乡恶霸姓甚名谁。他想起那令人厌恶的名字,就要呕吐。

"到了县城趁着天黑溜进去,半夜翻墙进屋杀了他!"区小队长轻轻给刀刃吹了口气,好像要去宰一只鸡。

他激动地抓住区小队长的肩膀,眼含热泪。四年没有落泪了。

清晨钻出山洞,区小队长带了两个队员,总共四人上路了。翻过山梁遇到县大队的武装,只有七八个人。

县大队队长当场召集开会,说傍晚前赶到河头镇,编入军分区独立团,对日寇发起大反攻。

"参加主力部队!"区小队长乐得蹦高,"我做梦都想当真正的八路,扛着歪把子机枪打鬼子!"

"既然你都要有歪把子机枪了……"他再次要求归还猎枪。

区小队长兴奋得听不见别人说话,跑到队伍前头当尖兵了。

明明说妥趁着天黑溜进县城,半夜翻墙进屋杀掉恶霸报仇……他大失所望,暗暗抱怨半路遇到了县大队。

只得跟着队伍前往河头镇,天黑时分赶到大河边。河面只结了层薄冰,托不住人。他猛然想起这条大河流向家乡县城,不由自主沿着河岸向下游走去。

"缺胳膊的!缺胳膊的跑啦!逃兵!"黑暗里听到区小队长喊叫。

他摸黑跑起来。风不大,空气却显得黏稠,跑着费力。好像有鬼打墙,故意阻挡他返回县城。他奋力向前奔跑,胸膛里拉起风箱。

临近县城发觉跑丢了炒面袋子。天色渐亮远远望见城门,他却泄了气。猎枪留给区小队长,手里没有杀人武器怎么报仇。

初冬的太阳爬起来,远望好像溅了黄的鸡蛋。他躲进大路旁小庙里,突然听见外面传来响动。

一队人马走出城门,为首的汉子骑着大青骡子,不停地挥鞭,大青骡子踏起团团尘土,扯起公鸭嗓催促队伍。

"你们愿意等死啊?日本人快完蛋了,我带领你们投八路!晌午霍家屯打尖,一定要晚晌赶到河头镇。"随着阵阵吆喝声,这支杂牌军朝前开去。

多么熟悉的声音。他左肩触电般颤抖了两下,眼前晃动着魏得彪的身影。这就是他!每次给县城民团训话都是这种西河口音,听着刺痛耳膜。

魏得彪这种地痞恶霸投奔了八路,这等于往清水缸里撒尿啊。想起百人坑里埋葬着省城来客,便浑身颤抖。这颤抖不同以往,不是恐惧懦弱,而是强烈的愤怒。

他攥紧右拳冲出小庙。我要抄小路抢先赶到河头镇,告诉区小队长县大队长,不能让地痞恶霸投了八路。

一头冲进河头镇外的八路军驻地,他跑得吐血昏迷过去,被抬进农家仓廪。转天过晌苏醒过来,军分区新编独立团成立大会结束了。

守护身旁的区小队长竖起大拇指:"阮梓良你不是逃兵,你跑得吐血还是归了队,缺条胳膊更值得表扬!"

"不能让地痞恶霸混进八路军!你答应过帮我杀了他的……"说罢挣扎着下地找鞋。

区小队长连忙摁住他:"广泛团结爱国同胞,建立抗日民族统一战线,魏得彪被编进独立二团一连三排,当了副排长,我是他二班的侦察员。"

他又气又急索性哭了:"你还侦什么察!他魏得彪成了八路,我这辈子杀不了他啦……"

县大队长走进仓廪:"这辈子杀不了就不要杀嘛,我现在是一连指导员,管辖着他呢。"

"那只好等下辈子了……"他只得这样安慰自己。

这时一连指导员说:"你缺了左胳膊,只能编进伙夫班了。"

晚间部队集合遇到魏得彪,远望觉得有些陌生,顿时心生疑虑,唯恐不是那个人。他的目光追过去寻求对视,不料对方扭过脸去。他愈发疑惑了,当年魏得彪走路趾高气扬,从不扭脸回避的。

擦身而过他回头望去，只见两个兵紧随其后。嗯，这架势正是县城民团保镖的派头。狗改不了吃屎——这家伙就是魏得彪。

我是还俗和尚，他是江湖恶霸，俩人竟都成了八路。他苦笑了，愈发想念自己的铁胳膊——猎枪。

独立团首长传达军分区指示：发动政治攻势向河头镇炮楼喊话，要求日寇放下武器；如果他们拒不投降疯狂反扑，就坚决消灭！

独立团首长宣布散会，各连各排带队离开。他再次看到魏得彪的身影，一刹那明白了，怪不得这家伙紧急投奔八路军，敢情日本天皇宣布投降了，他妈的。

他甩着空荡荡的袖管找到独立团首长，要求编到一连三排当战士。他就是要在魏得彪排里当兵，验验谁尿裤子。

"您别看我缺条胳膊，打仗能扔手榴弹呢。"

"你就是连夜归队跑得吐血的阮梓良同志？"独立团首长目光如炬看穿他前世原形，"物尽其用，人尽其才！你去做文化教员吧。"

恢复俗姓俗名成了连队文化教员，他开办识字班首先选择一连三排开课。因为魏得彪是三排的排副，八路军里应叫副排长。

打麦场上挂起小黑板，点名招呼战士：刘大省、李国楹、张家旺、王小喜……不见副排长魏得彪身影，这令他有些不知所措。

哦，多年来魏得彪就是栽种在心底的荆棘啊，不断生长难以铲除，即便念诵《大悲咒》拔除心魔。心底荆棘晾成干柴燃起烈焰，更是无法收拾。

他嗅着粉笔末的味道，开始教战士们识字。"这个八——是八路军的八；这个路——是八路军的路。这个军——是八路军的军。"

"我们八路军就是要惩治地痞恶霸，为民除害。"他挥动右臂告诉战士们，"不除掉乡村地痞和城里恶霸，我们老百姓永远不得安宁。"

身为独立团一连指导员的县大队长起身更正说："我们当前首要任

务是接受日军投降，鬼子胆敢抵抗就坚决消灭他们！"

他高声问指导员："魏得彪不来识字班学习，我们怎么实行抗日民族统一战线？"

指导员被他的发问弄蒙了："我们准备攻打河头镇炮楼，派他执行劝降任务去了……"

他想起调任河头镇炮楼的小山军曹，揣摩这日本人不会轻易投降的，那么只好兵戎相见了。

果然不出所料，半夜里独立团紧急集合，天不亮便发起进攻。河头镇炮楼矗立在火光里。硝烟四起，笼罩阵地。新兵们被呛得连声咳嗽。独臂文化教员却特别爱嗅这种气味，悄悄跟随爆破队匍匐向前，一声不吭活像个会爬动的石头人儿。

一个个爆破队员跃出壕沟冲向炮楼，接连倒下了。他却东瞧西看寻找着魏得彪的身影。

"魏得彪进炮楼跟日本人谈判，一直没见他出来！"身为侦察员的区小队长伏在他耳畔大声说，这声音被枪炮声淹没了。

他猛地从侦察员腰间抢下两颗手榴弹，挥起右臂接连投向炮楼。两颗手榴弹炸起大团尘烟。一个爆破队员趁机扑到炮楼下，安放了炸药包。

河头镇炮楼被炸开个大豁口，仿佛吃人怪兽张开血盆大口。八路军战士争先恐后冲进血盆大口，高喊缴枪不杀。

也不知炸死了多少人……他被震得眼花耳鸣，摇摇晃晃站起身奔向炮楼。

独臂文化教员跟随战士们打扫战场。他四处寻找不见小山的尸体，也没了魏得彪的下落。

"奇了怪了！奇了怪了！"他连声念叨很像寻找失踪的亲人。

有人知道他的来历，就偷偷说和尚念经呢。他急得面红耳赤说："不是念经是敌情！不是念经是敌情！"

军分区首长前来慰问参战部队。独臂文化教员跑上去报告情况。军分区首长拍着他右肩说:"阮梓良同志,你关键时刻挺身而出投了两颗手榴弹,军分区给你记功!"

他根本听不进"记功"二字,继续纠缠军分区首长。独立团政委只得出面阻拦:"没有任何情报证明炮楼里有个名叫小山的日本曹长,你非要找到他的尸体这是先验论。"

"你说小山是先验论,那失踪的魏得彪呢?请你告诉我!"他几乎怒吼了。

军分区首长摸着他空荡荡的袖管说:"你疾恶如仇是个好同志,愿意到军分区工作吗?"

他渐渐冷静下来。或许小山军曹根本没有调任河头镇炮楼,那就死在别的什么地方了。可是魏得彪呢?投了八路又不见踪影,今生今世不敢露头了。

果然,他被调到军分区任职,从单臂文化教员变成单臂机要员。国民革命军第八路军改称中国人民解放军,唱着"向前,向前,向前",掀起对国民党反动派作战的高潮。

经过几年军旅文牍生涯,他依然眉清目秀,右胳膊肌肉发达,硬得好似一根顶门杠。破山寺的出家时光,显然遥远了。

一次行军途中夜宿荒野破庙,他梦见那只黑色大鸟,绕头顶盘旋,久久不去。

"恍如隔世啊。"清晨醒来颇为感慨,想起那杆消逝的猎枪,想起活不见人死不见尸的小山军曹,还有不明下落的魏得彪。

从此,这"恍如隔世"四字常挂嘴边,几乎成了排遣情绪的口头语。随着时光推移这种情绪好似湖泊涟漪,越荡越远,越荡越大,最后荡得无形,成了湖泊的大圈套。

解放战争节节获胜。一天凌晨天降大雪,他们突然被国民党军队包围。师部警卫排坚守村里石磨房,暂时打退敌人进攻。

天空传来阵阵轰响。敌机低空掠过石磨房,这引他想起黑色大鸟。是啊,无论小山军曹还是恶霸魏得彪,他们死了肯定变成黑色魂灵,永远洗不白的。

敌人再次发起冲锋。一瞬间他出现幻觉——恶霸魏得彪冲过来了。多年死敌终于露面,他兴奋得连续投出手榴弹,炸得石磨房外边的国民党兵不敢进攻。

他发疯般吼叫着,起身冲出石磨房拼命投出炸药包。师部首长惊得高呼"小阮注意隐蔽!"

炸药包惊天动地炸响了,他被气浪震得迷迷糊糊,耳畔死寂无声。这时兄弟部队紧急赶来救援,打退了国民党部队。

他爬起来怒视着越飞越远的黑色大鸟,左肩不停地颤抖。

师部首长亲自颁发三等功奖状,他接在手里不吭不响,好像怀着什么心事。回忆起自己炸死那么多敌人,仿佛做了一场大梦。

社会主义新中国成立了,他转业到东北地区白狼林场,被任命为林场副场长。他一路走来,总算落户这常年积雪的地方。

身在雪国,热血沸腾。他钻进深山老林,猎杀黑熊、豹子、东北虎、野猪、黄羊……总算有了第二战场。

恍如隔世。他从县城完小单臂先生到破山寺单臂和尚,从破山寺单臂和尚到白狼林场独臂场长,一次次开枪超度野生动物去天国,硬是把这座林场做成大道场。

白狼林场职工称赞说,阮场长单臂摆弄长枪比使唤手枪还要熟练,简直出神入化。是啊,这半自动步枪又变成他的铁胳膊了。

他没有离婚重娶,依然是原配兰英。眼巴巴瞅着丈夫杀伐成性,原配兰英弱声弱语劝慰丈夫:"魏得彪跑出炮楼投了国民党,'镇反'时被人民政府枪毙了,这你就别再跟自己较劲了。"

他怪模怪样地笑了:"你别跟我提姓魏的名字,当心摸枪走火。"

全国统令收缴转业军人枪支,他手里没了杀器,闷闷不乐郁郁寡欢,渐渐学会以酒浇愁,而且酒量猛增。

阮场长喝酒很有特点。他右手端起酒盅压住下唇,门牙咬住盅沿,这就腾出了右手作驳壳枪状,猛地扬脖一盅酒就灌进肚里,等于手枪也打响了。独臂场长就这样凭空演练着,不醉不休。

原配兰英看着丈夫喝酒,无法想象当年破山寺的情景。有时她甚至怀疑自己记忆有误,丈夫从来没有出家当过和尚。

继续保持咬紧酒盅喝酒的习惯。久而久之,他的两颗门牙明显起来,朝外呲着活像山狸鼠。白狼林场有民谚:人长鼠相,必有贵样。

果不其然,临近中秋节便从林场副场长提升为林场政委。他一口气吃下四个月饼,磨得门牙发亮。

深秋季节里,原配兰英发现丈夫自制木叉弹弓,还讨来松香泡水和泥制成胶质弹丸,晒干后硬似铁弹。

"你怎么变成小孩儿啦?越老越回去。"她这样发问,却知道丈夫是回不去了。

他单臂无法操作弹弓,便悄悄摸索"以右手持弹弓,以门齿咬住弹兜,拉伸牛筋侧脸瞄准"的特殊要领。半夜射击香火,竟练得十发九中,接近百步穿杨。

他手持弹弓再度出山,一月间射落各类林鸟几十只,这独臂猎手打得住家附近满树无鸟,只剩下蝉鸣。

原配兰英把他弹弓藏了。他反复寻找,再次撩开供桌围幔,嘿嘿笑了。当初破山寺寻枪经历,这弹弓重现了。

他从供桌下掏出弹弓:"这又是先验论吧?"满脸耿耿于怀的表情,却不知对谁不满。

林场周边连降大雪,满地皆白。有人跑来说樟子松林落了只黑色大鸟。独臂政委拿起弹弓跑去了,却只见樟子松没见黑色大鸟。

他抬头望着天空叩响门齿:"你别走哇!大老远来的又不敢露面,这算怎么档子事呢……"

好像与老熟人擦肩而过,他闷闷不乐,没吃晚饭便进屋睡了。夜里做了个好梦,清早醒来立即告诉原配兰英——他拉起弹弓射中那只黑色大鸟。

"好啊,还是你占了上风"。老妻兰英只得夸赞道。

他没头没脑冒出这句话:"其实你年轻时挺好看的。"

中日两国友好了。春天里来了北海道访问团参观白狼林场。日方团长是小山先生,金丝眼镜西服革履,温文尔雅的样子。

白狼林场阮梓良政委关切地问道:"你们日本有很多小山吧?"

日方团长解释道:"小山不是座山,小山是姓氏。"

"我当然知道小山是姓氏。"阮梓良不禁感慨,"按照我们中国人习惯,两个姓小山的人就是本家,四川话叫家门儿,你们日本有这个说法吗?"

中方翻译是学林业的,翻译不出"本家"或者"家门儿"这类日本词语。他怏怏作罢了。

白狼林场食堂摆酒席,好酒好菜欢宴日本客人。他叮嘱伙房厨师煮赤豆饭招待贵宾。酒过三巡他特意问道:"小山团长,您以前吃过赤豆饭吗?"

日本客人以为赤豆就是相思豆,勉强吃了小半碗便不敢亵渎中国唐诗了。这引得林场政委蔫蔫地笑了:"怎么凡是叫小山的就没有大饭量呢?个个小胃口。"

光阴如雪,一派惨白,白得没有别的内容。独臂政委老了,老得只剩下满脸皱纹。老妻兰英反而面容光润,好像她的皱纹都挪到丈夫脸上去了。

他申请离休,携带老妻兰英告别森林大道场,没儿没女返回家乡县城定居。他没说"恍如隔世"这句口头禅,似乎已然隔世了。

老夫老妻没儿没女,就跟缺理似的。老妻兰英只得向乡亲们解释说:"他年轻时不是当过和尚嘛,后来又成了军人。"

他对老妻兰英的解释很不满意:"你这是先验论!"

过了春节,正月里,他中风偏瘫成了单臂病人。出了医院进了养老公寓。渐渐肢体有所恢复,他独坐轮椅照旧右手紧握弹弓,依然作射手状。

养老公寓楼道的灯泡多次破裂,形成黑暗世界。公寓管理员不明所以,只得频繁更换白炽灯,还抱怨国产灯泡质量差,不如日本进口的耐用。他听到高兴了,大声要求更换日本进口灯泡。

六十九岁那年,阮梓良病危。弥留之际意识清醒,他特意要求弹弓陪葬,还有几颗权作弹丸的赤豆。无论上天堂下地狱,这位独臂老者随时做好继续射杀的准备。

人之将死,老妻兰英惊诧地听到丈夫说话居然带有几分破山镇口音,把"弹弓"说成"倒弓",把"赤豆"说成"司豆"。

给独臂老人穿寿衣时发现他还是尿了裤子。这令人想起沿途撒尿的猎犬,为自己领地留下标记。

一群县城里的业余和尚跑来招揽生意,找家属洽谈做道场之事,声称收费不高。

老年兰英冷冷吐出一句:"做什么道场!他自己就是。"

七十三岁那年,垂垂老矣的兰英租车去了趟破山寺。经县政府投资重建,当年简陋破旧的庙宇已然蔚为大观,信众人流如织,香火极其旺盛。

几经打听也没人记得这里有过半空和尚。兰英老人恍然大悟,那个单臂男人名叫阮梓良啊。

她老人家还是进殿敬香,跪地礼佛,宛若置身清凉世界。

"吉祥如意。"兰英老人脱口而出。

# 肖克凡

天津市作家协会副主席、中国作协全委会委员,现居天津。
上世纪八十年代开始写作,以中篇小说《黑砂》进入文坛。
曾获《中国作家》奖、《中篇小说选刊》奖、白玉兰奖、中宣部第十届
五个一工程奖、首届中国出版政府奖等等。
入围第七届茅盾文学奖。

## 代表作品

长篇小说

《鼠年》《原址》《天津大码头》等

中短篇小说集

《天津大雪》《橙子熟了》《哈尔哈拉河的刀子》等

电影文学剧本

《山楂树之恋》等

……

## 天堂来客

| | | | | | |
|---|---|---|---|---|---|
| 出 品 人 | 赵　瑞 | 选题策划 | 左树涛 | 责任编辑 | 左树涛 |
| 复　　审 | 王国柱 | 终　　审 | 贾晋仁 | 书籍设计 | 张永文 |
| 印装监制 | 郭　勇 | 项目运营 | 有度文化·刘文飞工作室 | | |

投稿邮箱｜liuwenfei0223@163.com

微　　博｜http://weibo.com/liuwenfei0223　　微信公众号｜txsk2013_